平台がおまちかね

大崎　梢

本が好き。でも，とある理由で編集部には行きたくなかった出版社の新人営業マン，井辻くんは個性的な面々に囲まれつつ今日も書店で奮闘中！　平台に何十冊と積み上げられた自社本と，それを彩る心のこもった手書きの看板とポップ。たくさん本を売ってくれたお礼を言いに書店を訪ねると，店長には何故か冷たくあしらわれ……。自社主催の文学賞の贈呈式では当日，受賞者が会場に現れない!? 本と書店を愛する全ての人に捧げるハー
録。新人営業
井辻智紀の業
望の文庫化！

平台がおまちかね

大崎　梢

創元推理文庫

THE FILES OF MEIRIN PUBLISHING

by

Kozue Ohsaki

2008

目次

平台がおまちかね　九
新人営業マン・井辻智紀の一日 1　六七
マドンナの憂鬱な棚　七一
新人営業マン・井辻智紀の一日 2　一二八
贈呈式で会いましょう　一三三
新人営業マン・井辻智紀の一日 3　一八四
絵本の神さま　一八九
新人営業マン・井辻智紀の一日 4　二四三
ときめきのポップスター　二四七
新人営業マン・井辻智紀の一日 5　三〇三

出版営業マンに愛を！　杉江由次　三〇六

平台がおまちかね

平台がおまちかね

注文書を片手に在庫をチェックしていく。一階から六階までフロアを占める巨大な書店の文庫売り場。智紀《ともき》の勤める明林書房《めいりんしょぼう》の本は、五十センチ幅の棚で左右に四段ずつ、計八段にみっちり詰まっている。

これだけのスペースをもらっているのは都内でも数えるほどだ。壮観といっていい眺めだけれど、広い売り場のほんの一角にすぎない。広いからこそ、明林書房にもこれだけの棚を与えてくれている。

棚のチェックをすませ、平台をもう一度点検し、ストッカーの中身も調べる。ひととおり終えたところで床に置いた鞄を手に持ち、担当者を捜した。

小さな書店ならば文庫の担当者はひとりで、さらにその人が他のジャンルを兼任していることも珍しくない。けれどここは文庫だけで三人の専任者がいて、明林書房は三十代の女性が受け持っていた。

彼女が接客中だったため、智紀はそれを待ち、新刊台に目を向けた。講談社、新潮社、文藝春秋、角川書店といった大手出版社の文庫が、エンド台と呼ばれる棚のはし、通路に面した平台をそれぞれ埋め尽くしている。発行点数も多いので、それこそこぼれんばかりの賑わいぶりだ。

明林書房は老舗《しにせ》ながらもかろうじて中くらいといえる程度の出版社で、文庫の新刊も毎月多くて十点前後。中規模の書店では平台に並べてもらうのもむずかしい。小規模店では新刊と既刊本を合わせてほんの数点ずつ、棚に置いてもらうのがやっとのところもある。

そういった悲哀のまったくない大手出版社の営業は、どんな気持ちで本屋を巡るのだろう。

愚にもつかないことを考えてしまい、智紀は軽く首を振って視線をずらした。

少し離れたところに、若葉を模した飾りつけで目を引くフェア台があった。四月の新学期、新生活スタートを意識したこの店独自の企画で、仕掛け販売ともいう。さまざまな出版社の本がテーマに合わせて選ばれ、きれいに陳列《ちんれつ》されていた。

自己啓発《けいはつ》本、敬語・マナーの本、気分転換になるような軽いエッセイ、疲れたときに開く癒し系のビジュアル本、元気が出るさわやかな青春物語。

明林書房の本も二点だけ参加させてもらっている。売り場に入ってすぐ気づき、ほっと気持ちがほころんだ。智紀の目には、そのたった二点の表紙がひときわ輝いて見えるから――自分でも不思議だった。

けっこうふつうっぽくて嬉しいな。〝けっこう〟がいけないか。

営業マンとしては、ずいぶんふつうっぽい……はずだ。

これで許してもらおう。調子に乗って「がんばれよ、おまえたち」などと、恥ずかしいセリフを表紙にささやいているところで、担当者の手が空いた。

タイミングを逃さず素早く声をかける。うん。これもうまくなった。

「在庫のチェック、終わりました。ネプチューン・シリーズがまた動いてますね」

「そうなの。そのうち平積み展開しましょうか。来月の新刊はどんな感じです？」

小首を傾げられ、すかさずチラシを取り出した。

この手際も、かなりうまくなったじゃないか。


智紀が明林書房に入ったのは昨年、大学を卒業してすぐの春からだ。その前に二年ほど同じく明林書房で編集のバイトを続けていた。四年生の秋に正社員の話を持ちかけられ、そのまま入社が決まった。

留年しそうで就職活動に身が入らなかったところに降ってわいた話で、あわてて教授や学生課に掛け合い、文字通り髪振り乱す勢いで拝み倒した。卒業できたのは奇蹟か。はたまた先生たちもこれ以上、留年生の世話をしたくなかったからか。

友だちの中には「出版社か。すげえな」と色めき立つ者もいたけれど、出版社にはピンからキリまであるのだと、二年間のバイト生活で熟知できたのはよかったと思う。

それともうひとつ。明林書房からは、配属先が営業であるとあらかじめ告げられていた。これも入社を決めた大きな理由だった。本が好きで、昔から本に携《たずさ》わる仕事をするのは夢だったけれど、どうしても編集部だけは避けたかった。

営業が向いているとも思えない。どちらかといえば口べたで地味で不器用で、人前で何かしゃべるのは大の苦手だ。けれど本がらみの仕事で編集部をパスすれば、選択肢はぐっと少なくなる。明林書房の場合だと、総務、編集、営業のみっつしかないのだ。尻込みなどという言葉はこのさい棚の上に放り投げ、両足に力を入れ、なんとか踏みとどまらなくては。

文庫の表紙からエールをもらうのは自分の方だろうと、自覚しつつフロアを下がった。

この書店ではもう一ヶ所、チェックすべき売り場がある。文芸だ。エスカレーターを降りてすぐの平台に、先月発売された単行本『呪われた山水画』が積んである。手書きのポップが添えられているのをみつけて、思わず頬がゆるんだ。

智紀に気づいた担当書店員が、「私が書いたのよ」とすかさず笑いかけてきた。けれどそれきり、「またあとで」と忙しそうに背を向ける。どうやらサイン本を作りに作家が訪れているらしい。売り場がなんとなくあわただしかった。

この間にと智紀は文芸書の注文書を鞄から取り出し、ペンを構えながらもポップに手を伸ばした。

大規模店の平台は多くの買い物客の注目を浴びる。そこに好意的な応援文がつけば、さらなる広がりが見込めるというものだ。

よかったね。おどろおどろしいタイトルとカバーと帯だけど、かわいらしい子どもに話しかける気分になってくる。積まれている冊数を数えていると、横から声をかけられた。

「あの……明林の営業さんでしょうか」

顔を上げると、見知らぬ若い女性が立っていた。細面《ほそおもて》のおとなしそうな顔立ちで、セミロングの髪の毛がゆるやかに波打っている。服装は白っぽいジャケットに、柄物のふんわりしたスカート。

「いきなり声をかけて、すみません。ひょっとしてそうかなと思いまして」

「はい。あの、明林の営業の者です。このあたりを担当してまして、井辻《いつじ》と申します」

智紀は『呪われた山水画』から手を離し、如才《じょさい》ない笑みを浮かべた。書店まわりが始まってから、鏡の前でいっしょうけんめい練習した、さわやかさ三十パーセント増量セールの笑顔だ。あくまでも自己比となるけれど。これが四十パーセントだと不気味になり、二十パーセントだと小馬鹿にした顔になりやすい。

なんでしょうか、という目をしてみせると、女性はにわかに口ごもる。

「もしかして、どちらかの、書店員さんでしょうか」

「え？　わかっちゃいますか？」

女性は手にしていたデパートの紙袋とヒールのサンダルを自分で点検する。

「いいえ。明林書房とおっしゃったからですよ。本をお探しでしたら、こちらの店員さんに声をかけられるでしょうし」

「そうですね。お仕事中にすみません。今日はたまたま休みの日で、買い物のついでに、ここにも寄ってみたんです。立派なチェーン店さんはいろいろ参考になるんで」

最後のところだけ声を潜《ひそ》めて言った。書店員がよその書店を訪れるというのは、気恥ずかしいものなのかもしれない。

「どちらか、遠くからいらしたんですか」

「いえ、電車で三十分くらい」

誰の担当エリアだろう。智紀は慎重に問いかけた。

「きっと明林の本もお世話になっていますよね。うちの者はうかがってますか？」

「それが……いらっしゃらないんですよね。ちょっと――残念だな」

含みのある言い方と間の取り方に、智紀の笑顔がいくらか強《こわ》ばった。さわやかさにすぐ翳《かげ》りがさしてしまう。

「それは、申し訳ありません。よろしかったら、書店のお名前を教えていただけませんか」

「東横線沿線で……。ああでも、いいんです。こんなところでお話しすることじゃないですよね。なんだか、思わず声をかけてしまって。恥ずかしいわ。ごめんなさい。あの……気にしないでください。なんでもないんで」

「え？　その――」

女の人は提《さ》げていた紙袋を持ち直し、ショルダーバッグの紐もかけ直し、止める間もなくそそくさと立ち去ってしまった。あとに残され、智紀は呆然と立ちつくした。

今の自分の言動、おかしなところはなかったよなと、ただちに反省会を開いてしまう。まずそこを振り返ってみないと先に進めない。

ぶつぶつ言うかわりに唇を噛んでいると、肩をつつかれた。

「どうしたの、ひつじくん。すっかり仔羊《こひつじ》ちっくな顔になっているよ。ぼくの好みからすると、君はいつもそうやって、途方に暮れていると楽しいのに。お兄さんが助けてあげるから話してごらん」

他の出版社の営業マンだ。

「いいですよ。ひつじじゃなくて、井辻ですし」

「さっきの女性、誰？　仔羊くんのくせに生意気だな」

明林書房の二倍は大きな、佐伯書店《さえきしょてん》という出版社から来ている男で真柴司《ましばつかさ》。二倍というのはそれなりに中規模かな、という程度であり、けっして大手ではない。文芸書を手がけている出版社なので、明林とジャンルがかぶり、おまけに智紀とは担当エリアが重なっているので、しょっちゅう顔を合わせてしまう。

会社同士もライバル関係のような気がするのに、智紀が書店まわりに出るさい、前任者が気を利かせ「よろしくお願いします」などと頭を下げてくれたおかげで、二言目には「君を任された」と口にする。どこが任された、なのか。ふざけたことばかり言い、いつの間にか二十をいくつも過ぎた男に向かって「ひつじくん」呼ばわりだ。

いくら年長者といえども、ここはひとつガツンと言ってやらねばならない。そう思うのに、万事控えめで弱気な智紀と対照的に、真柴は天然ラテン系のノリで、いつもてきとうにかわされ、愛嬌《あいきょう》たっぷりの身振り手振りにごまかされている。外見も、大きな目と大きな口、濃い眉、長い睫毛《まつげ》、浅黒い肌、黒い髪。やっぱりラテン系だ。

「どこかの書店員さんみたいです」

「ふーん。隅に置けないな。ひつじくん、お茶にでも誘われたんじゃないの。そういうことならぼくもまぜてね。楚々《そそ》とした、色白のお嬢さんだったね。きれいな足にぴったりのミュールを履いてたな」

「やめてください。仕事中になんですか。明林書房が営業に行ってない書店みたいですよ。お茶の約束なんかしてません。真柴さんこそ、知らないですか？　東横線沿線というようなことを言ってました」

「さあ。思い出せといってもなあ。今ここに来て、君と話してるところを見かけただけだからな。店内にいるときと私服では、女性は大きく雰囲気が変わるし。変わるところがまたいいんだよね」

女の人のこととなると目の色が変わる男なので、彼女が立ち去った方角にうっとりとした視線をいつまでも注ぎ続ける。

真柴は大学時代に書店でバイトをしていたそうだ。あるとき、馴染みの営業さんから結婚相手の写真を見せてもらった。すると、そこに写っていたのは素晴らしく美人、かつ、かわいらしい女性だった。訪問先の書店員さんだったらしい。仕事で訪れ、運命の恋に落ちた——かどうかはわからないが、ロマンに弱い男は深い感銘を受けた、というより妄想が野山を駆けめぐったようだ。

とどめの理由があるとも言っていたが、真柴の営業職志望動機は、どうせ不純に満ちあふれている。

智紀の勤める明林書房は、全社員合わせても四十人弱の小さな出版社だ。総務、編集、営業に分かれている。

大きいところだとこの他にも製作部、販売部、広報部、商品管理部といった部署が設けられているらしいが、明林書房の場合は総務以外の、出版に関わる仕事をすべて編集と営業でまかなう。といっても、作家とのやりとりを含めた本作りを編集が受け持ち、残りの業務が営業にかかってくる。

書店をまわって注文を取ってくるという、いわゆる営業業務はほんの一端で、新刊書の刊行時期、初版部数の決定。販促物の作製、手配。在庫管理。市場調査。広告。イベントの仕掛け、などなど。

入社二年目の智紀も、まだまだ見習い、戦力外、などと言っていられる余裕は人材的になく、たちまち百以上の書店を任される一方、社内の仕事にもあたっていた。

現在営業部の人員は契約社員やアルバイトを含めて十八人。倉庫には、また別途パート従業員を雇っている。

「井辻くん、いいじゃない。活動報告書もだいぶ要領よく書けるようになってきたわね」

「えっ、そうですか。ありがとうございます」

「あとはもっと、てきぱきまわれるようになってくれればね」

智紀の直属の上司は秋沢《あきさわ》という四十代後半の既婚女性だ。営業畑の叩き上げだけあって、おそろしく頭の回転が速く、記憶力もいい。歯に衣着《きぬき》せないあけすけな物言いをするようでいて、絶妙に人の心を見透かすことを言う、侮《あなど》れない人だ。

細身で小柄でなかなか美人なところは、部下としてちょっと嬉しい。ちなみに真柴も秋沢の大ファンだ。叱られたい、ため息をつかれたい、などと恥ずかしいことをすぐ言ってくる。

「書店をまわりはじめてもうどれくらいだっけ」

「四ヶ月です」

「もうそんなになるのか。じゃあ、すっかり一人前ね」

入社して半年は商品管理課という倉庫勤めで、その後営業の内勤に移り、年明けから単独で書店をまわるようになった。

「何か困ったことはある？」

「今は、顔と名前を覚えてもらうのが課題というか、目標というか。すみません。低い目標で」

なんといっても十人並みの平凡な顔立ちなのだ。個性にも欠ける。

「大切な目標よ。でも心配しなくても、だんだん顔なじみができて、やりがいも出てくるわよ。どの書店にどういうものをすすめればいいのかわかってくるし、もう一歩進んで、今度はこういうラインナップにしたらどうかなって、自分なりの戦略が楽しめるようになるから」

「戦略ですか。……ですよね」

「うちの会社は営業の自由度が高いの。その分やりがいもあるけれど、責任も大きい。井辻くんは、吉野《よしの》くんの抜けた穴を埋めるべく採用した貴重な人材なんだから。そこんとこ忘れず、がんばってね」

「はい」

いきなり飛び出した名前に、肩をすくめ、精一杯の笑顔で応じた。

受け持ったエリアで、未だにしょっちゅう聞かされる名前でもあるのだ。

吉野くんならどうするかな。吉野に任せていたからわからない。吉野くんは戻らないの？　吉野くんに会いたいわ。吉野くんにちょっと訊いてみてくれない？

吉野が担当から外れて一年以上になるというのに、あまりにも日常茶飯事なので、慣れっこになりつつある。

自分は吉野の後釜《あとがま》として採用された人間だ。エリアをそっくり受け継いだ。それは初めからわかっていたことだ。一日も早く「君が言うなら入れてみよう」という言葉をもらわなくては。これこそがほんとうの課題なんだろう。

「そうだ、最新の売り上げデータがあがってるわよ。あとで見とけば？　参考になるわよ。戦略に役立ててね」

顔が曇らないよう気をつけ、笑顔をキープしてうなずいた。

店ごとの売り上げが出て、前任者に比べ数字が上がっていればいいが、下がっていればどうしたって落ちこんでしまう。毎月出る本がちがうのだから、単純な比較はできないのに、しばらく振り回されそうだ。

智紀は交通費の精算や販促物のチェック、月初めに行われる新刊会議の資料を作ってから、売り上げデータをもらい受けた。成績表を手にした小学生の気分だ。

自分の席に戻りプリントアウトされた紙を広げると、小さな数字がびっしり並んでいた。書店の名前を目で追っていると、さまざまなフロアが浮かんでくる。二冊、三冊という小さな数字までのぞきこみ、喜んだり首を傾げたり。

売り上げ数の多い書店はだいたい巡回している。けれど漏《も》れているのもあって、自分なりにチェックした。ここ四ヶ月は前任者から引き継いだまま、まわれと言われた店舗をまわってきた。これからは自分なりの仕事もしていきたい。

明林書房に居続けるために、いっぱしの営業マンになりたかった。編集への異動を申し渡されないための最良の道でもある。

マーカーで印をつけて、所在地から頭の中に地図を開いていく。寄ってみようかという書店をピックアップしていく。

そうやっていて、ふと、意外な数字に目が留まった。一冊の本だけ、やけに売れている店がある。『白鳥の岸辺』という文庫だ。この半年で四十八冊も売れている。ベストセラーなら珍しくもないだろう。でもこの本は……。

パソコンで在庫状況を確認し、やっぱりと思った。五年前に出た本だ。翻訳もので一冊七百四十円。安い本ではない。

在庫があるので取り寄せは可能だが、売り上げランクからして品切れになっても重版はしばらくかからないだろう。本は印刷に関しても、その後の保管場所に関しても、もろもろの経費がかかる。さばけるというめどが立たない限り、おいそれとは重版してもらえない。この本はすでに大きな書店でもなければ、棚にもさしていないはず。

「どこの店？」

つぶやいて、プリントアウトされた紙をたどると、「ワタヌキ書店」とあった。

聞いたことのない店だ。もちろん訪問リストにも入っていない。ということは今まで明林書房の売り上げが特別よかった店でもないのだろう。

どこにあるのか見当もつかず、ｗｅｂの地図をちゃんと開いてのぞきこんだ。

「東横線沿線だ」

つい先日、非番らしい書店員から声をかけられた。あのときの人も、たしかその路線を口にしていた。

「明林書房の営業は来ない。残念だと言ってなかったっけ」

残念——

どういう意味だったのか。

とりあえず、ワタヌキ書店では何か起きているらしい。全国的に見てもほとんど売れていない『白鳥の岸辺』がこんなに売れている。

地図をプリントアウトし、今日の予定を変更する。営業のいいところは自分の予定をある程度、自由にアレンジできることだ。ワタヌキ書店の最寄り駅を調べ、頭の中で巡回ルートを組み立てた。

もともと外回りの日なので、オフィスにいる人たちも、にわかにばたつく智紀を気にも留めない。支度をととのえ帰社時間をホワイトボードに書きこみ、いつもと同じ「いってきます」の言葉で飛び出した。


ワタヌキ書店は急行の止まる駅からすぐの商店街の中にあった。

この頃ではシャッターの下りた店が目立つ、見るからにうらぶれた商店街も珍しくないが、ここは東京近郊とあって人通りが多く、買い物客や学生服の中高生で賑わっていた。

来るまでの間に何軒か書店をまわっていたので、ワタヌキ書店をみつけたときには日が陰り始めていた。間口は小さいが二階建ての書店で、智紀はゆっくりまわりを窺い、一度深呼吸をしてから中に入った。

入り口近くにレジがある。手前に雑誌コーナー。壁の片側には実用書、反対側には新書がずらりと並んでいた。奥のフロアへと進むと、半分が単行本、半分が文庫だ。

そしてその一角に、独立した平台が設けられていた。話題の本を集中して陳列する特設コーナーだろう。店独自の企画を展開するイベント台でもある。

智紀はなんとはなしにおっかなびっくりの足取りとなり、のぞきこむなり息を詰めた。

明林書房の『白鳥の岸辺』のみが、何十冊も積み重ねられている。大きな手書きの看板も掲げられ、小さなポップがところどころに立っているのだ。ご丁寧に白鳥のぬいぐるみまで、親子のペアで飾られているではないか。

「すごい……」

自慢じゃないが、直木賞も芥川賞もほとんど縁がなく、海外翻訳物といえども『ハリポタ』や『ダ・ヴィンチ・コード』などは遠く眺めているのがせいぜいの出版社なので、こんなにも大々的なディスプレイは衝撃に近い。

いや、明林書房にだって売れっ子作家はいる。フェア台に華々しい飾りつけをしてもらったこともある。けれどたった一点、それも、数年前に出た文庫がこうも並べられているというのは、もはや奇蹟のレベル。さらに言わせてもらえば、この店でイベント台はひとつしかない。

つまり、百パーセントの独占だ。

智紀は速まる胸の鼓動を抑えながら、店内を見まわした。すると見覚えのある女性がレジに立っていた。

あの人だ。都心の大型店で自分に声をかけてきた人。やっぱりここの店の人だったのだ。今日は細いストライプの白っぽいブラウスに紺色のキュロットスカートをはいている。制服のようだ。

ほんの数日とはいえ、嬉しい再会となった。

「あらためてご挨拶させてください。明林書房の井辻と申します。あちらのイベント台、すごく感激しました。ありがとうございます」

「もしかしてわざわざ探してきてくれたんですか。すみません。でもよかった。見てもらいたかったんです」

相手も智紀を思い出し、明るく笑い返してくれたが、名刺を差し出すと首を横に振った。

「あれを飾りつけ、毎日せっせとお世話してるのは店長なんですよ」

「店長さんが文庫の担当者さんで？」

「いえ、そういうわけじゃないんだけど……。もうすぐ帰ってくると思います。今日は用事で東京に出てるの。そろそろ戻ってくる時間だから」

連絡を取ってみると言って店員さんは引っこみ、ややあって手招きされた。もう近くまで来ているそうだ。二十分ほど待ってほしいと言われた。

あのディスプレイを見た上はとても黙って帰れない。智紀は店内で待つことにして、一階で自社本の在庫チェックをした。二階に上がり、コミックの棚や学参を気ままに眺める。なかなか興奮は静まらない。思わず鼻歌を歌ってしまいそうだ。

二十分は意外と長く、やっぱり一階で待とうかと階下に引き返すと、さっきの店員さんが四角い顔の中年男性に笑いかけていた。智紀に気づくなり「こっちこっち」と手を振る。

ワタヌキ書店の店長だった。たった今、帰ってきたらしい。智紀は即座に営業スマイルを浮かべ、深々とお辞儀をした。さっきと同じような挨拶を口にする。その人はポケットからハンカチを取り出して、流れる汗をしきりに拭った。

五十代くらいだろうか。髪の毛はやや寂しく、四角い大きめの顔に、こぢんまりとした目鼻立ち。全体的に堅物で実直そうで、表情も硬《かた》い。話しかけるのにいささか気をつかった。

ともかく名刺を差し出し、さらなる笑顔を添える。その人は受け取るなりちらりと目を走らせ、ぼそりと言った。

「ずいぶん、若いね。若そうに見える」

「はい。配属されたばかりでまごついてますが、どうぞよろしくお願いします」

智紀は素直にうなずいた。若いというのは、必ずしも褒め言葉にならない。それが仕事なのだと骨身にしみている。書店営業の力量は店に合わせ、いかに本をセレクトできるかにかかってくる。それにはどうしても経験がものをいうのだ。

頼りないと思われるのは当然なので、せめても、つまらない背伸びはやめようと思う。悔しいことに真柴の言葉が効いていた。ひつじくんの〝売り〟は、初々しいことだけだもんね、と。

「前の人は？　このあたりを担当してた……」

「申し訳ありません。前任者は退社いたしました」

「退社？　辞めたの？」

ここも率直にいってみた。

「はい。勉強したいことがあるそうで、今はもう、日本にいません」

驚く店長に、「スペインです」と苦笑いしながら、智紀は話題を変えるべく体の角度をずらした。

「先ほど、あそこのイベント台を見させていただきました。ほんとうにありがとうございます。すごく感激しました」

「ああ」

「こちらではああいった積極的な仕掛けを、随時なさっているんですか。店長さんのセレクトとうかがいましたが」

「まあ、それは」

「データにあがった数字を拝見し、今日はあわててうかがいました。ご挨拶が遅れて申し訳ありません。これからはちょくちょく寄らせてください」

これ以上できないほどにこやかな笑みで店長に視線を向け、智紀は一瞬「え?」と固まった。てっきりいっしょにイベント台を眺め、得意がる——とまではいかないまでも、満足げな顔くらいしていると思ったのに、店長はあらぬ方角を見て、目が合ったお客さんに会釈などしている。智紀の話は聞いていないような……。

「あの、店長さん? あの……」

返事がない。何を見ているのだろう。視線の先は雑誌コーナーだが、挙動不審の客がいるようにも見えない。

しばらくして店長はため息をつき、やっと傍らに立つ智紀を見た。おまえは何者だというような怪訝《けげん》そうな顔をされ、露骨なまでの冷たい眼差しにしどろもどろになった。

「ど、どうかされましたか?」

「何が」

「いえあの、今日は、あそこに並んでいるうちの本のことで……」

「想い出の本だ。自分が感銘を受けた本で話が合うというのは、何かこう、心の奥深くで通じ合ったような気になる。見ず知らずの人でも、多少しか知らなかった人でも、一冊の本により、友だちになることができるんだ。年齢や、立場、生まれとは関係ないところでわかり合えるような、喜びというか、楽しみというか――」

「ええ。本の醍醐味ですね」

気を取り直し話を合わせながらも感謝を伝えようとしたところ、店長は唐突に、にべもなくこう言った。

「君には関係ない。悪いが、帰ってくれないか」

「は？」

「平台の話ならもういい。失礼させてもらうよ」

智紀は耳を疑った。冗談でないことだけは声のトーンでわかった。でもなんと言い返せばいいのかはわからない。言葉を失っている間にも、店長は智紀に背中を向け、店のバックヤードであろう場所に引き揚げてしまった。

ぽつんとひとり、通路に突っ立って放心する。何がいけなかったのだろうか。いけないことを言ったのだろうか。頭の中でやりとりを思い出そうとするのだけど、心が追いつかない。すっかり舞い上がりへらへらしていただけに、へこみ方も大きかった。

あそこに並んでいるのは、ほんとうにうちの本だったのだろうか。

とにかくその場を取り繕《つくろ》いたくて、夢中で足を動かした。先ほどの店員さんをみつけ、新刊案内だけは手渡す。店長が引っ込んでしまったことに気づいていないらしい。きょとんとした顔をされ、かける言葉もなく智紀は曖昧な挨拶だけを口にした。

店を出るとすっかり日が暮れていた。

(帰ってくれないか)

一番恐れている言葉を投げかけられた日となった。

営業をクビになったらどうしよう。やっぱり向いていないのだろうか。

そうやって、自分のことばかり考える自分に、たまらなく嫌気が差した。

「それは解せないなあ。ひつじくんになんでそういう態度を取ったんだろう」

「ですよね。と言いたいとこですけど、ぼくは井辻ですよ」

恵比寿《えびす》駅の近くの公園で、智紀は昼食の弁当に箸を伸ばす。木陰のベンチに並んでいるのは佐伯書店の真柴だ。午前中、まわった書店で出くわし、ワタヌキ書店の話をしているうちについつい弁当など買ってしまった。恵比寿の駅ビルで智紀は七百八十円の山菜おこわ弁当、真柴は八百二十円の和風ハンバーグ弁当。けっして安いとは言えないが、味もよく品数も多く、店でこれだけのものを食べるとなると軽く千円を超すだろう。

真柴とはよく顔を合わせるが、それでもいっしょに食事となるとこれでまだ四度目だ。他の人がまじったこともある。

「君が明林書房ということはちゃんと言ったんだよね」

「もちろんです。名刺も渡しました」

「あそこの店主、愛想はよくないけど、店が傾きかけたときも踏ん張って、本屋の看板を守り通した人なんだよね。ああ見えて、意外とロマンチストで情に篤《あつ》いんだ。だから『白鳥』をてんこ盛りしても、ちょっと驚くだけだったのに」

智紀はおこわの硬さを噛みしめ飲みこみ、ペットボトルのお茶で喉《のど》を潤してから言った。

「店長という人が、あそこの経営者ですか？」

「うん。名刺、もらわなかったの？　漢字で『綿貫さん』っていうんだよ」

名刺はもらい損ねたのだ。とりつく島もなかった。

あのあと帰社し会社の同僚に話したが、うまく説明できなかったこともあって、首を傾げられただけだった。へんねえ、体調でも悪かったんじゃないの、と。『白鳥の岸辺』の展開については みんなも喜んでいた。どこかで取り上げてくれないかと、期待する声もあがったけれど。

「店が傾いたこともあったんですか？」

「まあね。それはどこでも似たようなもんでしょ。今は、個人経営の書店はほとんど綱渡りに近い状態だから。ワタヌキさんとこだと、二年くらい前が一番やばかったんじゃないかな。そうとうテンパってて、あの店主にも近寄りづらかったよ。一時はもう保たないという噂も流れたんだ。でもそこから持ち直し、今ではかなり安定してると思う」

人のことを「ひつじくん」などとふざけた呼び方をするのに、真柴はひどくまともなことも口にする。ときどきだけど。提案する補充プランなども、意外と的を射ているのかもしれない。彼がフロアに現れると、とたんに表情が明るくなる書店員をこれまで何人も見てきた。女性に限らず。

特別優れた顔立ちでもないし、図々しさが表に出ているし、不真面目そうだし、まちがっても女に持てるタイプではない（と思う）のに、書店員の受けは、たぶんかなりいい。

羨《うらや》ましいことだ。人がクビの心配をしているというのに。

「あの本さ、ひつじくんは読んでいるの？」

「途中です」

今度の一件で、あわてて読み始めたばかりだ。

「くやしいけど、素晴らしい名作だよね。あれはもともと、今はなき谷岡書房《たにおかしょぼう》というところが翻訳出版した本でね。かれこれもう十年前になるかな。いい本だったのに版元が倒産し、ほとんど日の目を見ることがなかった。それを五年前、明林書房が引っぱってきて、装丁も新たに世に出したんだ。ところが時期が悪かったというのかな。その頃はちょうどセカチューがブームになりかけの頃で、ああいった地味で重たくて暗いけれど、じんわり心にしみるような本はなかなか手に取ってもらえなかった。作者もけっして名の売れた人ではないし」

智紀はうろ覚えの名前を口にした。

「ウィリアム・エマーソンですよね」

鼻先で笑われる。

「覚えたばかりだろ。三歩歩いて忘れることのないように。寡作《かさく》だけど、いいものを書く人なんだ。『白鳥』は佐伯で出すべきだったんだよ。なんとしてでもうちから出してくれればよかったのに。五年前のことじゃ手も足も出ないけど。また〝あーあ〟っていう思いを味わわなくちゃいけない。つくづく残念だよ」

明林に先を越されて、そんなに悔しいのか。珍しいこともあるもんだ。

書店まわりの営業マンは一匹狼的なところがあり、会社から離れ、連れもなく、いつでもどこでも単独で行動する。自社本をアピールするのが仕事なので、本は大切なパートナーとなり、思い入れも自然と強くなる。他社本を褒めるのは競合していないジャンルがせいぜいで、あとは大人の余裕を見せるとき。あからさまに羨ましがることはめったにない。真柴のような人間も例外ではないだろうに。

珍しさにつられ、智紀も本音を漏らした。

「ワタヌキさんのがんばりはすごいと思うし、じっさい売れてます。あそこからブームになってくれれば嬉しいけど。そうならないと『白鳥』は結局、一店舗のみの賑《にぎ》わいで埋もれてしまうんですよね」

「あれ？　ひつじくんは、そういうことを言うの？」

「そういうって？」

「『白鳥』がこのまま終わると思ってるわけ？」

自分ならブームにしてみせると、真柴は言いたいのか。

書店員の作った一枚のポップから、全国的なベストセラーが生まれた例はある。

そこに営業マンの果たした役割りもあったのだろうが、何をどうすればいいのか、自分には具体的な案が見出せない。

「あれ？　まてよ」

眉を寄せる智紀の横で、真柴がつぶやいた。

「ここしばらく、ワタヌキ書店には明林の本がなかった。店が危なくなったときにいきなり棚から外し、全部返本してしまったんだ。以後一切、置かなくなった。だから営業もまわってなかったはずだ。そうだよね、ひつじくんの前任者はあそこをスキップしてたろ？」

「ええ。まわってませんね。返本って、どういうことです？　店のてこ入れのために、うちみたいな小さいところを切ったということですか」

「さあ、どうかな。あの頃の店主はさっきも言ったとおり、そうとうぴりぴりしてた。配本に不満があるというのは聞いたよ。でもそれは大手の出版社だろう。大きいところはどうしたって大型書店を優先するからね。でも結果的に棚を切られたのは明林だけだった」

「うち……だけ？」

「それもまあ不思議といえば不思議だけど、最近になって棚を復活させたのは、別におかしなことでもない。あの規模の書店なら明林がある方が自然だからね。ただし、平積みが『白鳥』というのはなぜだろう。営業が来てないのなら、重大な最新情報をキャッチしそこねているかもしれない。それなのになぜわざわざ『白鳥』を大々的に並べるのか。妙な気分だな。純粋にあの作品のファンなんだろうか」

智紀は真柴を揺さぶるようにしてたずねた。

「あれってなんですか。重大な最新情報って？　もっとわかるように話してくださいよ」

「うーん。教えてあげてもいいけどさ。ひつじくんも、ひとつ頼まれてくれない？」

「何をですか。井辻ですけど」

「あの女の店員さん——思い出したよ、名前は安西《あんざい》さんだ。細いストライプの入った清楚な白いブラウスに、きゅっと締まった紺色のキュロットという制服姿も似合ってるけど、花柄のスカートもよかったな。誕生日とか、聞き出してくれないか。でなけりゃ合コンの手配とか」

がらりと表情を変え、にっこり笑みを浮かべる真柴に智紀はあわてて首を振った。

「だめです」

けち、という言葉を聞きながら、これ以上真柴にたずねるのはやめようと思った。

佐伯の営業に懇願することではないだろう。平台を埋めているのは自分のところの本なのだ。

「『白鳥』をがんばって読み切って、自分で調べます」

「そう？　どうでもいいけど、ひつじくん、本はがんばって読むものなの？　君って本が好きなの？　ときどきそうやって、ものすごいしかめっ面で本について語るよね。君はなんで出版社の営業になったの？」

「本は好きです。ただ……」

思わず力が入り、割り箸を折りそうになりはっとした。いけない、いけない。

「なんでもないです。本が好きなのはほんとうです。ただ」

「ただ？」

「ちょっとだけ、趣味が偏っているというか……」

「どんなふうに？」

再び、割り箸を見て我に返る。いけない、いけない。しなりきっている。わざとらしくハハハと笑い、「卵焼きをあげましょうか」などと、さらに不自然な言動に走った。

大好きな読書を守るためにも、ここはやはり踏ん張りどころなのだ。


その日の夕方、智紀はワタヌキ書店に寄ってみた。ふがいないことに腰が引け、敷居が高かったこと。店長が休みと聞いたときには、心からほっとしてしまった。

この前の自分と店長とのやりとりを聞いていた人はいないらしく、ただ単に店長の体調がすぐれず、早めに話を切り上げたと思われているようだ。

「あの飾りつけもポップも、みんな店長が作ったんですよ。売れるとすごく喜んで、読み終わったお客さんと話がはずむこともしょっちゅうなんです」

例の安西さんに、にっこり微笑んでそう言われると、気まずいムードのことは切り出しにくい。

「うちの棚を復活してくださって、ほんとうにありがたいです」

「ああ、しばらく置いてなかったみたいですね。でもこれからはまたよろしくお願いします」

「もちろんです。あの——」

安西さんの口ぶりからすると、そこに深刻な理由はなかったようだ。

「もしよろしかったら、このポップの言葉を控えさせてくれませんか。先だって会社でこちらのことを話したら、みんな大喜びで、どんなポップなのか知りたいと騒ぐんです。他に流用することはありませんし、もしもそれをお願いするときには、あらためてうかがいますので」

「だったらコピーを取りましょうか。出版社さんに喜んでもらえたら、うちとしてもすごく嬉しいですよ。他に使うときだけは、店長に訊いてくださいね」

そう言って、快《こころよ》く店のコピー機を貸してくれた。

こういったやりとりがふつうだと思う。店頭で販売に力を入れてもらえば、出版社側としては手を握って最敬礼したくなるほどありがたい。限られた売り場の中で、どの本にどのポジションを与えるかは書店員の采配にかかっている。出版社にできることはいい本を作り出すことと、いい場所をもらえるようお願いすることくらいだ。

そして、書店員はお客さんに喜ばれる本を並べ、ごくたまに出版社に感謝される。出版社の人間がすべての書店に足繁《あししげ》く通うわけにはいかず、書店員さんの努力に気づかないままというのはよくある。

でも気づいたなら、互いに健闘をたたえ合ってもいいじゃないか。

なぜ、ワタヌキ書店の主《あるじ》は、自分に背を向けたのだろう。なぜ、関係ないと言ったのだろうか。

その夜、智紀は『白鳥の岸辺』を読み終えた。十二歳のときに人を傷つけ、保護観察処分を受けた少女と、彼女を引き取った元教師という老婦人との心の軌跡を描いた物語だった。事件が絡み終始、緊張感が漂い、最後は静かな感動に包まれる。

虐待を受けて育った少女の深い孤独感と、それを受け止める婦人の言葉に、智紀は鼻水をすすりページに涙を落とし、顎が痛くなるほど奥歯に力を入れた。

本を閉じて寝入ってからも、少女のたどった恐怖と嘆きを追体験し、翌日の通勤電車の中では婦人のセリフを反芻《はんすう》した。何もかもがありありと浮かび、我を忘れそうで何度も鞄の取っ手を握りしめた。

この状態はとってもまずい。病気が出そうだ。

意識をセーブし、あのポップを見てみれば、実にうまいことが書いてある。

人は誰でもひとりぼっちです。そして、誰でも自分によりそう人をみつけられます。心の岸辺にこの本を置いてください。ひとりではないと、けっして、忘れないために

これをあの、仏頂面《ぶっちょうづら》の、愛想のかけらもない親爺《おやじ》が書いたとは、世の中わからないものだ。自分もこんな言葉を紡《つむ》ぎ出す人になりたかった。

本の感想やらもらってきたポップのコピーやら、会社の同僚たちに見せたかったが、朝から新刊の販促会議や夏向きフェアの検討会があり、智紀もレジュメをいくつか受け取った。

その末尾に、予告ともいえる再来月の新刊ラインナップが並んでいて、とある一点に目が吸い寄せられた。

ウィリアム・エマーソン『森に降る雨』

あの作家だ。智紀は会議の終了後、秋沢のもとに駆け寄った。

「ええそうよ。『白鳥の岸辺』の人。あれの続編にあたるのよ。翻訳に手間取ったけれど、やっと出版にこぎつけたわ。カバーはまだだけど、帯の案はできてるの。見てみる？」

秋沢の差し出したA４の紙を、もぎとるように手にした。


心の岸辺に咲いた花は、いつかやさしい雨になる

「井辻くん、『白鳥の岸辺』はもう読んだ？　あの女の子が主人公なのよ。小さな村に移り住み、ゆっくりと自立していく。エマーソンのことだから、心がひりひりするような事件が絡むんだけど、甘すぎず辛すぎず、深いところでの豊かなラストシーンが待ち受けているの。ね、よさそうでしょ。読みたくなるでしょ」

智紀は首を何度も縦に振った。あの続編がすぐ読めるとはとても幸せだと思うが、ますます危なくなりそうだ。

「どうしたの、井辻くん」

「いえ、なんでも。ああそういえば……」

ワタヌキ書店の店主が書いたポップとこの帯は、なんとなく雰囲気が似ている。呼応しあう関係のようだ。けれどどちらにもある〝心の岸辺〟という言葉は、記憶している限り、第一作目に当たる『白鳥の岸辺』の中に出てこなかった。

「この帯は、誰が作ったんですか」

「きれいだけど、ちょっと抽象的なのよね。インパクトに欠けるでしょ。まだ決まったわけじゃないのよ。他にいくつか案を出してもらって、営業部でもしっかり検討しなきゃ。出したのは吉野くんよ」

「吉野——さん」

「そう。彼が担当してる本なの」

それを聞き、智紀は帯を借り受け秋沢に会釈した。たずねたいことがあるからと、階段に走った。エレベーターは使わず、一気に三階まで上がる。編集部は三階で、開けっ放しのドアから中に入り、吉野の姿を捜した。

四つ先輩の吉野は、営業部から編集部に異動となった変わり種で、涼しい目鼻立ち、すらりとした容姿、知的なたたずまい、誰もが認める好青年だ。性格も、思慮深く温厚。どこかの誰かさんと大違い。

智紀の受け持っているエリアの、ふたつ前の担当者でもある。

「井辻くん、どうかしたの？　用事？」

声をかける前に机の角にぶつかって、気づかれた。なんだか自分はいつもこう、かっこ悪い。

「仕事中、すみません。今度出る文庫のことでちょっと」

「それ、もしかして『森雨』の帯？」

さわやかな笑みが向けられる。整っているのに冷たさを感じさせない、人柄のにじむ笑顔だ。

「秋沢さんからもうダメ出しをもらってるよ。抵抗するつもりだけど、他にも案は考えないといけないな」

「いえ、これというか、『白鳥の岸辺』なんです。あの一点のみを大々的に展開している書店をみつけました。そこに立ってるポップの言葉と、この帯の言葉が似てて。気になったもので」

「どんなの？」

智紀は持参していたコピーを吉野に見せた。

「へえ。いい文章だね。うまいな」

「ですよね。ここにある〝心の岸辺〟という言葉が、あの作品をいい感じで表していると思うんですよ」

相槌を求めるように吉野の顔を見て、あれ？　と思った。

たった今までのやわらかい笑みが消えている。

「どうかしました？」

「ううん。なんでも。偶然とはいえ、同じだからちょっと驚いた。書店と言ったね。どこが並べてくれてるの？」

「東横線沿線のワタヌキ書店っていう店なんです。吉野さんは知ってます？　ずいぶん前にうちの本を切ってしまったそうですね。最近復活したみたいで、様子を見に行ったら『白鳥』がイベント台を占領してました」

吉野は体の向きをデスクに戻し、置いてあったペットボトルに手を伸ばした。突っ立ったままの智紀に気づき、すかさず言う。

「何か飲む？　冷蔵庫に買い置きの缶コーヒーならあるよ。持ってこようか」

「いえ、いいですよ。急におじゃましてすみません。大した話じゃないですし。仕事の手を止めさせちゃってますよね」

「大丈夫だよ。ワタヌキ書店なら、前にときどき行ってたな。店長さん、頑固そうな人だろ。元気にしてた？」

「はい。でも、機嫌が悪かったんですよね。せっかくうちの本を取り上げてくれてるんだから、こちらとしてはありがとうございますって言うじゃないですか。そしたらやけに怒った雰囲気なんです。おまけにその……いきなり帰ってくれと言われました。初めてです。あんなふうに、露骨《ろこつ》にあしらわれたのは」

せっかく埋もれかけている名作を独自の視点から取り上げ、熱のこもったキャッチコピーまでつけてくれたのに、出版社の人間には見向きもしなかった。迷惑がられた気さえする。

「どうしてなのかな。失礼なことを言った覚えはないんですよ。言うも何も、言葉なんか二言三言しか交わさず、あっという間にバックヤードに引き揚げてしまいました。他の店員さんは体調が悪かったからだと言いますけど、それだけかな」

「虫の居所が悪かったんじゃないの。井辻くんに心当たりがなければ、気にすることはないよ。うちの本を売ってくれてるなら、それだけでありがたいし」

「はい……でも、行きづらくなりました。そんなこと、言ってちゃだめですよね」

「さあ。無理して通うこともないと思うよ。ときどき新刊案内だけでも置いてきたら?」

智紀はうつむいたまま、首だけ少し動かした。ふがいないもいいとこだ。

あの親爺さんの言ったように、言葉でなく本によって通じ合えるようになれればいいのに。

「それより仕事はどう? 書店まわりもそろそろ一巡した頃だろ。これからはフェアの企画にも積極的に参加するといい。企画を考えることで、書店をあらためて意識するようになるから。胸を張ってプッシュできるようなフェアが、井辻くんだってほしいだろ。営業部も編集部も、新しいアイディアに期待してるよ」

「まだ、ぜんぜんですよ。書店をまわると今でもみんな、言います。吉野さんはどうしているかって。また担当に戻ってほしいみたいです」

自分じゃ力不足だからと言いかけてやめた。ほんとうのことを言って、先輩を困らせてどうする。励《はげ》ましの言葉や慰めの言葉をほしがってるわけじゃない。

この場は笑ってしまおうと顔を上げると、おそらく、今の自分よりはるかに苦みの利いた、開き直りに近い笑みを口元に刻み吉野は言った。

「ぼくは失敗したんだよ」

「は？」

「信頼を寄せてくれていた書店さんの、その信頼を裏切った。入れると約束した本を入れられなかった。よくあることだと思う？　たしかにね。珍しくもない出来事だろう。でも、何事にも状況というのがあるじゃないか。それは入れなきゃいけないものだった。入れて、信頼に応えなきゃいけなかった。でもそれができず、壊れた関係を回復するところでも躓《つまず》いた。ぼくのミスだよ。失敗だ」

とっさに、何を言われているのかわからなかった。真顔になりうつむく吉野に、いっそう混乱した。なんの話をしていたのかさえ、すっ飛んでしまう。

場所は編集部にまちがいない。他にも社員がいて、電話をしたりゲラのチェックをしたり、届いたＦＡＸを間に何やら話し合っている人たちもいる。

わけのわからないことを口走り顔色を変えた吉野に、気づいている人はいないようだ。

智紀はまわりの目を気にして、自分の立ち位置をずらした。未だに書店員から絶大なる支持を得ているこの先輩は、自分の劣等感を延々刺激し続ける人でもあるが、それと同じくらい憧れでもあった。明林さんには優秀な営業がいると言われれば、誇りに思わずにはいられない。

その人がなぜうなだれているのだろう。

「吉野さん――」

「君はまだまだこれからだ。いろんなことがあると思うけど、ぼくのようになってはいけないよ。いや、失敗なら誰にでもあるだろう。思いがけないアクシデントは起きるものだ。突然のトラブルに見舞われることも。うっかりのミスだって、人間ならどうしてもありえるよね。だからしょうがないのかもしれないけれど、せめて、申し訳なかったと思ってる気持ちだけは受け取ってもらわなきゃ。伝える努力を怠ってはいけないよ。途中で投げ出せば、溝は決定的なものになる。ちょっとやそっとじゃ埋まらなくなる。だから、井辻くん」

くれぐれも気をつけてと、吉野の眼差しが智紀に注がれた。はいと答える声が、ばかみたいに裏返った。

「もちろん、仕事だからね。割り切らなきゃいけないところもあって、シビアにならざるを得ない場面も多々ある。期待されても応えられなかったり、ついつい調子に乗って安請け合いして、あとから後悔したりね。そういや……失敗なんてたくさんやってきたな。ぼくは融通《ゆうずう》の利かないところがあって、なんでもきちんとやり通そうとする。気負いすぎるんだ。がんばるんだけど、結局はひとりよがりの空回りで終わることがよくあった。なんだ、君にえらそうなことは言えないな」

「いえ、そんな」

「けっこう、やっかいな人間なんだよ」

訥々《とつとつ》としゃべりながら、声がしだいにしっかりしてくる。いつもの表情にだいぶ戻ったところで、智紀も頰の強ばりをゆるめた。

だが、別のところでぐっと力をこめる。引き続き吉野の話はよくわからなかったが、営業の仕事になみなみならぬ情熱を注いできたのは察せられる。これは手ごわい。自分が書店員でも、この人が来なくなったら寂しいだろう。まずい。

「調子よすぎる人より、ずっといいですよ。佐伯の真柴さんって、知ってますよね。ぼくは初めから目をつけられ、からかわれてばかりです」

「ああ、あいつね」

そういえば年も同じぐらいのふたりだ。並び立って書店をまわっていたら、さぞ見物だっただろう。今の自分はしてやられっぱなしだが、さすがの真柴も吉野相手にそうそう余裕を見せていられなかったはずだ。

「そうか。あいつ、君で遊んでいるのか。でも、いかにもやりそうだな。やられてばかりじゃだめだよ」

「今のところ完敗中です。すみません」

ほんとうにおかしそうに、吉野は白い歯をのぞかせた。

「真柴ねえ。わかった。どうしても困ったことがあったら、言いにおいでよ。ぼくはあいつの弱みを握っている。一矢報いてあげよう」

「ほんとですか。あてにしますよ」

「うん。任せなさい」

最後は冗談の出る雑談となり、智紀は足取りも軽くなって編集部をあとにした。手に持っているのは文庫の帯見本とポップのコピー。

リズムを取りながら階段を下りていき、二階の踊り場をまわったところで足が止まった。

数年前、明林の本だけを撤去したワタヌキ書店。

吉野が口にした、〝ぼくの失敗〟。

ふたつはつながるのではないか。吉野がいきなり過去のミスを語り始めたのは、自分がワタヌキ書店の話を持ち出したからで……。

「すぐに気づけよ」

気づいたら、あの場が収められなかったか。

智紀は営業部に戻り、電話中の秋沢を待ち、受話器を置いたところで話しかけた。

「今、少し時間をもらえませんか？」

秋沢は智紀の顔と手にしている紙切れを見くらべ、机の脇にあった段ボールをずるずる引っぱった。

「これの中から探したい資料があるの。手伝ってもらおうかな。二階の第三会議室に運んでくれる？」

智紀はすぐ腰をかがめ、段ボールを両手で持ち上げた。

中に入っていたのは、メディアに取り上げられた書評で、明林書房に関係するものだけファイルに保存されていた。ごく簡単な選り抜き作業だけ頼まれ、仕分けたものに秋沢が目を通す形となった。

「『白鳥』のポップを吉野くんに見せたんでしょ。彼はなんか言ってた？」

「どこの書店かと訊かれたので、ワタヌキ書店だと答えました。吉野さんはふつうに、『前にときどき行ってた』と言ったんですけれど、そのあと、自分の失敗談を話し始めて。ちょっと妙だなと。ワタヌキ書店って、いきなりうちの棚を切った店だそうですね。外回りしているときに噂を聞きました」

秋沢は書類を手にふっと息をついた。

「曰く因縁のある店と言ったら大げさかしら。でもトラブルがあったのはほんとうなのよね。吉野くん、まだ気にしているのかな。彼の名誉のためにも言っておくけど、あれは彼が悪かったんじゃないのよ。井辻くんが入る前、今から、かれこれもう三年になるかしら。うちの本で、『月はなんでも知っている』という本がいきなりバカ売れしたのよ。知ってるでしょ、あの本」

「はい」

当時大人気だったポップスグループのボーカリストが、テレビ番組の中で、めちゃめちゃ面白い本と絶賛したことから火がついた。テレビドラマ化され、主題歌をそのグループが歌い、ブームはしばらく続いた。

「なんの前触れもなく、突然のことだったからたちまち在庫は品切れ、注文が殺到、重版が追いつかない。こちらとしては、まさに嬉しい悲鳴だったわ。悲鳴の方がちょっと大きかったかな。今の井辻くんなら、想像がつくでしょ」

だいたいはわかると思う。

「そんな中、吉野くんはワタヌキ書店の注文を受けたの。彼のことだから安請け合いしたわけじゃない。確実に希望数が入るよう、きちんと手配したのよ。その頃のワタヌキさんはいろいろ苦しい状況で、大手出版社の本が思うように入らないとこぼしていたようだし、吉野くんとしては少しでも力になりたいという思いもあったんでしょうね。うちは大丈夫ですと言い切ってしまった」

秋沢は言葉を切り、手にした書類を少し揺らした。

「でも本は入らなかった」

なぜという智紀の目に、秋沢は首を横に振った。

「製本所からの納品直前に不良品がみつかったの。印刷し直すことになり、二週間足止めになった。幸か不幸か、すべてがだめになったわけでなく半分ほどは助かり、その、一歩先んじて出来上がった半分は予定通り大型書店に納品された。こればっかりは皮肉な巡り合わせだったのよ。逆だってありえたのに、たまたまそっちの半分は生きて店頭に並べられた。綿貫さんの怒りは大きかったわ。どこにも入らなかったら、あそこまで憤慨されなかったでしょう。こちらとしてもお詫《わ》びはしたのよ。説明もしたわ。でも、やっぱり大手を優先するのかと言われれば、何をいってもしょせん言い訳よね。現に大型店の平台に積まれ、毎日売れてるんだから」

智紀はだまって下を向いた。これまで訪れた小さな店で、愚痴やら、ぼやきやらをときどき耳にしてきた。

大きいところは大きいところなりに大変だろう。でも、小さなところを大切にしてこそ、文芸の出版社だと思う。弱小に光を当てるのが文学だから。

吉野にもその気持ちは大いにあったと思う。

「でもね、言わせてもらえば、苦しい状況にいたのは綿貫さんだけじゃないの。吉野くんだって、大変だったの。お母さんが倒れられて、結局そのあと亡くなったのよ。だから彼としても思うようなフォローができず、精神的にもいっぱいいっぱいだったと思うわ。綿貫さんにしてみれば、彼の態度を冷たいと感じたのかもしれない。いずれにしても吉野くんが落ちつきを取り戻す前に、ワタヌキさんからうちの本はすべて撤去され、取引は途切れてしまった」

「そうだったんですか」

「最悪のこじれ方ね。もちろん、上司である私の力不足よ」

信頼を寄せられ、応えきれずに裏切った、吉野はそれを自分の失敗としたのだ。

「このままでいいと思っていたわけでもない。いずれ折を見て、足を運んでみようと思ってた。そしたらこの前、井辻くんが思いがけない知らせを持ってきてくれたでしょ。あれには驚いたわ。顔に出た以上に」

「いや、でも……」

「吉野くんにはまだ言いそびれていたの。あそこのご主人がどういう気持ちなのか、わからなくて」

「ぼく、言っちゃいましたよ」

「いいのよ。こういうことは考えすぎてもだめなのよね。井辻くんがさくっと伝えてくれてよかったわ。あそこから明林の本がなくなったことに、吉野くんはきっと責任を感じていただろうから、少なくともそこだけは好転してるわけじゃない。綿貫さんね、感情的になりやすい人だけど、その分、義理と人情に篤い人なのよ。吉野くんのこともきっとわかってくれるわ。たぶん、息子のようにかわいがっていたんだろうから」

それだけに裏切られたと思ったとき、ショックが大きかったのだ。吉野にしてみれば逆に、裏切りたくない相手だったろう。だからあんなふうに引きずっている。

「綿貫さんは『白鳥』を積んでくれてるのでしょう？　前に聞いたことがあるわ。ふたりが親しくなったきっかけの本よ。あれを読んでどんなところに揺さぶられ、どのセリフに泣けたか、ずいぶん盛り上がったみたい。だからきっとこれから綿貫さんを喜ばせることができるわ。『森に降る雨』は吉野くんが出す本だもの。一年半前に、どうしても自分の手で『白鳥』の続編を出したいと言い出して、それで編集部に移ったのよ」

「希望して異動になったとは聞いてましたけど。この文庫のため？」

智紀はあわてて帯見本を手に取った。

「うん。ちょうど編集部で欠員が出て、募集をかけるところだったの。吉野くんならいただきますってことで、持っていかれちゃった。この文庫に限らずいい仕事するだろうから、もう返してくれないわよね。うちのエースだったのに」

君でがまんするしかないと、秋沢が含みのある眼差しを向けたので、智紀は段ボールの中に手を突っ込んだ。仕分けの作業を再開する。

「とにかく営業は、社内でなく、よそさま相手の仕事でしょ。やりとりにはじゅうぶん気をつけてね。さっきは吉野くんは悪くないと言ったけれど、ほんとうはミスを犯しているの。どこがいけなかったのか、わかる?」

あやまりに行くのが遅かった? 事後処理の悪さ?

吉野はやってしまったことより、フォローの仕方について悔いが残っている口ぶりだった。溝を作ってしまう前に、謝罪の気持ちだけでもしっかり伝えろと智紀に忠告した。

でも彼の場合は、母親が倒れたという事情があったのだ。それを考慮しないのはあんまりだと思う。

「仕方ないんじゃないですか。防ぎようのないアクシデントなわけですし」

「だからね、最初に、〝ぜったい〟なんて言ってはだめなの。なにも、逃げ道を作っておけと言ってるんじゃないわ。でもじっさい問題、何が起きるかわからない。それがこの世の常ってもんよ。がんばります、入れるように努力します、これはいいわ。でも、必ず、ぜったいは、誰にも言い切れやしない。だから言ってはだめ。本はみんなで作るものよ。たくさんの人の手を通り、順繰り順繰りめぐりめぐって書店に届く。個人プレイではありえない。このことは吉野くんにも言ったわ。珍しく、反抗的な顔をしていたけれど」

「吉野さんが?」

「そうよ。あれでなかなか頑固で負けず嫌いなの。綿貫さんに『ぜったい入れます』と言い切った、その言葉に非があったとは認めたくないのよ。『もし入らなかったら、すみません』と言っとけばよかった。でも言いたくない。『必ずなんとかします』と、どうしても言いたかった。それは気持ちであって仕事じゃないわ。まったくもう、お馬鹿よね。あんなに困ったくせに、営業としての立場以上のことをしたかったんでしょう。まあ、それ以降は気をつけていたようだけど」

井辻くんはだめよと釘を刺された。でも智紀は「はい」という返事をためらった。親しく付き合っていた店が苦しい状況に陥ったとき、少しでも売り上げに貢献できる手だてがあるのなら、「入れます」の言葉に〝ぜったい〟をつけたくなる。

自分で本を作っているわけではないのに。ひとりよがりの自己満足でしかないのに。それがかえって、相手を傷つけることになるかもしれないのに。

なんでだろう。秋沢が言うように、馬鹿だ。

でも本に限らず、人は、つけちゃいけない〝ぜったい〟をつけてしまうときがあるような気がする。わかっているのに、どうしても口にせずにいられないときが、あるのではないだろうか。

ワタヌキ書店の主人が、今どんな気持ちで『白鳥の岸辺』を並べているのか。

もう一度、足を運んでみようと思った。

吉野の思いは、あの平台の岸辺に届いていないのだろうか。

改札口を出て、ドーナツショップとドラッグストアに挟まれた道を入っていく。靴屋、弁当屋、携帯ショップ、八百屋に美容院。

ついさっき立ち寄った書店でのやりとりが、なかなか頭から離れない。

「あの本、入りませんでしたよ」

午後にまわった六軒目の店だった。にっこり笑いながら言われたのに、心臓をぎゅっと摑まれたような気がした。

「ぜったい入れてくれるって、言ってたでしょ？」

そう言って指さすのは平積みになった単行本の一冊。しまったと思った。最近、三作目が出たばかりのシリーズ本で、この店では、残数がわずかになった一作目の注文を受けていたのだ。でも入荷しなかった。

理由はすぐに思い当たった。品切れで現在、重版待ちの状態だ。注文を受けた日までは在庫があったのに、それがまわる前になくなってしまったのだろう。あと少しのタイミングでこの店には入らなかった。

「申し訳ありません」

智紀はついつい大きな声を出してしまった。

「そんなにいきなり、頭を下げないでください。文句が言いにくいじゃないですか」

「は？」

「明林さんが来るの、楽しみに待ってたんですよ。来たら、ガツンと怒ってやろうって。深刻な顔であやまるより、冷や汗かいてくれるとか、言い訳をたっぷり聞かせてくれるとか、お詫びに栞《しおり》を入れてくれるとか、作家さんのサイン本を融通してくれるとか、いろいろあるでしょう？」

そういうものなのか。そういうものなんだろうか。

まだまだだ――

思い出して、ほんとうに冷や汗をかきそうになり、智紀は額に当てた手を止めた。

振り返り、駅から歩いてきた道を目でたどる。目的のワタヌキ書店はまだ先だ。電車を降りて階段を上がり改札を出る。小さいながらもバスターミナルがあり、そこを横切り、商店街を抜けて店頭まで。徒歩で十分はかかるだろう。

智紀が初めてワタヌキ書店を訪れた日、店員さんは店長に連絡を取り、二十分くらいで戻るから待っていてくださいと言った。でも店長はそれより五分は早く現れた。夏の昼下がりでもないのにかなりの汗をかき、しきりにハンカチで拭っていた。

走って戻ったのではないか。電車を降りてからずっと。

なぜなら、連絡があったから。明林書房の営業が来ていると。

息せき切って駆けつけたのだ。その営業が吉野だと思って。

あのとき店長は智紀を見て機嫌を悪くしたんじゃない。がっかりしたのだ。

気を取り直し、前任者のことをさりげなくたずねてみたのに、自分はなんて答えただろう。

そう、辞めてしまったと告げた。

漫画雑誌、婦人誌、時刻表、カメラ、車、ＮＨＫテキスト。月刊雑誌の棚をすり抜けて、智紀は奥のビジネス、文芸誌のコーナーに出る。イベント台の上では白鳥のぬいぐるみが、すまして明後日《あさって》の方を向いていた。

店長の姿はすぐみつかった。今日は〝出〟の日だったらしい。岩波文庫の前で声をかけ、誰だっけという顔に向かって「明林書房です」と頭を下げた。

「ああ、そうか。この前、来てくれた人か。申し訳なかったね。あのときはちょっと体調が悪くて、すぐに失礼してしまった」

「いいえ。突然おじゃましまして、お目にかかれただけでも嬉しかったです。ありがとうございました」

この前の、強ばったぎごちない表情がうそのように、四角い顔ながらも今日は丸みのある穏やかな笑みをのぞかせてくれた。新人の営業に居丈高になる人ではないのだろう。そんな人柄ではないはずだ。

「先日はお休みの日に、ポップのコピーをいただきました」

「うん。ぜんぜんかまわないよ。ただ、照れくさいな。あれを書いたのが私とは、店の中でも極秘事項なんだ。若いお嬢さんも買っていってくれるからね。こんなむくつけき中年親爺が書いたと知ったら、幻滅させてしまうよ」

とんでもないと笑いながら、智紀はにこやかに切り出した。

「実はこの『白鳥の岸辺』の続編が、やっと出ることになりました。再来月の予定です。ぜひよろしくお願いします」

「そりゃいいね。待っていたんだよ。というか、お宅、遅すぎだよ。作者はとうの昔に書き上げ、その版権はお宅にあったんだろ。もっと早くに出してくれればいいのに。いい加減、痺《しび》れを切らしてしまった」

「すみません。実は社内でも、店長さんと同じように痺れを切らした者がいまして、自ら買って出て担当編集者になりました。以前この地域を担当していました営業の、吉野という者です」

「吉野……？」

「はい」

店長はまた惚《ほう》けたような顔になった。智紀を初めて見たときもこんな虚を衝かれたような顔をしていた。

「君、前任者は辞めたと……」

「ええ。ひとつ前の担当はもともと短期の契約社員でして、語学留学のために現在スペインに滞在中です。その前にこのエリアを担当していた営業は、編集部に移りました」

店長は肩で大きく息をついた。文庫の棚の前の立ち話だったが、ふらふらと歩き出したのであとを追った。イベント台の脇で止まる。

「吉野くん、まだいるのか」

「はい」

「元気でやってるかい？」

「はい。今は、『白鳥』の続編のために、がんばってます」

店長はかすかにうなずき、並べられた文庫の表紙をみつめた。

「吉野くんには申し訳ないことをしてしまった。もうだいぶ前になるけれどね、彼には何も非がないのにちょっとしたことで腹を立て、大人げないまねをした。自分の店が火の車だからって、八つ当たりもいいとこだったよ。明林さんにも迷惑をかけた。やっと反省に至ったものの、どうにもあやまり方がわからなくてね」

それで、と一冊を手に取る。曲がっていた帯を直し、そっと元に戻す。

イベント台は読者へのメッセージを伝える発信基地にもなりえるし、売り上げデータを通じて出版社にも届く。

智紀は鞄を開けて、中からA4の紙を取り出した。

『白鳥』の続編は、『森に降る雨』というタイトルです。まだまだ一案ですが、吉野の作った帯があります。ご意見を聞かせていただけますか」

店長は手に取り、文字をゆっくりたどり目を瞬《しばたた》いた。

「いい本になりそうだね。たくさん仕入れなきゃいけないな。平台を空けて待っているよ」

「よろしくお願いします」

細い銀色の雨が、『白鳥』の文庫にやさしく降り注ぐ。そのひそかな雨足が智紀には見えるような気がした。

常連客だろう。「おはよ」と片手を上げながら、派手な服に身を包んだお兄さんがやってきた。

「おお、いいところに来た。みっちゃん、今度この本の続編が出るんだよ」

「えー、また泣かす気？　女に泣かされ、本に泣かされ、干からびそうだ」

「泣かすよりいい。うんと泣かされなさい」

智紀はふたりの会話を聞きながら、そっと鞄から注文書を取り出した。

手に持って、在庫チェックに取りかかった。


「ふーん。あの親爺さん、顔に似合わず、ずいぶん粋《いき》な手を使ったもんだ。でもって純情。ちがう？」

「失礼なこと言わないでください」

久しぶりに顔を合わせた真柴に、智紀は自分から声をかけ、駅近くのコーヒースタンドに誘った。もちろん割り勘で、紙コップのコーヒーを傾ける。

「吉野もな、そういう理由で編集に行ったのか。やりたいことがあるとは言ってたけど、そんなに思い詰めていたとは」

「真面目で誠実な人なんです」

「あいつらしいといえばあいつらしいか。外見の割にスマートじゃないというか、無骨というか。ま、ぼくとしてはせっかくのライバルがいなくなって、非常に残念なんだけどね」

どういう方向のライバルなのか、わかってしまい智紀はわざとらしく息をついた。

「真柴さん、顔が笑ってますよ」

「え、そう？　ははは」

吉野の話が出たところで、智紀もやり残していたことを思い出した。

「いけない。うっかりしてて吉野さんに詳しいことを話しそびれた。平積みの件は報告したんですよ。でもあのときは、綿貫さんが怒っていたように言ってしまいました。吉野さんは自分のことをまだ許してないと思ったんですよね。ほんとうはちがうのに」

事情を知らなかったとはいえ、両方に惑わせるようなことを言ってしまった。

「早く訂正しなきゃ」

「なんかなあ。それって肝心なことじゃないの。この頃ひつじくん、うっかりが多くない？　さっきもストッカーを調べ忘れていたし、昨日は文芸でない棚の前でずっとぼんやりしていたよね」

「すみません。気をつけます。なんていうかその……『白鳥』の余韻をついつい引きずってて。ああ、まずいな」

智紀は紙コップを両手で持ち、プラスチックの白い蓋《ふた》をじっと見つめた。

「どういうこと？」

照明を落とした薄暗い雰囲気と、やかましくない程度のざわめきに、ふっと気持ちがゆるんだ。先だっての「ただ」の続きを口にする。

「ぼく、本は好きなんです。でもふつうの活字中毒とはまったくちがいます。一冊の本が気に入ると、その世界にのめりこんでしまうんですよ」

真柴が「え？」と、咎《とが》めるような声を立てる。

「たとえば、綾辻さんの『十角館の殺人』を読むじゃないですか。すっごく面白いので、しばらくそれ以外の本を読みたくないんです。心ゆくまで物語世界に浸り、再読し、絵を描き、舞台となる建物の図面を起こし、ジオラマまで作ってしまいます」

最後の一言に真柴は腰を浮かし、訊き返す。

「ジオラマ？　もしかしてあれか、ちまちました模型作り」

「そうです。これがもう楽しくてたまらないんですよ。大学に入って本格的に作り始め、もうたいへん。〝心ゆくまで〟の時間が長くなるし、どっぷりの度合いはひどくなるし、気をつけないとあちこちに支障が出てくるというか」

「趣味としては、まあ、悪くないんだろうけどな」

意外とやさしいことを言うじゃないかと、智紀は顔を上げ、真柴に視線を向けた。

「ありがとうございます」

「いやいや、話にはまだ続きがあるんじゃないか」

「続きというか、ぼくは大学時代ずっと明林書房でバイトをしてました。そのとき編集者だけはだめだと思ったんですよね。編集者って、大酒飲みが朝から晩まで酒を飲み続けるように本を読むんです。それこそ、がぶがぶ、ぐいぐいと。担当作家の原稿は当たり前ですが、その人がよそで出した本を読み、担当してない作家の自社本を読み、話題作を読み、新人の埋もれかけてる本を読み、さらに、新人賞に公募してきたアマチュアの原稿も山のように読みます。あれを見て、ぼくは閉所恐怖症の人が狭い螺旋《らせん》階段に押し込められたような息苦しさを感じました。もしも読みまくっている中に、魂本《たましいぼん》——ぼくは耽溺《たんでき》する本をそう呼んでいるんですけど——に出合っても、おちおち浸ってられないでしょ。次から次に魂本に遭遇してしまったら、ぜったいパニックに陥ってしまう。セーブして、心を落ちつける時間もないでしょうから」

　真柴がなんとなく体を引いているようで、智紀は気持ち、そっちに体を傾けた。

「もちろん編集の仕事とは読むだけじゃないです。よい本を作るためのセンスが大きく問われる専門職だと思います。誰でもなれるなんて思っていません。でもとにかく、ぼくには考える余地もないんです。それがよくわかったところで、ある日いきなり明林書房への入社を打診されました。これでもバイトとして雑用をせっせとこなしていたので、いくらか使えそうだと思われたんでしょうね。一応、学部も文学部ですし。本の話はふつうに楽しくみんなと交わしていました。いろいろ気をつけつつ、明林の本も読み進めていました。ありがたい話でしたよ。とっても嬉しかったです。でも断らなきゃだめだと、全身に冷たい汗を流していたところ、配属先は営業だと言われました」

「君にとっては、渡りに船だったのか。でも待てよ。のんびり好きな本だけ読んでいたいなら、何も出版社でなくていいだろ。他の職種にすれば……」

「だめです」

　思わず、紙コップを持ち上げテーブルに音を立てて置いた。真柴の顔が引きつる。

「明林書房のビルの中には大きな書庫がありまして、そこには、ぼくのもっとも敬愛する作家、宝力宝《ほうりきたから》の代表作、名探偵宝力宝シリーズの初版本が収められているんです。ぼくの夢はいつかあの本を読ませてもらい、心ゆくまで本の世界に浸った上で、数々の館をジオラマとして再現することなんです。今はまだ予定が詰まってて、すぐには取りかかれないので、いつか、ですね、いつか」

もちろん耽溺する本の予定だ。

難儀なやつだなと、つぶやかれた。常日頃、翻弄されているのは智紀の方だが、今日ばかりは真柴が智紀の熱気をうっとうしそうに手で払う。

「宝力の初版なら、古本屋でも手に入るような気がするけど」

「なに言ってるんですか。明林書房に保管されてる本がいいんですよ。ぼくは自宅に持ち帰ろうとか、手に入れたいとか、思っていません。休日に会議室でも借りて、ゆっくりめくらせてもらえればじゅうぶんなんです。明林書房は宝力宝を見出し、あのシリーズを世に出した出版社ですよ。あの建物の中でゲラのやりとりが行われ、装丁が検討され、注文を受けて出庫の手続きが取られた。そういう歴史ごと、素晴らしいんです。そこの一員でいられるなんて、考えてみたらすごく幸運ですよね。微力ながらも営業でがんばらなくては」

真柴は残っていたコーヒーを飲み干す。すっかりあきれたように軽く首を振った。

「今ごろ考えてみるなよ。欲深いんだか、浅いんだか、ややこしいやつだな」

「深いと思います」

「わかってるよ。だったらあれか、エマーソンの本も、魂本……ていうより病気本になりそうなのか」

「ですね」

自然と口元がゆるみ、目が宙を泳ぎ、こめかみあたりを小突かれた。

「営業でいたいなら、さわやかな笑みを浮かべろよ。明林に眠っている宝力シリーズも、書店に並べてくれる人がいて、読み継がれ、君のもとにも届いたんだ。今度は君が届ける側になるんだよ。ぼくが『白鳥』に歯がみしたのは覚えてる?」

明林に版権を先んじられて、悔しがっていたあれだろう。続編が出ることも知っていたのだ。

「真柴さんが自分の手で、仕掛け販促をしてみたかったんですよね」

「わかってるじゃないか。あの主人公は賢くて繊細で壊れやすい心を内に秘めつつ、それを守るために固い鎧《よろい》をまとう、実に魅力的な少女だったよ。対する老婦人も、負けず劣らず深みがあって素晴らしい。余韻のあるタイトルを詩情豊かな装丁で守《も》り立て、帯でぐっと引きしめれば、まちがいなく女性のハートを鷲摑みだよ。少なくとも女性店員を口説く自信は大ありだね。いっしょに飾りつけ、いっしょに語り合い、そしてほら、あの中に出てくるカフェテラスに似た店を、どこかからみつけてくればもう完璧だ。美味しいミルクティーのお店を知ってるんですよ、なーんてセリフ、ものすごく有効だと思わない?」

なんの話だろう。

すっかり形勢逆転で、目を輝かせた真柴が暑苦しく迫ってきたので、智紀は片腕で押し戻した。

「あれはうちの本ですよ。うち――じゃなくて、このぼくがしっかり販促活動に励むので、真柴さんは勝手に使わないでください」

しっかり釘を刺すと、とたんに拗ねた目になって口を尖らせる。

「あーあ。だから、『白鳥』は佐伯で押さえとくべきだったんだ」

「残念でした。再来月の平台はうちがいただきです」

「生意気だな、仔羊くんのくせに。こっちにもとびっきりの隠し球があるから。平台はあげないよ」

それぞれ空になったコップを手に立ち上がり、そろって「よしっ」と気合いを入れた。

店を出ると、黄昏に少し早い日差しが、歩道もビルも行き交う人々も車も強く照らしていた。街路樹のところどころが白く光っている。まぶしさに目を細めながら駅へと歩く。

新緑の季節。でもぼやぼやしてると、すぐに夏だ。それこそ毎年恒例の文庫フェアで、平台が埋め尽くされてしまう。割り込むのは至難の業だろうが、ものさえよければじゅうぶん勝機はある。

隠し球ってなんですか。もちろんないしょだよ。ほんとうにあるのかな。足をすくってあげるから、お楽しみに。白鳥には翼があるんです。君の足だよ。これから池袋でしたっけ。新宿だった？

改札口に入り、右と左に別れる。それじゃと、会釈をひとつ。

互いに、本のひしめくフロアへと向かう。

作り手と売り場。ふたつを結ぶ糸を、鞄の中にたくさん詰めこんで。さわやかな笑顔も忘れずに。

新人営業マン・井辻智紀の一日 1

○月×日、秋沢さんに呼び止められる。

昨夜遅くまでジオラマ作りに夢中になって、なんとか遅刻せずに会社にたどりついたものの、「おはようございます」の挨拶の途中で欠伸《あくび》がこみあげた。あわててかみ殺し、目尻ににじんだ涙を拭っていると、秋沢さんがにっこり笑って紙切れを差し出した。

「これ、書いてね」

なんだろうと怪訝に思う前に、「原稿依頼」の文字が目に飛びこんだ。

「書くって、ぼくが？」

「そうよ。井辻くんへの依頼原稿」

まさか。自慢じゃないけどぼくは文章書きが大の苦手で、小学校の作文では、原稿用紙のマス目に追いかけられるというシュールな悪夢をたびたび体験した。もちろん新聞投稿などまったく無縁。俳句も川柳のたぐいもだめ。

今は仕事の報告書ならそれなりにこなしているけれど、あれってだいたいのフォーマットが決まっているし。新刊本の紹介記事など、人の何倍も時間がかかる。

思えば、編集者というのは最初から無理だった気がする。なんとなく、営業より文章書きが多そう。

「それじゃあ、よろしくね」

「ちょ、ちょっと待ってくださいよ」

急いでプリントを読み進めると、テーマは「営業マンの一日」とあった。

「アンケート調査なの。井辻くんの今日の一日でいいわ」

「ぼくの一日なんて、ぜんぜんつまらないですよ」

「面白くなくたっていいのよ。毎日、受けや落ちを狙って仕事してるわけじゃないでしょ」

いや、そういう話ではなくて。とっさに言い返せず立ちつくすぼくをよそに、秋沢さんはさっさと自分の席に着いてしまった。左斜め前だ。さっぱりした顔でパソコンのキーボードに向かう。

ど、どうしよう、これ。

明林書房は小さいながらも都内に自社ビルを所有している。一階は営業部のフロア。二階は資料室と総務部。三階は編集部。四階に広めの会議室と応接室、社長室がある。

ぼくのデスクは営業部の中にあり、朝はまずフロアのはじっこに設けられたロッカー室に向かい、上着をハンガーに掛ける。服装の自由化は出版業界でも進んでいて、総務や編集部ではかなりラフな服装の人も見かけるけれど、営業の場合はまだまだスーツにネクタイが基本だ。

窮屈に思うときもあるけれど、寝坊した朝に考えなしで支度が整うところはなかなか便利だ。真柴さんは世の中の女子の数割が、確実に〝スーツ萌え〟属性だと嬉しそうに胸を張っている。数割の〝数〟が問題だろう。属性に入っていても、「だから何？」という肝心な問題をすっかり失念している。

おまけに、スーツの似合う男に生まれてよかったとしみじみ言っているのだから、救いがたい。

上着をハンガーに掛けて、身軽になったところで自分の席に着き、真っ先にパソコンのスイッチを入れた。起動している間に、机の上の整理を始める。

昨夜、帰宅の前にざっと片付けておいたのだけれど、編集部から夜になって回ってくる書類も多く、ときどき「○×の本が発売延期、かも」というレア情報がまじっている。見逃すと痛い目に遭う。

チェックしつつ、次々に現れる職場のみんなに「おはようございます」をくり返した。部屋全体が活気に満ちてくる。着替えもそこそこに電話に手を伸ばす人もいれば、コピー機にかじりつく人、スポーツ新聞の続きに没頭する人、ぼくと同じく欠伸をかみ殺す人、さまざまだ。

パソコンが立ち上がると、まずはメールボックスを開く。ぼくの一日の始まりは、まずそんなあたりから。

マドンナの憂鬱な棚

間口四メートルほどの小さな書店の前で、智紀《ともき》は思わず足を止めた。「双信堂《そうしんどう》」という店だ。深呼吸をくり返し、鞄を持つ手に力を入れた。用意してきたセリフを心の中で反復していると、道行く人が怪訝《けげん》そうに振り返っていく。

いけない。不審者にまちがえられてしまう。

意を決して中に入ると、正面に週刊誌、月刊誌の平台とラック。右手の壁面に旅行ガイド書、ロードマップ。左には趣味実用書がずらりと並んでいる。中ほどに文芸書が少し。あとは文庫と児童書、最奥にレジ。

平日の昼下がりとあって、子ども連れの若い女性客や年配客がまばらに立っていた。

一見、ごくありきたりの路面店なのだが、品揃えのユニークさでもって注目度を上げている店だった。たとえば旅行ガイド書。ここしばらく海外旅行ならアジアと東欧に重点が置かれ、他の地域はかなり品薄だ。

アジア、東欧ならば可能な限り多種多様なガイド書が並び、エッセイももちろん充実している。個人が発行しているミニコミ誌まで賑わいに花を添え、どのガイドブックがどうおすすめかという口コミ情報が、ポップの中に盛りこまれている。ニックネーム入りの記事もあり、どうやら常連の人気者までいるらしい。

こういった積極的な棚作りが狭い店のあちこちで展開され、料理書は今、どんぶりブームらしい。児童書は亀だ。なぜ亀なのかは知らないが、絵本も図鑑もやたらそれだけが売り場にひしめいている。

徹底ぶりが話題を呼び、今ではすっかり名物書店の仲間入りだ。店主はさぞかし自信満々かと思いきや、見かけはとても柔和《にゅうわ》だ。町中の小さな書店であることを意識し、お客さんには絶えずにこやかに接している。店頭にない本はネットを駆使して取り寄せに応じ、さらにその人に合ったおすすめの本を出版社のチラシに丸をつけて渡している。児童書が奥にあるのも、子どもが店から飛び出し、事故に遭わないようにとの配慮だそうだ。

いっそ営業ではなく、客としてここを訪れたらどんなに楽しいだろうかと、智紀はたびたび思った。

「忙しいので手短にね」

「は、はい」

「一冊だけだよ」

四十代後半の店主はそう言って、眼鏡越しにじろりと智紀を見すえた。

どんぶりも亀も気まぐれで置いているのではない。直感もあるだろうが、膨大な本の海からこれはというものに白羽の矢を立てているのだ。わかっているだけに、背筋が伸びる。

智紀の勤める明林書房《めいりんしょぼう》の本は、ここの文庫コーナーに二十冊ほど置かせてもらっている。補充注文を受けるだけでも仕事をしたといえるが、この店に合った本を的確にすすめることができれば、百冊の注文がもらえる。華々しく陳列されるのだ。

智紀の先輩にあたる同じ会社の吉野《よしの》は、営業にまわり始めて半年で、この栄光を勝ち取った。お眼鏡にかなったというやつだ。

どこの出版社のどの本が次は選ばれるのか。営業同士で交わされる噂話のひとつであり、力量まで問われかねない。

智紀はひとりで営業をまわり始め、すでに半年が過ぎようとしていた。

「今日ご紹介するのは『お買い物の約束』です。買い物をめぐる短編が五編載っていまして、どれもウィットに富んだしゃれた物語ばかりです。何を買うのかもポイントですけど、誰と買うのかがまたお楽しみといいますか……。このあたりは都心まで小一時間という距離で、買い物への興味をお持ちの方がたくさんいらっしゃるかと思います。これを読み、週末はどこかに出かけようと、心弾ませることもありうると、わたくしは、思うわけです。ぜひお試しくださ い」

出版社の社員として真っ先に浮かぶのは、ふつう編集者かもしれない。そして会社組織なんだから、総務があって、経理があって。あとは……と、ここで詰まる人もいるだろうか。

作り上げた本を売るための活動、広告の手配やフェアの企画、在庫管理、注文応対などの仕事を受け持つ部署もあって、智紀は入社以来ここに所属している。

そしてしばしば書店をまわっていて考える。できる営業とはなんだろう。

その店に応じた本をすすめ、的確な注文を受けてくる人のことをいうらしい。女性客が多いから女性向けの本を厚く、男性客が多いから男性向けを、というだけなら仕事もラクだろうが、じっさいはそう明確に分かれていない。店も、本も。

ブティックの詰まったファッションビルなのに、渋い警察小説が売れるのはなぜだろう。ビジネスマンが主流なのにメルヘンタッチのファンタジーが売れるのはなぜだろう。

「わかりません」

「そう簡単に、彼女の心がわかってたまるか」

さらりと切り返され、智紀は体ごと振り返った。

駅ビル内の書店、文庫の棚の前だった。言い返したのは真柴《ましば》という男で、佐伯書店《さえきしょてん》の営業マンだ。智紀の勤める明林書房に比べ、佐伯書店は羨《うらや》ましいことに倍の規模。扱っている本も多い。

担当しているエリアが重なっているので、この真柴とはいやでもよく顔を合わせる。そしてどういうわけか、明林と佐伯は文庫の棚も隣り合っている。

「ぼくは女の人の話なんかしてませんよ」

「ぼくは女性の話にすると、ものごとの把握力が飛躍的にアップするんだ」

これだ。他社とはいえ、自分より四つ、五つ年上の真柴は、営業マンとしてたてるべき先輩であるのだが、どうも素直に尊敬しにくい。顔立ちも性格も地味な智紀と異なり、濃い目鼻立ちで振る舞いも大げさ。何かといい加減な男で、頭の中身は八割方女性のことで占められている。

「ねえ、ひつじくん」

「ぼくの苗字は井辻《いつじ》です」

「女心のように容易《たやす》くは読めない。だから、面白いんだよ。どの花が似合うのか、どのアクセサリーなら気に入ってもらえるのか。悩むところも楽しまなきゃ。ランク通りでこと足りたら、営業はいらなくなっちゃうでしょ。ぼくの夢も潰《つい》えてしまう」

美しい書店員さんと恋に落ちて結ばれるのが、真柴の夢だそうだ。

智紀はそっちの話に引きずられないよう、文庫の棚に向き直り、手にしている注文書に目を落とした。

真柴の言う〝ランク〟とは、売り上げに応じてつけられた、一冊ごとの偏差値のようなものだ。一番売れるものがSランク、そしてA、B、C。ランク外の無印。書店向け注文書では、タイトルの横に小さく印刷されている。

謳《うた》い文句としては、Sの本は平積み最適品。Aは欠かさず置くようストックもどうぞ。Bは棚に必ずご用意ください。Cは個性的な本なのでおすすめです。といったように、一応すべて、おすすめではある。店の規模によりSから順に選択していけば、人気商品を売り損じるリスクが減っていく。何を置いていいのか迷うときはかっこうの指針になる。

便利ではあるが、じっさいのところなんとも味気ない記号ではある。見てると切なくなる、そんなふうに言った書店員もいた。有名作家の人気作品であっても、売り上げが落ちれば評価は下がる。あんないい作品なのにこれかと、虚《むな》しさが募るそうだ。

智紀も初めて注文書を手に取ったときに、似たような思いにかられた。自分にとってはSSランクに奉《たてまつ》りたい大好きな宝力宝《ほうりきたから》シリーズが、現在はCランクに甘んじている。そんな馬鹿なと憤り、書店をまわるようになってからは少しずつ棚に復活させている。売れたときの喜びはひとしおだ。

今に、自力で宝力フェアを打ち立てるのが智紀の夢であり、営業マンとしては清く正しくまっとうな目標だといえるだろうが。

「で、君の愛しの模型作りは進んでいるの?」

真柴がにやりと笑いかけてきた。

「今はなんだっけ。ああ、島田先生の『斜め屋敷』ね」

「はい、まあ」

「どうせあの角度をどれくらいにするかで、夜ごと悶々としてるんだ。ちっちゃな窓枠をピンセットでつまみ上げて、かちっとはめ込むときの喜びについて、この前も滔々《とうとう》と語ってくれたよね」

「そ、そうでしたっけ」

ついこの前、夕食ついでに寄った居酒屋を思い出した。生中《なまちゅう》四杯は多かっただろうか。

「きっと仮面もたくさん作るんだろうね」

「それはまあ、当たり前なんですけれど」

一冊の本にのめりこみ、名場面をジオラマで再現する野望を抱いてからは、どうも今ひとつ怪しい男になりつつある、という自覚くらいはある智紀だ。女性のことばかり考えあっけらかんとしている真柴に引かれては、立つ瀬がないというもので。

「ぼくのプライベート、吹聴しないでくださいよ」

「今のところそのつもりはないから、安心していいよ。君という人間が明林の営業でいてくれて、ほんとうに大歓迎だ。ついでに、宝力シリーズをこっそり入れてるのも目をつぶってあげるからね」

にっこり笑顔で言われ、曖昧にほっぺたを引きつらせた。

在庫のチェックを終えて書店の担当者さんを捜していると、通路の向こうから、やけに横幅のある男が駆けこんできた。

ただならぬ気配と遠くから見てもわかるほどの汗の量に、智紀はとっさに後ずさったが、背中を向けていた真柴は気づくのが遅れた。足音だか地響きだかに、はっとして振り向いたときはもう遅かった。

丸々太った汗みどろの男が、タックルするように真柴に飛びついた。なんといっても書店のフロアだ。神聖なる職場で悲鳴をあげなかったのはえらいと、へんなところで感心してしまった。

首をねじ曲げ誰なのかたしかめると、真柴は必死の形相で非常階段へと巨体を引きずった。

さすがに智紀もあとを追い、飛びついた男の背広を引っぱった。

「細川《ほそかわ》さん、細川さんってば。だめですよ、ここは売り場ですよ」

某大手出版社の営業マンだ。興奮するとむやみに人に抱きつくくせがある。

「はなせ。く、くるしい」

真柴も音をあげる。

「重いっ！」

「細川さん、いったいどうしたんですか。真柴さん、ほんとうに倒れちゃいますよ。救急車の出動になりますよ」

いくらかオーバーに言うと、やっともっちり丸まった体が少しだけ後ろに引けた。すかさず真柴が押しのける。

「太川《ふとかわ》っ！　人を殺す気か」

「ぼくの名前は細川ですよ。なんですか、ふたりとも。ちょっともたれかかっただけなのに、大げさな」

「あのなあ。こんなに太くて細川はないだろ。それより、なんだよ、いきなり」

太川――もとい、細川はやっと自分の二本の足でフロアに立ち、おもむろにポケットからハンカチを取り出した。わざとらしく目尻を拭う。泣きべそをかくように洟《はな》をすする。

「ぐすぐすしてないで、ちゃんと話せ。何かあったんだろ。ないなら今すぐ、ここから突き落とすぞ」

「一大事なんです」

「何が」

細川のウィンナーソーセージみたいな指が、ハンカチをいじいじ動かす。

「さっき、『ハセジマ書店』に行ってきたんですよね。そしたら……ぼくの——いえ、ぼくたちの大事なマドンナの身に、とんだ災難がふりかかったようです」

不快そうに斜に構えていた真柴の顔つきが変わった。

「どういうこと？」

「それが……どうも……」

「早く言えよ」

「ひどい中傷ですよ。聞くに堪えない、根も葉もない、悪意だらけの、見当違いの、ありえない暴言を投げかけられたようなんです。信じられません。あんなにけなげでさわやかで、気持ちのやさしい書店員さんを、言葉の刃でもって傷つけるなんて。おかげですっかり笑顔がかき消えていました。あの、ぱっと花が咲いたような、明るいおひさまのような笑顔が一度も見られなかったんですよ。考えられますか？　ありえないでしょう？　それがなんと、ありえたんですよ！　ぼくのショックは当然だと言ってください」

汗を流しながら細川は、「くぅ」と喉《のど》を鳴らし天井を振り仰いだ。体型に緊張感がないので悲愴とまではいかないが、無念ぶりはよく伝わった。

「それはいったい、どういう中傷なの？」

真柴がおっかなびっくりという雰囲気でたずねる。

「無理です。口にしたくない」

「こっちも聞きたくないような気がするんだけど。それじゃいつまでたっても話が進まないだろ」

「ひどいんです」

「うん」

細川はほっぺたの肉に圧迫された小さな目を、恨みがましそうに真柴や智紀に向けた。

「どうやら何者かが……彼女のことを、つ、つ、つまらない女と言ったようです」

消え入りそうな小さな声が耳に入るなり、真柴が「なんだと!」と大きな声をあげた。あわてて智紀は非常階段のさらに奥へとふたりを押しやった。

「彼女のどこがつまんない女だよ。いっしょうけんめい書店員やってるじゃないか。薄給で重労働なのにいつも前向きでお客さん思いで、本のことが大好きで、プライベートの時間を削ってでも新刊本を読み、他店をリサーチし、ポップを作り、こんな横幅のありすぎるのや、凶悪犯面《づら》や海坊主みたいな営業が見苦しく押しかけても、いやな顔ひとつせず気持ちよく応対してくれる。一服の清涼剤のようなすがすがしい人だ。つまらないなんて……ひどすぎる」

しゃべりながらも真柴はどんどん感情的になり、細川は細川で、眼鏡を外して壁にべったりはりついてしまった。大きな背中が小刻みに動いている。こっちもどうかしてしまったらしい。

智紀は売り場を窺いながら、なんとか宥《なだ》めようとした。

「ぼくもひどいと思いますよ。ハセジマ書店の望月《もちづき》さんですよね」

「みなみちゃんというんだよ。望月みなみちゃん。名前までかわいい。落ちこんでいるかと思うと、それだけで胸が痛む」

いつもは苗字だけの関わり合いなので、フルネームで言われると妙な気分になってしまう。かわいらしい名前の、感じのいい書店員ではあるが、特別の美人かといえば少しちがうかもしれない。どこにでもいるようなごくふつうの、二十代半ばの女性だ。

仕事熱心で、接客はもとより品揃えにも、常にこまやかな気配りをしている。受け持ちは文庫から文芸へと半年前に替わったばかりで、それこそ目を輝かせ張り切っていた。

文庫は、それが初出オリジナルとなる作品も少なくないが、単行本として出たのちに文庫化されるケースが多い。買いやすい値段になるので、動きもよく、活気のある売り場ではある。

それに比べ単行本は値段が高くなるので、売り上げそのものは渋《しぶ》い。けれど各出版社が力を入れて送り出す話題作が中心で、何にどういう評価が下るのか予断を許さない。新人登場やベテランの巻き返しなど、注目度が高い。

ハセジマ書店の彼女は多忙の合間を縫い、棚作りに精を出し、営業たちのセールストークにも丁寧に耳を傾けていた。おそらく本人は、自分がマドンナと呼ばれていることなど、つゆほども気づいていないだろう。真柴たちもけっして口をすべらせない。紳士協定だそうだ。

温かく見守る。密かに応援する。そしてここが一番のポイントで、抜け駆け禁止。

智紀も書店をまわり始めてすぐ、この「マドンナの笑顔を守る会」に入会させられた。

細川の涙ながらの話を聞いたのち、智紀と真柴は問題のハセジマ書店へと向かった。本来の予定ではなかったが、智紀にしても人気書店員さんの憔悴《しょうすい》ぶりは気になった。

ハセジマ書店は神奈川を地盤とする大型書店で、チェーン展開の波に乗り、近年都内への出店を増やしている。智紀たちが向かうのは都内進出の一号店ともいえる店で、ＪＲ駅に隣接したビルのワンフロアを占めていた。

一年前にリニューアルされ、増床分も含めて明るく近代的なフロアに生まれ変わった。床は清涼感のあるオフホワイト。棚はシックなグレー。今はやりのベンチコーナーも設けられ、レジカウンターは二ヶ所、ギャラリーではこの日、翻訳絵本の原画展が開かれていた。

智紀と真柴は慎重に児童書の絵本棚からフロアに入り、新書コーナーから文庫のあたりで、男性店員に出くわした。どうしたんですか、一昨日来たばかりですよねとたずねられ、すぐにおたおたしてしまう。てきとうにごまかし、雑誌売り場にまぎれこむ。

「真柴さん、そういえば一昨日の望月さんはいつも通りでしたよ。指にカットバンを巻いてて、それがひよこ柄だったんですよ。かわいいですねと言ったら、『一枚、あげましょうか』なんて――」

そこまで話したところで、いきなり後頭部を小突かれた。

「協定を忘れないでほしいな。いくらひつじくんだからって、違反はゆるさないよ」

「ただの雑談じゃないですか。ぼくはひつじでなく、井辻ですし」

「カットバン一枚もらってごらんよ。ハンドクリームくらい、お礼にあげたくなるだろ。向こうは慎《つつ》ましく恐縮するだろうから、すかさず試写会のチケットを添える。もちろん自社本のシネマライズだ。チケット配るのも仕事っていうのを装って、あくまでもお願いする。来られそうな日を聞き出したら、とりあえずお茶まではオッケーだね」

なんの話だろう。

いつの間にか話があらぬ方に歩き出している。

智紀がビジネス雑誌の前で呆然としている間に、真柴の姿が見えなくなった。

「カットバンで、お茶がいっしょに飲めるの？」

世の中にそういう芸当があるんだろうか。自社本の試写会チケットなら、いくつか心当たりがあるだけに、要領の悪さが身にしみた。

あのカットバン、もらっとけばよかったのか。

とぼとぼと足を動かしていると、ホビーコーナーがすぐそばにあった。動揺する気持ちを静めるように棚に手を伸ばしたところで、

「プラモデルを作ってる場合じゃないでしょ」

今度は拳が背中にヒットした。

「いちいち小突かないでくださいよ。ぼくがやってるのはジオラマであってプラモデルじゃないですし。望月さん、どうでした？」

「たしかにあれはおかしい。太川の動物的カンは侮《あなど》れない」

細川だが、それは気にしないことにした。

「話をしたんですか」

「それが……こう、負のオーラを漂わせているんだよ」

「負？」

書店員なのだ。むずかしいお客さんに当たることもあって、しょげてることは今までもあった。元気のない日もあったかもしれない。でもたいていは割り切るようにてきぱきと仕事を進め、話の合間に明るい表情をのぞかせてくれた。細川にしてみても、彼女の様子がふつうの意気消沈に見えたなら、あんなにあわてふためいていなかっただろう。そして真柴まで。

「ほんとうに、何かあったんでしょうか」

「ひつじくん、君が行って、聞き出してきてくれよ」

「ぼくが？」

カットバンでお茶も誘えない男が？

「神奈川のあの店でまたしてもペケをくらったんだろ。彼女以上にへこんでいる人間がさりげなくぼやいたら、こいつよりましかもしれないと思って、なぐさめついでに自分の落ちこんでる理由を話すかもしれない」

「なるほど」

思わず言ってしまい、口をへの字に曲げた。神奈川の双信堂では現在、真柴の営業した本が特等席を占領している。OLが渓流釣りに魅了されていく、アウトドア系恋愛小説だ。

「とりあえず、様子を見てきます」

たしかに、今の自分ならば負のオーラの友だちだ。

雑誌コーナーから離れ文芸書の棚に近づくと捜すまでもなく、ブックトラックの前にたたずむ彼女が見えた。珍しく平台の上が乱れていた。棚からごっそり下ろした本が雑多に積み重なり、ところどころ雪崩《なだれ》を起こしている。

智紀が歩み寄っても気づかず、声をかけてやっと振り向いた。寝不足のようなはれぼったい顔をしている。髪の毛も心なしかぱさついている。

「すみません。一昨日おじゃましたばかりですけど、新刊の入荷数のことで……」

「ああ」

曖昧に首を動かし、彼女はやにわに散らかっている本を棚に戻しはじめた。男性作家の棚だ。平台から上げているので、その平台に陳列されていた本までいっしょに、どんどん詰めこんでいく。ありえない光景だった。

石田衣良の間に奥田英朗が挟まっている。重松清の上下本がばらばらに並んでいる。有栖川有栖の本がなぜここにあるのだろう。

「ミステリ作家さんはミステリの棚に置かなくて、いいんですか」

「こっちに移動させようかと思って。有栖川さんは男性作家でしょ」

「でも……一冊だけ？」

「いっぺんに全部はできないから。少しずつ」

智紀は何度かためらったが、結局、黙っていられずロにした。

「男性作家さん、女性作家さんで分けるとなると、覆面作家さんはどうします？　どちらにも取れるペンネームで、あえて性別を伏せている作家さんがいますよね。特にミステリに多い。宙に浮いてしまいませんか」

ミステリに限らない。この店は時代小説も別にコーナーを設けていた。目を走らせて男性作家のはじっこに、山本一力の本が二冊だけささっているのを見て、智紀は暗澹《あんたん》たる思いにかられた。時代物も現代物も両方書いている浅田次郎ならまだしも、山本一力は時代小説に置くのが一般的で、この店でも定着していたはずだ。

いったいどうしたんですかと、喉元までこみ上げ、すんでのところで止めた。営業の人間がどこまで口を挟んでいいものか。

「いろいろ変えた方がいいと思ったの」

「新しい試みですか？」

「そう、今までのままじゃだめだから」

なぜだめなんですか。これも声にできなかった。彼女は目を伏せ、棚まで持ち上げていた荻原浩の『千年樹』を、すっと下ろした。首を横に振る。何に対して振っているのか、どういう意味の仕草なのか、智紀にはわからなかった。

ブックトラックに目をやれば、彼女が丹誠こめてこしらえたペーパーが撤収されていた。それこそミステリや時代小説にとどまらず、ＳＦや翻訳小説、純文学といったジャンル小説について、読み慣れない人にも取っつきやすいような本を、数冊ずつ紹介したフリーペーパーだ。彼女を陰ながら応援したいと思っている営業マンたちも力を貸した。

まさか、あのまま処分してしまうのでは？　くしゃくしゃになった帯といっしょに、隅っこにまとめられている。

智紀は無理やりにも足を動かし、カートに近づいた。

「望月さん、これ、ストッカーにしまっておきましょうか」

物思いに沈みこんでいた横顔が、のろのろとこちらを向く。

「片付けているさいちゅうに紛失してしまうと、もったいないですから」

努めて明るい声を出し、笑顔でペーパーを平台下のストッカーにしまいこんだ。

「ごめんなさい」

「え？」

「私、気負いすぎてた。そんなの作るには、私じゃ百年早かった」

かがんでいた腰を元に戻し、智紀は引きつりそうになる笑顔をなんとか保った。

まさかと驚いてみせる。動揺をひた隠し、なに言ってるんですかと大らかにほほえんだ。

笑ってるだけじゃ能がない。弱気なことを口走っている彼女にここで何か、もっとちゃんとフォローを入れてあげなくては。真柴ならどう言う？　カットバンからお茶まで引っぱる彼なら、こんなとき、気の利いたセリフがするりと出てくるにちがいない。

ますます情けなくなって、言葉が浮かぶどころか頭の中が真っ白になる。

「あの、望月さん」

「私ね――」

同時に声が出て、互いに相手の顔を見て、その次の瞬間、彼女の体がいきなり強《こわ》ばった。ハッと息をのむようにして振り向く。不安そうな目であたりに視線をめぐらせた。

立ち読み客は通路に何人かいたが、平台の向こうから新たに制服姿の女子高生が加わった。音楽を聴いているのかリズムを取るような足取りで、ゆっくり棚ざしの本を眺めていく。手にしていた小さな袋を振っていた。弁当箱でも入っているのだろう。カタカタと乾いた音が鳴っていた。弁当箱の中で、おかずの仕切り板でも動いているのか。

「どうかしましたか、望月さん」

「ううん、なんでもない」

それきり、レジが混んでいると言い出し、彼女は文芸の棚の前から離れ智紀のもとには戻ってこなかった。


「彼女から笑顔が消える日があるなんて、考えたこともなかった……」

いじいじと、ジョッキについた水滴を指でたどりながら、細川が言った。

「ぼくの生きる活力源なのに。用事がなくても足を向けてしまうくらい、大事な大事なおひさまの光だったのに」

「用事がないときは行くなといつも言ってるだろ。そんな暑苦しい体型の男がたびたび現れたら、勤労意欲がうせるどころか営業妨害だ。出入り禁止になっても知らないからな」

「そんなあ」

「いいから少しは静かにしてろ。あの笑顔のために今日はこうして集まったんだ。おまえの泣き言を聞いてるひまはない」

ぴしゃりと言い放つのは細川のとなりに座る、岩淵《いわぶち》という男だ。ギャング団のボスでも、それを取り締まる古株の刑事でも、どちらも似合いそうないかつい顔をしている。細川とちがい、誰もが名前を聞いて「なるほど」とうなずく外見と中身を併せ持っている。

「やっぱり男だよ。あのバイトがぜったいあやしい。振られた逆恨みに決まってる」

もうひとり、つきあたりのお誕生日席に座る男が、腕組みしつつ甲高い声でわめいた。あやしいと言っている当人の方がずっとあやしいスキンヘッドだ。海道《かいどう》という名前だが、気の毒に、真柴目線では海坊主以外の何ものでもないらしい。智紀も「海《うみ》さん」と呼んでいる。

この三人、マドンナの笑顔を守る会の一員であると同時に、それぞれ某大手出版社に所属する営業マンだ。毎年夏になると、恒例の文庫百冊フェアを開催する会社で、その場所取りをめぐり三人が見苦しい争いを繰り広げる。いい大人がまさかと笑った智紀だったが、梅雨明けを待たずに「これか」と思い知った。

書店の店先で、まわりを気にせず堂々言い放つのだ。この場所は毎年うち、順繰りのローテーションに決まっている。去年の秋に約束した、早い者勝ちだ、うちの平台が五冊分あそこより狭い、越境するな、空きスペースに補充しただけ、品切れする方が悪い、『坊っちゃん』ならうちのでじゅうぶん、あそこのディスプレイ大きすぎませんか、外すなら手伝いますよ、じゃまなポップだな、勝手に動かすな、——などなど。

大人げないもいいところだ。いくらか自覚も芽生えつつあるようで、文庫の担当者が妙齢の女性だとやにわにトーンダウンする。最近では他社本をわざとらしく褒めてみたり、乱れていると直してあげたりと、かっこつけはレベルアップしているようだ。

いずれにせよ、自他共に認めるライバル関係ではあるだろうが、じっさいに犬猿の仲かというとちょっとちがう。

岩淵の向かいに真柴、細川の向かいに智紀が座り、今日は居酒屋でマドンナショックの対策会議だ。

「海さん、バイトの男って、あの、ちょっとだけジャニーズがかった男でしょ」

「そうそう、茶髪で色白で、煮干しのように貧相なカラダしてて、こともあろうにオレの頭を撫でたがった男だ」

「あぶねえやつだな。でもあいつ、辞めたんじゃねえのか」

岩淵が割って入ると、とたんに警察の捜査会議の雰囲気だ。

「ひと月前に辞めてるんですよ。でもごく最近、あそこの若手スタッフで飲み会があったそうで、そいつ、のこのこ現れたようです」

「タイミング的に合うな」

「でしょ」

「望月さんに言い寄って振られ、腹いせにひどいことを言ったんだな。つ——つまらない女だと？」

口にするとよけいに腹が立つのはわかる。けれどそれ以上に岩淵の形相はすさまじく、智紀だけでなく、一同思わず身を引いた。

岩淵は年より老けて見える三十半ばの巨漢で、仕事においてもへたに猫をかぶったりしない。かぶりようがないという真柴の説はともかく、訪問先の書店の通路を堂々とのし歩き、ぎょろ目でフロアを睥睨《へいげい》し、担当をみつけて詰め寄る。何しろ上背のある巨漢なので、小柄な店員など押しつぶされそうな勢いだ。ドスの利いた声による営業トークをひととおりぶちかまし、注文を取り付けたのちに、のしのしと引き揚げていく。

あるときなど、店員が柄の悪い客に脅されていると、他のお客さんが騒ぎ出したくらいだ。担当待ちのさい、児童書コーナーに立っていると児童書担当者から泣きが入り、順番が繰り上げられたこともあった。

それで営業成績が悪かったり、書店員から出版社にクレームが入るとしたら、配置換えもありえただろうが、岩淵は自分のペースで書店をまわり続けこの道十年のベテランだ。

「望月さんはちっともつまらない人じゃないよ。おまえら、『パパラギ』って本、知ってるか。立風書房から一九八一年に出た本で、サブタイトルが『はじめて文明を見た南海の酋長ツイアビの演説集』とくるわけだ。この本はいい。すごくいい。なんだよ、文明って。西欧文明、どこがご立派なんだ。日本もまったくそうだ。金がどうえらい。人として、大事なものを忘れるんじゃないよ。おれはな、この本に感動してくれる人が大好きだ。信用する」

「望月さんも感動してくれたんですね？」

智紀の問いかけに、岩淵が「おう」と力強く応じた。

「棚にちゃんと置いてくれてるんだよ。ときどきは面陳《めんちん》。そして平積みさ」

得意げに微笑む岩淵から、智紀は思わず視線をずらした。うつろな目で棚の本を出し入れしていた彼女がよぎった。今までなら良書と判断した本を丁寧に大事に扱っていたけれど、あの様子ではまだあるだろうかと不安にかられてしまう。

「どうだ。そういう望月さんの気落ちの理由、他に何か情報はないか？」

「それなんですけど」

真柴が言いにくそうに、突き出しの湯葉を箸ですくい上げた。

「誰かわからないですけど、望月さんに何か言ったやつは、そうとうたちが悪い。ぼくが同僚の佐藤《さとう》さんから聞き出したところによれば、なんでも、元カノと比べられたらしいですよ。前の方がよかった。がっかりだ、みたいな」

またしても怒声や悲鳴が狭い個室の中に飛び交った。真柴のもたらした新たなる侮辱の言葉もさることながら、付き合っていた人がいたらしいということに、智紀も思わず騒いでしまう。

彼女の様子に心を痛めつつも、あれから何度となく、連れだって出かける試写会を夢想した。らしくなく、ソニプラに寄ってハンドクリームを探した。カットバンはもらっていないのに。

「待ってください。その、ひどいことを言ってるやつってのは、要するに男ということですか」

「だな」

「若い男？」

「佐藤さんは言葉を濁したけれど、どうやらそうらしい」

泣き上戸になりつつある細川に影響されたのか、海道まで湿っぽい声で「オレも」と片手を挙げた。

「ちょっとだけ聞きかじった。それがもう、ほんとうにとんでもないんだよ。こともあろうに望月さん、センスないと言われたらしい」

「え――――！」

海道は真柴と同年代で、大手出版社の営業マンながらも、実はイラストレーター志望だそうだ。つてを求めて出版社の試験を受け、超難関にすべりこんだはいいけれど、真柴に言わせれば「夢を捨てきれず、姿形だけアウトロー」とのこと。あるとき智紀もスケッチブックを見せてもらったことがある。画力もアウトローだった。就職は神のはからいにちがいない。

「望月さん、オフのときはどういうかっこだっけ」

「ふつうにかわいいですよ。キャミソールにカーディガンとか、レースの襟のついたニットとか、アーガイル模様のアンサンブルとか、千鳥格子のジャケットとか」

「ふ、太川っ」

「ちょっとなに。なんでこわい顔してるの。もうやだな、座ってよ。みんなも見てるじゃないか。今の服装、みんなといっしょのときだよ。サイン会や新人賞受賞パーティだもん」

「おまえが細かく言うと、いやらしいんだよ、慎め！」

「そんな」

海道が「もういい」と叫ぶ。

「望月さんは、ふつうの、素敵な女性ですよ。ジージャンだって、シフォンのワンピだってかわいい。仕事熱心で一生懸命な姿勢は、年下ながらもじゅうぶん尊敬に値する。その素晴らしさをわからない男なんて、掃きだめに捨ててやれ。そんなやつの言動に、彼女が傷ついてはいけない」

「でも、もう傷ついてるんだよ」

「今こそわれわれは、力を発揮しなくては。彼女の笑顔が戻るよう、どんなことでもしてみせる」

「だからなんだよ。おれたちゃ何をやればいいんだ」

励まそう、どうやって。守り立てよう、何を。応援だ、表に出ていいのか。陰ながら、手ぬるい。もっと強烈に、彼女の気持ちが第一だ。

ああ言えばこう言うが延々と続き、結局この日は、めぼしい案が出ないまま飲み食いしただけでお開きとなった。


帰り道、暑苦しい三人と別れ、智紀は真柴と共に駅への道を歩いた。

彼女にひどいことを言ったのは誰だろう。候補は何人か挙がった。守る会のメンバーが目をつけていたバイトや社員、客、ときどき来店する作家、他店の書店員、守る会に入っていない営業。けれどすべて〝もしかして〟という憶測だけで、決定的な材料に欠ける。

「真柴さん」

「ん？」

「望月さんはほんとうに『つまらない女』と言われたんでしょうか。細川さんはちゃんとそれを聞いたのかな」

考えこんでいるうち智紀の足が止まる。

「今さら、どうしたの？」

「なんか、ひっかかるんですよ。この前ハセジマ書店に行ったとき、望月さんはむやみに棚をいじってました。今までだったらよくよく考えて同僚や営業に相談して、決めたら一気に配置換えをしてました。でもこの前はまるで、むきになってるような……」

「そりゃ、ひどいこと言われて、くさくさしたんじゃないの？」

「ストレスを棚にぶつけるんですか？　一番、やらなそうなことに思えますけど」

真柴が傍らで渋い声を出す。

「まあね。そりゃそうだ。でもいつもの望月さんとあまりにもちがうから、こっちも驚いてるわけだろ」

「細川さん、どんなふうにして、つまらないうんぬんを聞いたんだろ」

「本人が口走ったらしいよ。何かのはずみでふっと、『私、つまらないって言われたの』、みたいな」

立ち止まるふたりを、道行く人たちが追い越していく。道路のまん中というのも落ちつかず、どちらからともなく深夜営業のコーヒーショップに立ち寄った。

「真柴さんの情報は同僚の佐藤さんから、でしたね」

「うん。さっきも言ったように、『前の方がよかった』『がっかり』ってさ」

「そして海さんは、『センスがない』でしたね」

「うん」

応じるのも不快なのか、真柴が顔をしかめる。照明を落とした小さな店に入り、カウンターでブレンドコーヒーを注文した。紙コップを手にふたりして店の隅っこに身を寄せた。

「誰かがそれを言い、望月さんが気にしているのはほんとうだと思います。でも、つまらないとか、センスがないって、彼女自身のことなのかな」

「へんなこと言うね。事情を知ってそうな店の人たちはみんな気をつかってたよ。さりげなく励《はげ》ましたり、慰めたりしてるふうだった。ぼくが探りを入れても言葉を濁し、はっきりしたことは教えてくれない。よっぽど言いにくいことなんじゃないのか」

「店の人何人かが、知ってるんですね。プライベートの服装を揶揄《やゆ》されたとして、それをみんなが気ぃつかいますか？　元カノと比較されて傷ついたことなんか、そんな男やめろの一言ですませてしまいますよ」

守る会のメンバーだからこそ、あそこまで騒ぐのだ。

「ひつじくん、彼女の落ちこみの理由がなんだと思うの？」

ブレンドをすすりながら、真柴が上目遣《づか》いに智紀を見た。

「もしかして、棚のことじゃないですか」

「――棚？」

「つまらない棚、前の方がよかった、がっかり、センスない」

紙コップを宙で止め、真柴がぽかんと口を開ける。ややあって、カウンターテーブルにつっぷした。乱暴に髪の毛をかきむしる。

「うそだろ。そっちか」

「真柴さんってば、まだわからないですよ。でも細川さんのいるところで、思わず口を滑らせてしまったとしたら、それなりの前振りがあったからだと思うんですね。何かとても褒められて、そうじゃないと言いたくなった。そんなふうに考えると、あの細川さんが彼女そのものをべた褒めすると思いますか」

「紳士協定があるもんな。いや、なくたって、あいつにはできない芸当だ。棚を褒めたのか」

それならありえると、ふたりしてうなずき合った。

「けれど彼女は、そんなことない、つまらないと言われたんだと、おそらく自嘲気味につぶやいた」

「細川さんは、いつもとちがう望月さんの雰囲気に驚いたこともあって、勘違いしてしまった……」

「となると、〝前〟というのは前任者の品揃えか。元カノと比べられたのではなく、前任者と比べられ、今のラインナップはがっかりだと言われた」

担当が替わり、約半年だ。そろそろ彼女の持ち味が棚に反映される時期でもある。つい先日も、望月さんのカラーになってきましたね、などと智紀も談笑に加わった。最新刊と、著者の代表作、これだけは読んでほしいという本を中心に構成された棚だ。彼女はどちらかというと、本を読み慣れていない人に手厚い書店員だった。

「それはきついな。もしこの読みが当たってるとしたら、彼女の迷走はしばらく収まらないだろう。へたすると、辞めたくなるかも」

「縁起でもないことを言わないでください」

「だってありえるだろ。きっと自信を失い、どうしていいかわからなくなってるんだよ」

「ええ。お客さんに対しても神経質になってるようでした」

女子高生の鳴らす小さな音にまで、過剰反応していた。

「かわいそうに。つまらない棚なんて、ぜったいちがうよ。意欲的ないい品揃えで、売り場が活気づいていた。店員のやる気はちゃんと表に出てくるもんな。文芸全体がいい雰囲気になっていたよ。そりゃ、いろんなお客さんがいるから、中にはとやかく言うやつもいるかもしれない。でも、こんなところで躓《つまず》いてほしくないよ」

「がんばっていただけに、ダメージも大きかったんでしょうか」

智紀はぬるくなったコーヒーを口に含み、真柴もぐっとコップを傾けた。

「お客なんていい加減なんだよ。棚といえば、ついこの前も聞いたばかりだ。この店の棚は最高、ほれぼれする、な－んて、お客さん同士がしゃべってるとこ」

言いながら、真柴は智紀に思わせぶりな視線をよこす。

「二人連れの男性客でね、たまたま聞こえたんだよ」

「どこの店です？」

「どこだと思う。聞いて驚くなよ、『西雲堂《せいうんどう》』の北横浜店だ」

驚いた。

「あそこ？」

「な、いい悪いの基準なんて、ほんとうにてきとうなんだよ。あそこの店長もそばにいて、その会話が耳に入ったらしい。呆然としてたよ」

西雲堂の北横浜店はスーパーの中にある百坪ほどの書店で、ここしばらく営業不振にあえいでいる。売り上げも問題だが、慢性的な人手不足に陥り、店長はほとんど休みの取れない状態だ。店にいても日々の雑務をこなすだけで精一杯。発注まで手がまわらず、棚は傾き平台は穴だらけ、ストッカーには新刊と返本がぐちゃぐちゃに詰まっている。

自分が倒れるのが先か、店が倒れるのが先か。

どっちだろうかと言いながら、店長は付録を組み終えた婦人誌を抱え、よろよろとフロアを横切っていた。

品出しも返本も追いつかず荒れている店を見て、最高だの、ほれぼれだの、言う人がいたとしたら皮肉かと噛みつきたくもなるだろう。

「でもあの店、鉄道模型なら充実してるでしょう?」

「それなんだよ」

となりに立つ真柴がカウンターテーブルに両肘をついた。

「その、男の二人連れ、わけのわからない発言のあと、店内をしばらくふらふら歩いてた。でもって芸術関係のコーナーに足を向けたんだよ。美術、音楽のあたり。あそこには店長が大好きで、ひつじくんも大好きな、ちまちました模型関係の本がたくさん並んでる。そこだけは充実してるから、ひつじくんだって『最高だ』と言いたくもなるだろ。たぶん。でもその人たちはざっと一瞥《いちべつ》し、首を横に振ってた。どう見ても否定的な仕草だったんだよね。そのくせ文庫や文芸の方に戻ってきて、やっぱりいいねとにっこり笑う。いくら褒め言葉とはいえ腑に落ちないよ」

あそこの店長は唯一の趣味が鉄道模型という人で、もともと芸術関係に強いこともあって、今でも他のコーナーよりまともなはずだ。

「なら文芸に、好きな作家の本が並んでたんでしょうか」

「それくらいしか考えられないな。自分好みの本があるかないかで、いい本屋、だめな本屋と、簡単に決めつける人がいるから」

「でもフロアの広さからすると、ハセジマさんの方が広いですよ。置いてある本の数も向こうの方が多い。単純に考えれば、あっちにあってこっちにないって、なりそうなのに」

「そうとは限らないのが本だよ。なんたって星の数ほど出てるんだから。動きの悪い本、古い本を、望月さんは効率よく返本しているけど、西雲堂の店長では手がまわらず置きっぱなしにしてるのかもしれない。まあその、しゃべっていたのが同じ人かどうかはわからないけどな」

ともかく時間を作り、西雲堂に行ってみようということで話がまとまった。

真柴と別れて智紀が電車に揺られていると、ぶーん、ぶーんと、低い音がどこからともなく聞こえてきた。きょろきょろしかけて気づく。鞄の中に入れっぱなしだった携帯が鳴っているのだ。

取り出してみると吉野からのメールだった。営業部から編集部に異動となった先輩で、智紀が現在担当する営業エリアはかつてこの人の受け持ちだった。真柴と同年代で、とても有能な営業マンだったそうだ。未だに書店員の間から惜しむ声を聞く。

気にしないわけではないけれど、スタートのときからそれだったので開き直りもある。いや……今思えば、面と向かってきっぱり否定されたことはなかったかもしれない。前の方がよかった。がっかりだ。――そんなふうに。

思われているのを感じるのと、じっさい言われるのとでは大きくちがう。覚悟していてもきついだろうが、不意打ちだったらもっとショックを受けるだろう。ハセジマ書店の彼女は立ち直れるだろうか。

メールの内容は、来月出る新刊のカバーイラストについて。多少もめごとがあり発売延期が危ぶまれていたけれど、問題が解決し、予定通りに出そうとのこと。

智紀は「連絡ありがとうございます」の言葉に添えて、まだ会社ですかと問いかけた。もうすぐ帰るよとの返事が入る。時間は深夜零時をまわっていた。終電に間に合うのだろうか。何人もの作家を任され、今や編集部に欠かせない人材となっている。

その吉野の異動を聞き、諸手《もろて》を挙げて大喜びした人たちもいた。守る会のメンバーだ。ひとつ前の担当者が契約社員で短期とわかっていたので、再び吉野が返り咲くかと危惧していたらしい。智紀を見るなり相好《そうごう》を崩し、細川は飛びついてきた。吉野にも紳士協定を結ばせていたようだが、彼の場合、本人が了解しても女性がほっとかない。メンバーがどれほどやきもきさせられたか、察するにあまりあった。


その三日後、智紀は真柴と共に西雲堂を訪れた。規模や立地からしてちょくちょく顔を出す書店ではないので、智紀にとっては三ヶ月ぶりの訪問だった。

フロアに入ってすぐ、今までとの変化を感じた。どことなく、こざっぱりして見えたのだ。西雲堂はここを入れても五軒しかないような中規模チェーン店で、母体の方も台所事情は厳しいらしい。北横浜店はスーパー内に出店して以来十数年、一度も改装の手が入っていない。什器《じゅうき》は渋みのあるオーク材なので目立たないが、床はすりへり、ところどころコンクリート材がむき出しになっている。壁のクロスも薄汚れたままだ。

けれど今までだったら当たり前の、破れたポスターや、倒れたポップ、棚からはみ出した帯の切れ端などがほとんど見あたらない。レジまわりもすっきりして、心なしか、エプロン姿の店員たちの表情も明るかった。

しばらく来ないうちに、店全体の雰囲気が変わっていた。智紀が不思議そうな顔をしていると、真柴もまた驚いたようにあたりを見まわしていた。

「おかしいな。ついこの前までは、くたびれた店だったのに。どうしたんだろう」

「そうなんですか？」

「例の、ほれぼれ発言を聞いたときは、こうじゃなかったんだよ」

だとしたらそれを耳にし、店長ならびにスタッフが発憤したのだろうか。偶然聞こえたにしても、褒め言葉ならばよいように作用するのだろうか。ハセジマ書店の彼女の憔悴ぶりを見ているだけに、複雑な思いにかられた。

気を取り直し文芸や文庫の棚に歩み寄れば、珍しい本がささっているようにも見えない。店長の手がやっと空いたようなので、真柴がさりげなく話を切り出した。ほれぼれのことになると、店長が苦笑いで頭をかいた。

「そう言ってもらえるような店をめざしていたよ。ずっとどこかでそれに縛られていた。だから毎日が不満で、虚しくて、いらついて、焦ってた。でもね、あの言葉を聞いて、かえって思ったんだ。今めざしてるのは、誰もが認めてくれるような立派な品揃えの棚じゃないって。素晴らしいですねなんて、言われなくていい。来月またふたり、バイトが辞めるんだ。なんとかひとりは新入りを確保した。昼間のパートさんも週に二日だけならと、一旦辞めた人が復帰してくる。今は働いてくれる人が一番大事だよ。続けたいと思うような店をめざすしかない。そして接客だけはがんばってもらう。新刊が乏しくて欠本だらけなら、お客さんにも迷惑かけてしまうし、本屋としても失格だろうが、今は従業員がにこにこしてるような店にしなきゃほんとうに明日がないよ」

苦笑いのまま店長はうつむいた。爪先で床を小さく蹴る。そこに、漫画の発売日を訊きにバイトの女の子が現れた。店長はすぐに顔を上げて、発売日一覧を見るよう指さす。

「一番上に貼ってあるのは来月のだ。その下が今月だよ」

黄色いエプロンをつけた子がオッケーのサインを作ってくるりと背中を向けた。児童書の前ではパートらしき女性がお客さんと真剣な顔で絵本を見比べていた。

「松が丘の双信堂、ご存じですよね」

真柴が思い出したように口を開いた。

「ああ、あの有名な?」

「あそこは廃業を決意した店主さんが、最後の想い出にと、池波正太郎づくしを決行したんですよ。著書はもちろん、関連本をどんどん集めて、店のほとんどを埋め尽くしました。それが話題を呼び、店は蘇ったんです。でもね、店主さん、こんなことを言ってましたよ。池波正太郎の本を並べるために、気に入ってた富士山の写真集を返本した。段ボールに詰めているとき、哀しくて涙が出たと」

「涙……?」

「写真集を返したくなかったみたいですね」

何かを置くために、何かを外すのはセオリーだ。

仕掛け販売は華々しく見えるけれど、裏で多量の本が排除されている。

池波正太郎づくしは店主にとって〝してやったり〟の感があっただろうが、他にも強い思い入れを持つ本がたくさんあったのだ。本屋として〝づくし〟がすばらしいことだとも立派なことだとも、考えていない。

智紀は眼鏡越しの射るような眼差しを思い出した。双信堂の店主が望んでいるのは、いつも店の未来を賭けた一冊だ。他の本を犠牲にしてまで積み上げる、真剣勝負の一冊だ。

「そっか。余裕がありあまってるならともかく、ぎりぎりならば、欲張ることはできないか。絞るしかない。そうだね。わかっちゃいるけど、忸怩《じくじ》たる思いがつきまとうよ。いっそ、本が好きでなければいいのにな。きれいさっぱり割り切ってみたい」

店長はそう言って、新刊の薄い平台と傾いている棚から目をそらした。レジが混み出したためあわててカウンターへと走る。

智紀は明林書房の在庫をチェックしてから、店の奥をのぞいてみた。真柴はなぜかバイトの子を手伝い他社の文庫をストッカーから出している。

学参コーナーからビジネス書の前を抜け、音楽、美術、デザイン、工芸、写真、建築。突出しているのは工芸のラインナップだ。大型書店にもないような鉄道模型や風景ジオラマの本が充実している。以前は写真やデザインも揃っていたが、人手不足が災いして鉄道模型以外はじり貧状態だ。

「この棚の背表紙だけが癒しなんだけどな。残念ながら、〝ほれぼれさん〟には認めてもらえなかったよ」

いつの間にか店長が背後に立っていた。智紀は振り向いてたずねた。

「棚のことを話してる二人連れを、店長さんは見たんですよね」

「ああ、ちらりとね」

「どんな人でしたか」

「おれより、真柴くんの方がちゃんと見てるんじゃないか」

「だめなんですよ。女性だったら服装から髪型、ヒールの高さまで覚えているそうですけど、男だと記憶力が働かないよう、調整済みなんですって」

らしいなあと、店長が笑う。

「真柴さんの覚えているのは、両方とも若い男性だった、くらいで。大学生より年上に見えたそうです。服装はラフでありつつ、砕けすぎてもいない」

「うん。そんな感じだったね」

「持ち物とか、どうですか。靴や鞄、時計なんか」

「そうだなあ。鞄は珍しいのを提《さ》げていたよ。銀色のアタッシュケースだ。それが不自然じゃなくてね、持ち慣れてるようにも見えた。おしゃれにこだわりがある人かもしれないね」

智紀は自分の提げている、なんの変哲もない黒い鞄へと目を向けた。今どきビジネスバッグといえども材質や色が多種多様で、よく見れば同じものはめったにお目にかからないだろう。銀色のアタッシュケースとなれば、よく見なくても珍しい。

「持っていたのはどちらの方ですか？　二人連れだったんですよね」

「ほれぼれ発言の人だよ」

「他に、何か覚えていませんか？」

「あとは……図面がどうの、クライアントがこうの。ベンチやトイレ、樹木や通路、なんて言葉も聞こえたような。そうそう、公園の設計を手がけている人かと思ったんだ」

「言ってましたね。ジャングルジムやすべり台のことも、何やらあっちの方で話してましたよ」

手伝いが一段落したのか、真柴が大きくうなずきながら話に加わった。

「あっちって？」

「児童書コーナーの手前だよ。店長さんの話を聞いて、ぼくも思い出してきた。すべり台がどうのこうのと言いながら、片一方が『砂場は？』って意味ありげにたずねたんですよ、ふたりして顔を見合わせ、首を横に振ってたっけ」

「カフェのことも聞いたような気がするけど。ちがう？」

「あ、でしたね。次のプランでは、はじっこにつけてみようかって。あのときも片一方が『やっぱりハヤシライス？』なーんて、〝ほれぼれさん〟をからかうように笑いかけてな」

「いいねえ、公園の隅にオープンカフェがあって、軽食も出してくれるとしたら。のんびりできるよ。ああ、おれものんびり癒されたい」

言ってるそばからレジが混み出し、店長はやれやれと肩をすくめながら戻っていった。

智紀と真柴も、補充の注文分だけカウンターのはじでハンコをもらい、じゃまにならないよう西雲堂をあとにした。

そしてスーパーのフロアを歩きながら、智紀は物思いにふける。

「どうしたの、ひつじくん」

「井辻ですよ。ちょっといろいろ考えて」

店長と真柴が口にした言葉が、頭の中をぐるぐるまわっていた。

「例の、二人連れのこと?」

「はい。さっきの話を聞いていて、気づいたことがあるんですよ」

「どんなこと?」

エレベーターの手前にある、時計売り場の前で立ち止まる。

「まだごちゃごちゃしてるんですけど」

「いいよ。話してみて」

「ぼくの考えたことが合ってるのなら、〝つまらない発言〟をした男を今すぐみつけ出すべきです。いや、ぜったいそうしなきゃいけません。捜すの、手伝ってくれませんか。そうだ、守る会のメンバーにも連絡して。みんなで動けば、なんとかなるかも」

「待ってよ。捜すのはいいよ。むしろこのさい、積極的に捜し出したいよ。でも、やみくもってわけにはいかないだろ。当てはあるの?」

「あります。あると思います。絞るポイントならちゃんと。これからみんなして意識的に目を光らせて、それらしい人に出くわしたら……こう、声をかけるんです。『どこかでお会いしたことがありませんか？』、相手は怪訝な顔をするでしょう。間髪を容れず、今度は出版社の名前を口にします。そこで相手が表情をやわらげたら、たぶん大当たり。すみやかに名刺交換。そしてふつうに会釈して別れ、ぼくに連絡を入れてください」

真柴はおいおいと、なだめるような仕草をする。

「話がすっ飛んでるよ」

「す、すみません」

「あのさ、〝つまらない発言〟の男っていうのは、〝ほれぼれ発言〟の男でもあるの？」

智紀は自分の考えを噛みしめるように、拳に力を入れた。

「ぼくが思っているとおりなら、望月さんのこともなんとかなります。協力してください」

「だから、やってみるのはいいんだって。我々は見守るのが基本姿勢だけど、元気な笑顔を陰ながら見守る、であって、今はじっとしてる場合じゃないもんね。君が動くネタをくれるなら、いくらでも乗ってあげよう」

さすが敏腕……かもしれない営業マンだ。なめらかな話術で話を誘導する。

「ともかく、謎の男をみつけるヒントがほしいな。できるだけたくさん」

「はい。特別な場所に、出向く必要はないです。捜してほしいのは書店の中。さらにその店をいくつか絞ることもできます」

「ほお、他の場所ならともかく、こちらのテリトリーなら逃すわけにはいかないな。何が何でも生け捕りにしてやろう」

「いえ、これはあくまでも紳士的にですよ。そこはお願いします」

智紀があわてて釘を刺したが、真柴はすっかり悪乗りし、B級映画の三流エージェントのように唇のはじをつり上げて笑った。ひととおりの説明のあと、取った行動も役柄に即したものだった。スーパーの外に出るや否や、智紀からさらなるヒントを聞き出し、守る会のメンバーに緊急指令を飛ばした。

成り行きとはいえ、捜す相手が大事なマドンナにけちをつけた男だ。メンバーの張り切りようは、そばに立つ智紀にも咆哮《ほうこう》と共に伝わった。あわててみんなに、相手を驚かせないよう丁寧に静かに接し、その場ではスマートに別れるよう補足のメールを出した。

「泳がせるってことだな?」との問いかけに、仕方ない、「そうです」と打ち返した。

連絡が入ったのはそれから六日目のことだった。

遭遇したのは海坊主こと海道。スキンヘッドにサングラスの気持ちだけアーティストな男だ。いきなり声をかけられ、相手はさぞかし驚いただろうが、他といっても、汗まみれのふくよかな男と、凶悪犯顔負けの強面《こわもて》と、ちゃらちゃらした遊び人風の男と、どれもおすすめできない人材ばかりだ。

もっともその人に気づいたのは、準会員と彼らが言っている他の営業マンで、人捜しを方々に頼んでいたらしい。連絡を受け、近場にいた海道が急行した。

どんなアプローチを試みたのか智紀の想像外だが、差し出した名刺には一応、大手出版社の名前が印刷してある。相手もいくらか警戒心をといたのだろう、みごと名刺の入手に成功した。

このあとの段取りを進めてくれたのは岩淵であり、相変わらず棚作りで迷走しているハセジマ書店の彼女には、智紀からとある約束を切り出した。

前回、気後《きおく》ればかりで言いたいことの半分も口にできなかった智紀だが、西雲堂に足を運んでからは自分なりに思うことがあった。

「選ぶって、しんどいことですよね」

そんなふうにまずは挨拶のあと声をかけてみた。閉店間際の書店のフロアで、彼女はストッカーの中から、おそらく返本するであろう本を抜き出していた。数日前には一冊の余地もないほど詰めこまれていたが、その日見たときは昔の量に戻っていた。

智紀の言葉にうなずき、彼女は十数冊重なった本を一気に抱えてブックトラックに載せた。半開きになったストッカーの中には、智紀がしまった冊子の束がのぞいている。処分をまぬがれたのはよかったけれど、残っている本の背表紙と返本にまわったものを見比べると、彼女はまだ迷路の中にいるとしか思えなかった。

その視線に気づいたのか、疲れた顔に、笑みにならない笑みを浮かべる。

「目が急に悪くなったみたいなの。たとえ話よ。ほら、つけなきゃいけないコンタクトレンズを忘れて店に来たような。いくら目を凝《こ》らしても、棚がはっきり見えない。データにたよったら、さらなる絶不調。前は背表紙がよく見えたのにな。平台の高さがちゃんとわかったのに。今はいろんなものがぼやけて、毎日が手探りなの」

つまらない、前の方がよかった、センスない——

お客さんが棚を眺めながら言った言葉を彼女は聞いてしまい、気にしないよう努めただろうし、積極的に見直してみようとも思ったのだろう。気持ちを切り替え、もとのペースに戻そうともしている。けれどそう簡単に心は動いてくれない。

「霧を晴らしませんか。えっとですね、急ですけどあさっての水曜日、付き合ってほしいところがあるんです」

「私に？」

「はい。望月さんには、もっともっと棚作りに励んでほしいです。これだけのスペースを任され、思う存分やれるんです。そういう店で働く、書店員さんじゃないですか。責任は重いでしょうが、プレッシャーは威勢よくはねのけ、のびのびとやってください。豊かで深くて、刺激的で面白い売り場を、これからも作ってください。営業マンはみんな、楽しみにしてますよ。もちろんお客さんも。だから、あさっては少しだけ時間をください。午後の、ほんの一時間でいいんです。お願いします」

彼女は戸惑い、ブックトラックの取っ手を握りしめた。

「あさって……」

小さくつぶやいて、それきり唇を嚙む。先約があっても強引に押し通そうと、智紀にとってはありえないほどの決意を全身にみなぎらせたが、彼女はふいに「わかった」と首を振った。横ではなく、縦に。

「どうせ非番よ。予定なんかないの。表に出る用事ができて、かえってよかったかも」

どこか拍子抜けしながらも、とにかく無事OKを取り付けたのだ。木曜日の朝、メールをくれるよう、智紀はさっそくアドレスを書いた紙を手渡した。

行き先を知らせなかったし、彼女もたずねようとはしなかった。終業を告げるアナウンスが流れ、智紀は営業らしく背筋を伸ばし、それではと頭を下げた。

待ち合わせは新宿駅の構内で、三人揃ってから移動した。

智紀と彼女に、真柴を加えた三人だ。

休日の約束を取り付けるという大変重要なシチュエーションを、今度ばかりはと涙をのみ、真柴はゆずってくれたそうだ。それ以上の単独行動は許されないと、当日の行動は待ち合わせ場所からいっしょだった。

真柴が同行するのはあらかじめメールで伝えてあったので、彼女はふたりに親しみをこめた会釈をくれた。

話し上手な真柴がいて、そこだけは助かった。他愛もない雑談で場の空気がすぐに和む。なんといっても踏んではいけない地雷が、そこかしこに埋まっている。会話の流れにも気をつかったが、幸い彼女も心得ているように話を合わせてくれた。行き先は秘密と真柴に言われ、あえて聞き出そうとしないのもありがたかった。

他のメンバー、例の文庫百冊戦争の三人は、オープン間際のとあるショッピングモールに先回りしていた。智紀たちが到着すると、関係者通用口に岩淵が待ちかまえていた。海道と細川はもう中に入っているらしい。

大手出版社の社員だけあって、三人はさまざまな方面に顔が利く。こういった開店前の店にももぐりこみやすい。真柴と智紀にそこまでの力はなく、岩淵の同伴者ということで受付をすませた。

顔なじみの営業とはいえ、ここで岩淵に会うことまでは聞いていなかったので、彼女は不安そうな顔になったが、有無を言わせぬ素早さで受付をくぐり抜けさせた。関係者用の認識証を彼女にも提げてもらう。

建物のまわりには、工事用のトラックが何台も横付けされ、灰色の作業着を着込んだ人たちが出たり入ったりしている。ところどころ幌《ほろ》はかかっているが建物はすでに完成し、内装が急ピッチで進められていた。背広姿の男性や私服の女性もいる。おそらく各店舗のスタッフやバイヤーたちだろう。

「この中にも大型書店がオープンするんですよ」

「『三考堂《さんこうどう》』さんでしょう?　もしかして、これからそこに行くの?」

中に入ると、台車を押した人、携帯電話でしゃべり続ける人、看板の取り付けに指示を飛ばす人、電気鋸《のこ》やトンカチの音などでざわついていた。照明の取り付け工事や、エスカレーターの試運転も行われている。

作業をしている人をよけながら、岩淵も加えて四人で二階に上がる。西側のフロアをめざす。やがて〈三考堂〉の看板が見えてきた。背の高い植木が搬入され、什器のたぐいもすっかり揃っている。あとは商品である本の搬入を待つばかりだ。

入り口手前に海道が立っていた。智紀たちに気づき、片手を上げる。その手がＯＫのマークを作った。

「今日は各社の営業が揃い踏みなんですよ」

先導していた岩淵が体をねじり、彼女に笑顔を向けた。いかつい顔が信じられないほど柔和になる。

「そうなんですか。では、皆さんはお仕事で？」

岩淵が曖昧に頰を動かす。仕事は仕事でも、守る会の仕事だ。

「皆さんは出版社さんですものね。でも私はちがいますし。どちらかといえばライバル店の者じゃないですか。まずいでしょう？　新しいお店の大事なオープン前におじゃましてしまって……」

「まあその、今日のところは、うちの社の者という顔をしててください。なに、お偉いさんと店舗開発の人間ばかりですから。他店の書店員さんの顔なんか覚えてませんよ。気づくくらいならむしろ立派だ」

「そんなこと言われたら、よけいに私――」

「今日は、三考堂さんを見学に来たんじゃないんですよ」

真柴の入れたフォローに、彼女がきょとんと目を丸くする。

「だったら何？」

話してる間にも到着してしまい、いよいよ書店のフロアに入る。正確には近々書店としてオープンするフロアだ。

煌々《こうこう》と照明が入っていた。床はやわらかみのある乳白色。ところどころキャラメルブラウンのアクセントが入り、棚はシックな焦げ茶だ。どちらかといえば落ちついた大人の雰囲気。店内の随所に置かれた観葉植物が重たくなりすぎるのを避け、軽やかさを演出している。本が陳列されれば、賑わいが増すだろう。

中央のイベント台に細川の姿が見えた。背広姿の男と談笑している。現れた智紀たちに背広の男が気づいたので、岩淵がすかさず歩み寄った。豪快な笑いがはじけ、みんなの注意がそちらにそれる中、智紀と真柴は躊躇する彼女の背を押すようにして、書棚の間を縫った。奥へと進む。

そしてカウンターの前で立ち話をしている人々をみつけ、立ち止まった。注意深く近づき、物陰に隠れる。明らかに怪しい動きだ。

「どうしたの？　急に」

「あの中の男に、見覚えがありませんか？」

おそるおそる、といった具合に彼女の視線が動く。

「まん中に立っている男です。銀色のバッグを提げているでしょう?」

すぐに気づいたらしく、口元を片手で押さえる。

「大丈夫、ここからこっそり見るだけです。あの男が今日ここに現れることがわかったので、望月さんに来てもらったんですよ」

真柴がいつもの笑顔で説明したが、彼女はすっかり青ざめていた。いっときも早くこの場を立ち去りたいのだろう。腰が引けている。

「どうして、こんなこと……なんでですか?」

「望月さんの棚を見て、聞き捨てならないことを言った男ですよね?」

「だから、どうして?」

真柴の目配せを受けて、智紀が事情を話した。

「あの人を、別の書店さんでも見かけた人がいまして、鞄のことを覚えていました。珍しいアタッシュケースを提げていたと。それで気がついたんです。望月さんは女子高生の立てた音に、過敏に反応してましたよね。空のお弁当箱を振ったときに出る、カタカタという、軽いけれど低くこもった音。ああいったアタッシュケースの中で、バイブにしていた携帯電話が鳴ると、同じような音が出るんじゃないかと思ったんです」

「あのとき……」

彼女の顔がいっそうゆがむ。

「ええ。たしかにそうだけど。いきなり棚の前でへんな音がして、あの人が鞄の中から携帯を取り出してた。なんでわかるの？　それがいったい何よ。私にもう一度会わせるために、まさかわざわざ捜したの？　やめてよ」

「あそこで今、何を話し合っているか、耳を傾けてみてください」

立ち去ろうとする彼女の腕を、智紀は思わず摑んだ。さらなる大きな声を、彼女はあげようとしたのだろうが、それより早く、立ち話をしていた人たちが体の向きを変えて店全体を見まわした。

彼女は視線からのがれるように身をかがめ、智紀と真柴もそれにならった。幸い、気づかれなかったらしい。一同はなおもゆったり会話を続けていた。

「おかげさまでいい店になりそうですよ。やっぱりこの色にしてよかった」

「そう言っていただけて何よりです。棚板としては重めの色になりますが、店のグレード感はぐっと上がります。ほんとうにおすすめですよ。私にとって書店の棚はどうしてもこれなんです。最近はスチールも増えましたし、木製といってもライト系が花盛りですけれど、この色の据わりのよさは格別です」

「方々の書店をまわったそうですね」

「リニューアルで什器の替わってしまった書店もありました。いい棚板だったのに、すべてスチールに変更ですよ。あれにはがっかりしました。でも中には十数年使っているのにくたびれた感じより、まろやかさが醸し出され、本にしっくり馴染んでいるオーク材もありました。こちらの什器もきっとそうなりますよ」

ははははという笑い声が響いた。

「あとは中身ですか。担当者にはっぱをかけなくちゃ」

「期待してます。スチール棚でも、品揃えのいい書店さんはもちろんあるわけです」

「なんだかこう、悩ましいって顔をしてますね。いやいや、品揃えでもうちが一番をめざしますよ。ぜひ当店をご贔屓《ひいき》に」

そこに、別の声が割って入った。植木の場所決めだそうだ。返事をして立ち話の数人はおもむろに歩き始める。

智紀は自分の手を伸ばし、目の前の焦げ茶色の板の上においた。縁の部分をそっと摑む。

「あの人は、誰？」

震える声が問いかけてきた。

「デザイナーさんのようですよ。店舗デザイナー。ここの内装を請け負ったようです」

「棚って、什器のこと——」

うなずく。

「前の方がよかったって」

「前の棚の種類、ですね。よっぽど木製が好きなんでしょう。替わってしまい、がっかりするくらいに」

なおも呆然としている彼女のそばに智紀も真柴もくっついていたが、様子を見に細川が現れたところでそろそろ潮時だ。彼女をせかして、今度はこっそり連れ出す。途中で真柴が顔なじみに会ったようで、そちらに行ってしまう。横幅のある細川がうまく隠してくれて、先ほどの男たちに気づかれぬまま智紀たちは売り場から離れた。

「私は……勘違いしてたの？」

施設内の吹き抜け広場には、木を模した巨大オブジェが設《しつら》えられ、白いグランドピアノが搬入されていた。ベンチやサイドテーブルも運び込まれ、ホテルのロビーを思わせるくつろぎの空間になるらしい。コーヒーや紅茶を販売するような、ミニショップも見える。

オープン前とあって利用することはできないが、遠巻きに眺めていると真柴をはじめ、海道、岩淵、細川といった守る会のメンバーが集まってきた。ここで落ち合うとは約束していなかったのに、嗅覚が利くのはさすがだ。

そのくせみんなどんな顔をしていいのかわからず、もじもじしている。本来の活動は〝黙って見守る〟なのだから。

「みんな、望月さんのことを心配してたんですよ」

彼女が不思議そうに営業の面々を振り返ったので、今度ばかりは禁を破り智紀はそうささやいた。

じっさい、今日のセッティングを含め、動いてくれたのは智紀以外の四人だ。まだまだ新米の営業マンにはめぼしい働きはできない。

アタッシュケースと携帯電話に気づいてから、西雲堂の帰り道にひとつの考えに思い至った。

あそこの店長は謎の人物について、公園の設計を手がけている人だろうかと言った。名推理だ。けれど公園とは限らない。ベンチ、樹木、トイレ、通路、ジャングルジム、すべり台。聞きかじった単語は、まさに公園にふさわしいアイテムだけれど、なぜ砂場に首を振るのだろう。砂場はジャングルジムやすべり台に並んで、一般的な遊具だ。砂場がさいしょから度外視される施設とは何があるだろう。

もうひとつ。カフェの話が出たとき、「やっぱりハヤシライス」と笑い合ったようだ。なぜ〝やっぱり〟なのか。カフェとハヤシライス。この組み合わせはパソコンで検索すれば決まって、東京駅にある大型書店丸善《まるぜん》がヒットする。なんでも初代社長が考案し名付けたのがかの〝ハヤシライス〟で、元祖のひと皿を、書店フロアの一角に設けられたカフェで今でも食べることができる。

二人連れの会話がもしも書店について語っているものならば、カフェとなればやっぱりハヤシライス、というやりとりが冗談として通じる。

砂場に関しても、書店の中の児童書コーナーに置く遊具ならば、室内用のジャングルジムやすべり台はじゅうぶん考えられる。でもさすがに砂場はないだろう。

そして次の設計プランでカフェを併設した書店を提案したいなら、今現在そういった店作りをしているところに足を運んでリサーチするにちがいない。

智紀の考えに真柴は「なるほどねえ」とうなずき、男性捜しに動いてくれた。めざすのはカフェを持つ書店。そこで店全体を見まわしているような、銀色のアタッシュケースの若い男だ。

書店の店舗作りに関わっているなら、出版社との関わり合いも多少考えられる。声をかけられいきなりのことに訝《いぶか》しんだとしても、その相手が出版社の人間だとわかれば、会ったことがあるかもしれないと思うのでは？

そこで男をみつけたときのやりとりも組み立て、名刺を手に入れ、男の正体を摑むようお願いした。店舗デザイナーであることがわかってからは、あの手この手で今日の情報を探り出した。西雲堂で芸術・趣味コーナーの品揃えに首を振ったというのも、デザイン関係の本に不満があったからだろう。

「私ね、実家が本屋なの」

彼女がぽつんとつぶやいた。

男たちがじっと聞き耳を立てる。誰にとっても初耳らしい。

「地方の駅前にある、小さな本屋さん。私が中学の頃に潰れちゃった。借金だけを残して」

誰も座っていないベンチの背もたれに、彼女は自分の手を置いた。

「それからの親の苦労を思うと、本屋なんてこりごりと思うべきかもしれない。でも私、やっぱり本屋さんが好きだったな。だから夢見たの。いつか都会の大きな大きな本屋さんで、思いっきり働いてみたいなって。ありとあらゆる本をいっぱい並べて、毎日朝から晩までその世話に走りまわるの。お父さんにもお母さんにも、おじいちゃんにもおばあちゃんにも、できなかったことよ。それって他の人はわからないけど私にとってはぴかぴかの夢だったのよね」

照れたように顔を伏せ、そして吹き抜けの天井を見上げる。

「この前、言ってくれたでしょ。思う存分やれる店にいるのだから、やってくださいって。あれを聞いた帰り道、今はなき『望月書店』を思い出した。小さい店ならではの良さもあったの。配達を手伝ったり、行った先でおやつもらったり、袋の補充をしたり、余った付録を友だちにもあげたり。本屋のみなみちゃんなんて呼ばれて、けっこう誇らしかったな。でももう、その店はどこにもなくて。今は今できることを、しっかり前を向いてやらなきゃね」

近日オープンのショッピングモールから出て、ぞろぞろと最寄り駅まで歩いた。訪れたときとは別人のように、彼女の足取りは軽く、路地を吹き抜ける風を気持ちよさそうに浴びている。髪を押さえる仕草も可憐だ。

同じようなことを考えているのだろう。男たちもにやついていたが、遅れがちだった細川の足がついに止まった。

みんなも立ち止まり、口々にどうしたのかとたずねた。

「じ、実はぼく、これから、どうしても抜けられない打ち合わせなんです。もう社に戻らなくちゃ」

「ああ、おれもだよ。仕事をぬけ出してるから、そろそろ千葉に行かなきゃ」

「ひつじくんは?」

「井辻ですけど。ぼくは今日、半休しか取れなくて。夕方から先輩の手伝いなんですよ」

「そっか。うちも今日の夜、影平《かげひら》さんのトークショーがあるんだよ。行かないとまずいだろうな」

　そうなると残るのはひとり。視線を向けると、傾き始めた日の光を自慢のスキンヘッドに反射させながら、海道は全身に喜色を浮かべていた。

「オ、オレは年休っすよ、年休ゲット。今日一日、オールオッケーっす。やったー」

　両手を振り上げ踊り出しそうな海道に、守る会四人の視線が容赦なく襲いかかった。刃物のような鋭い切れ味だったにちがいない。

　上げた手をだらんと折って、にわかにしどろもどろになった。

「いやその、あの、ですから、も、もしかして、オレにもよんどころない用事が……」

「そりゃ残念だ！」

　声がひとつに揃った。

　うつむいて泣き出しそうだった細川が、いきなり前に躍り出て、彼女に言った。

「ごめんなさい。そんなわけで、お茶もできずにすっごく無念ですけど、今日はここでお別れします。望月さん、ＪＲですよね。ぼくたちは地下鉄ですから」

　おいおい待てよと一瞬ざわめく。地下鉄は細川だけだったが、このさいみんな横並びで涙をのんだ。

「そうですか。お忙しいんですね。今日はほんとうにありがとうございました。おかげさまでまた棚作りに励めそうです。ばりばりやろう。いい本がいっぱい出てますよね。たくさん売らなくちゃ」

大きく息を吸い込む彼女に、みんなしてうなずく。

「ぼくたちももちろん応援します。頼もしい言葉が聞けてすごく嬉しいです」

「お仕事、がんばってくださいね。私は友だちでも呼び出して、美味しいものでも食べに行こうっと」

男たちはハッとして、前のめりになりながらたずねた。

「その——お友だちとは、女の子ですよね?」

彼女はくすりと笑い、肩をすくめた。

「ないしょです。それじゃあ、また店内で。お待ちしてますね!」

おひさまのような笑顔がぱっと咲き、ひるがえる。

片手を振られて振り返し、智紀たちはそのまましばらく惚《ほう》けたように、雑踏にまぎれていく彼女の後ろ姿を見守った。

新人営業マン・井辻智紀の一日 2

○月×日、午前中は在庫のチェックと会議。

となりの席の先輩営業マンが、「ああ」と短いため息をついた。

「どうしました？」

「これは微妙だな。井辻くん、ボードに書いておいてよ」

キーボードから離した手にペンを持ち、先輩はメモ用紙にささっと何か書き付けた。渡されてすぐ、ぼくはうなずいた。このところ品薄になっていた単行本がまた動いたらしい。動く——注文が入り、出庫したという意味だ。倉庫の在庫があとわずか。

書店まわりの営業に出るさい、もっとも重要なデータが本の在庫状況だ。がんばってすすめ先方の承諾も取り付けたのに、肝心のブツがないでは話にならず、信用まで失いかねない。日々チェックは怠れない。さっそくメモの情報もボードに書きこんだ。

在庫がたっぷりあるようでも、減っているペースが速ければこれも要注意。どこかで紹介された？　この著者の他の本が引き金になっている？　書店員さんたちの受けがいい？　ジャケットがよかった？　時代に合っていた？

理由がわかれば、それをもとにまた販促がかけられる。本に対するアンテナは、いつ、いかなるときも鋭敏に立てていなければならない。そのあたりがようやく、ぼくにも見えてきたところだ。

フロアの壁には在庫状況をざっくり表したホワイトボードが設置され、随時、注意事項が書きこまれていく。在庫僅少が進み重版決定になればいいけど、あるときいきなり返本をくらう場合もあり、一筋縄でいかないのがこの業界だ。実売数が把握しづらく、倉庫の残数がすべてではない。書店の店頭に並んでいるのも、バックヤードやストッカーの中に入っている分も在庫。

実売数と倉庫の状況、本そのものの販売力を考慮した上で、重版か否かが決定する。

そういう会議がこの日も行われ、ぼくは頼まれていた書類を人数分コピーしてから、フロア隅の小会議室へと入った。

営業部だけの打ち合わせなので、椅子が十脚も並べばいっぱいのここで熱い議論が交わされる。後日、編集部もまじえての会議が開かれ、そのときは四階の大きな部屋を使うことになる。

メンバーが集まってすぐ、最初の議題は重版について。在庫僅少になっていた四点のうち、営業部としては二点にGOサインを出すことで話がまとまった。もう二点は残念ながら見送り。

編集部の同意を得て正式に決まれば、増刷される本は今後、重点的に販促がかけられる。数ヶ月後に控えているフェアにも組み込まれるだろう。

逆に、様子見の方は在庫切れになる可能性が高く、注文を受けるときはデータの確認が毎回必要だ。営業マンが積極的にすすめることはなくなり、いつか、どっと本が返されてくるまで、あるいは売れ行きに明るい兆しが見え重版決定に至るまで、ぎりぎりの攻防戦が続く。

利益を生むためには判断力が大事だと、これまでぼくはたびたび教えられてきた。品切れ、重版未定、出庫不能は極力避けたいけれど、印刷代や倉庫の費用を他の本にかぶせてばかりはいられない。そんなふうにシビアに言われた。わかるけど、くっきり明暗が分かれるのを目の当たりにすると、こっそりため息のひとつもつきたくなる。

続いて新刊の初版部数が話し合われる。どういう作家さんのどんな作品だからいくつにするか。多く刷らなければ各書店にまわりきらず、お客さんが買いにくい。平台に積んでもらわなければ、人目を引きにくい。

売れるチャンスを逃さないためには、たくさん刷って全国の書店の店頭に大きく積んでもらうのが一番だ。かといって、売り上げに結びつかないと利益どころか赤字が生まれる。初版部数は常に、微妙なバランスの上に成り立っている。

その後、フェアについての意見出しが始まった。営業部が主体となる仕掛け重視のフェアなので、みんな積極的に帯の案やポップのデザインを出していく。もちろんぼくもいくつか提案した。

合間に、本そのものへの企画はないかと話が振られ、場の空気が和んだ。書店をまわっているうちに浮かんだ案を、みんな雑談代わりに口にする。こういう本がほしいとリクエストされた話でもいい。最初は雑談でも、瓢箪から駒、本格的に企画が進行する場合もあるのだ。

次々に上がるユニークな発想に感心しながら、いつか自分もスマッシュヒットを放ってみたいと思う。自分の思いつきからベストセラーが生まれたら……。

こんな愉快なことはないだろう。夢は大きく持っておかなきゃね。

贈呈式で会いましょう

突然の「しまった」という声で、現場は色めき立つ。

「秋沢《あきさわ》さん、どうかしたんですか」

「両面テープを忘れた。ここはやっぱり、両面テープできれいに留めたいのよね」

受付のテーブルに置いたプレートのはじを撫でながら、秋沢が言った。飾った造花のリボンがプレートの文字を隠している。とたんにまわりから「ほーっ」という息が漏《も》れた。

「驚かさないでくださいよ」

「そうですよ、何事かと思うじゃないですか」

「ごめん、ごめん。だってさ、しまったと思ったんだもん」

子どものように拗ねてみせる秋沢は四十代後半の女性で、明林書房《めいりんしょぼう》営業部の副部長を務めている。智紀《ともき》の直属の上司だ。ちょうど段ボールの荷物を運び終えたところだったので、「買ってきましょうか」と声をかけた。

「すぐそこのコンビニにあると思うんで。ひとっ走り、行ってきますよ」

みんながぴりぴりするのも無理はない。今日は自社の主催する宝力宝賞《ほうりきたから》の贈呈式、並びに記念パーティが開催される。

社を挙げてのもっとも大きなイベントであり、毎年多くの関係者が詰めかける恒例行事となっている。メインとなる宝力宝賞は今回で十四回目を数える歴史ある新人賞で、この賞が輩出した人気作家も少なくない。今回は公募により長編部門に三百二十二編、短編部門に六百七十一編が集まり、それぞれ四編、六編が最終選考に残った。大賞が出ない年もあるが、このたびはめでたく一編ずつが選ばれた。

その、お披露目を兼ねた祝賀会だ。準備は編集部主導で夏から始まり、ホテルを押さえるのは例年の通り。招かれるのは日頃お世話になっている作家はもちろん、マスコミ関係者、書店、取次、同業者である他の出版社で、五百通を超える招待状が一斉に送付された。

営業部はサポートに徹し、書店関係者と取次だけは各営業マンがそれぞれの担当を受け持った。大口取引先である全国チェーンの書店はもちろんのこと、他にも、明林書房の本を意欲的に並べてくれる中小書店にも声をかける。

日頃のやりとりから、興味のありそうな担当者、店長さんに打診した上で招待状を用意する。著名な作家と接する機会であり、参加費も無料なのでたいていは喜ばれるが、受け持ち書店すべてを誘うわけにもいかず、割り切りも必要だった。

智紀は明林に入社して二年目、書店まわりを始めてまだ数ヶ月しか経っていないので、昨年通りの店に招待状を手配するだけにとどめた。

式に向けての具体的な準備はホテル側の担当者と進めていく。料理の内容や会場の配置図はもとより、各種賞状の発注、花束贈呈のさいの花束、選考委員の先生方が胸につける造花の花、立て看、芳名帳、サインペンなどの手配。

当日は、本になったばかりの受賞作──宝力賞の場合は市場に出回る前に参加者に配る──の袋詰め作業を営業部総出で行う。出席者の予定はおおよそ三百人。持ち手のついたビニール袋にどんどん入れていく。それを段ボールに詰めてホテルに搬入し、受付のわきに積んだところでひと仕事終了。

受付台を設置してもらい芳名帳を並べ、会場のセッティングなどもチェックし、ふと気がつけば時計の針は午後四時十五分を指していた。

智紀は秋沢の用意し損ねた両面テープを買いに、会場であるホテルから抜け出した。

入り口の正面には〈第十四回　宝力宝賞贈呈式〉と書かれた立て看板が設置され、すでにロビーのあたりはざわついていた。式が始まるのは六時だ。出席する作家は多く、早めに到着して編集者と打ち合わせをしている姿があちこちで見受けられた。ロビーの喫茶コーナーはもちろんのこと、奥のカフェテリアにも一目でそれとわかる組み合わせが座っていた。テーブルにゲラらしきものを広げているのだ。

地方から上京してくる作家にとっては、まとめて用事をこなす機会となり、他社の編集者も駆けつけてくる。インタビューや講演会などの打ち合わせも珍しくない。

遠目からもわかる人気作家の姿に、智紀はこれから始まる華やかな夜をぐっと身近に感じ、足取りが自然と軽くなった。社員になってからは二度目だが、学生時代もバイトとして手伝ったので合わせれば四度目になる。

あくまでもホスト側なので、会場内に用意される料理も酒類もまったく無縁だ。ウーロン茶一杯、飲むこともない。特に営業は会場の外で受付その他の雑務をこなすので、煌《きら》びやかなパーティの様子は垣間見るのがせいぜいだろう。それでも気分というのは盛り上がってくるものだ。

大股で自動ドアを抜け、正面口を通り過ぎようとして、ふと看板に目が留まった。へばりつくようにして人影が立っている。誰だろうと思う間もなく、その人が振り向き目が合った。かなりのお年を召した老人だった。後ろ姿は枯れ枝のように頼りなく見えたが、手にした杖を握り直し、ぐっと背筋を伸ばせばなかなか紳士然とした風格がある。後ろに撫でつけた銀髪、ほんのり紫がかった眼鏡、クラシカルな縦縞のスーツ、襟元にはアスコットタイをあしらっている。

ご高齢ではあるが端整な顔立ちにどことなく華があり、智紀は自然と頭を下げた。

パーティの参加者だろうか。

「君、ここのホテルの人かな」

「いいえ。出版社の者です」

「では、もしかして明林書房の？」

うなずくと、老紳士は「ほっほー」と鳩のような声をあげた。

「それはちょうどいい。今日は宝力宝賞の贈呈式だろう？　今年の長編部門を取ったのは……塩原《しおばら》――」

「ええ。塩原健夫《たけお》さんとおっしゃる方です」

「そうそう。まさに塩原健夫くんだ。君が明林の人なら、頼みたいことがある」

皺《しわ》だらけの顔に人なつこく笑いかけられ、智紀は丁寧に向き直った。

「なんでしょうか」

「伝言だよ。彼に伝えてほしいことがある」

「えっと……もしかして塩原さんの、お知り合いでしょうか」

老紳士は智紀の問いかけに、口元をくっと吊り上げた。まあね、と言いたげだ。

「中にお入りになりますか？　ロビーには椅子もございますし」

立ち話もなんだろうと気を利かせたつもりだが、紳士は杖を持つ手に力を入れ、首を横に振った。

「伝言でいいんだよ。こう言っておいてくれないか。『君もずいぶん大胆な手を使うようになったじゃないか』と」

「は？」

老紳士はもう一度くり返した。「君もずいぶん――」

覚えたつもりでうなずいたが、意味はさっぱりだ。戸惑いもあらわに、何をどうたずねればいいのやら、うろうろしていると背後から声がかかった。

「井辻《いつじ》くんじゃないの」

「ほんとだ。よかった。知ってる顔に会うとほっとする」

振り向くと、自分の受け持っているエリアの書店員さんが弾むような足取りで歩み寄ってくる。満面の笑みを浮かべていた。パーティということでおしゃれをしてきたらしい。年配の女性はスーツ、若手の女性はワンピースをまとっている。手にしたビーズのバッグがきらきら光っていた。

「早めに来てお茶しようと思ったのよ。そしたらあそこのカフェに影平《かげひら》先生がいてね、なんだか気後《きおく》れしちゃった」

「打ち合わせでしょ？　画集みたいのを開いていたの。なんの話をしてたんだろう」

「もう、ミヤちゃんったら今にもきゃあきゃあ言い出しそうで、あせったわよ」

「松林《まつばやし》さんも爪先立ってへんな動きをしてましたよ」

すっかり舞い上がっている。低賃金で重労働という日々の仕事をかいくぐり、出勤日をやりくりしながらやっと摑んだ休日だ。めったにない晴れの日であり、好きな作家に会い、おいしいものを食べ元気よく帰ってゆくことだろう。

「どうかしました？」

そのふたりがにわかにあたりを見まわしたので、智紀までエントランスに向かって伸びをした。

「ううん。今ね、うちの大宮店の人とそこでばったり会ったのよ。このあたりに詳しいっていうから、案内してもらおうと思ったのに」

「どこ行っちゃったんだろ。山本《やまもと》さんって人です。井辻くん、知ってるかな？」

付き合うような気持ちでガラスの向こうを凝視したが、建物の中はよく見えない。

「すみません。大宮だと、ぼくの受け持ち外なんですよ」

ふたりが勤めるのは大型チェーン店で、店舗の場所により担当の営業マンも変わってくる。

「そっか。山本さんってば、書店員になる前から明林のパーティには縁があるなんて、威張ってたんですよ」

「荷物でも預けに行ったのかしら。まあいいわ。あとから連絡すれば。井辻くん、お茶できそうな店ってない？」

智紀はすかさず、チェーン店のコーヒーショップと店内にテーブル席を用意しているケーキショップを紹介した。昨年、同じような質問を受け、先輩に教えてもらったのだ。答えられるというのは実に気持ちいい。ありがとうという声を受け取り、楽しそうな二人連れを見送りつつ、はっと我に返った。

あわてて老紳士の方を振り返ると、いつのまにか姿が消えていた。ロビーに入ったのだろうか。いや、伝言を頼みたいというくらいだから、招待客ではなかったのかもしれない。そのわりには場慣れした雰囲気で、ずいぶんきちんとした身なりをしていた。

「伝言か」

つぶやいて、なんだろうなと思いながら、智紀は表に出た当初の目的を思い出した。両面テープだ。今度は脇目も振らずコンビニへと駆け出した。

お使いを無事にすませ、ホテルに戻り受付で待ちかまえていた同僚に手渡した。秋沢は別件で呼び出しだそうだ。会場内の丸テーブルにはグラス類が並べられ、料理の支度も着々と進められている。壁ぎわにずらりと、寿司、蕎麦《そば》、オムレツ、カレーといった、その場で供してくれる屋台のようなブースが設《しつら》えられる。

再び手伝いに入る前に、智紀は受賞者用の控え室を捜すことにした。ひとつ上の階だと聞いた。わけのわからない伝言だったが、預かった以上、忘れないうちに伝えてしまわねば。

時計を見ると四時三十五分。受賞者は五時から控え室で待機のはず。まだ早いかもしれないが、編集者のひとりでも捉まえられれば、どこにいるか教えてもらえるだろう。

上の階に出ると、見渡すまでもなく吉野《よしの》の姿が見えた。スーツ姿は見慣れているはずだが、あらたまった場で眺めるといつもよりさらに男ぶりが上がって見える。書店員さんの中には、パーティに出れば久しぶりに吉野に会えると、手放しで喜んでいる人が何人もいた。

吉野は外見だけでなく中身も優秀な営業マンだったので、女性だけでなく男性にもファンが多い。彼の担当エリアを智紀はそっくり引き継いだ。人気までは、残念ながら継ぎ損ねたままだ。〝まだ〟と付け足しておこう。まだ、引き継ぎきっていない。

そして吉野は今、明林書房の編集者として担当作家を増やしつつある。

声をかけるとすぐに気づいて歩み寄ってきた。智紀は笑顔で会釈したが、吉野はなぜかいつものさわやかな笑みを見せずに、眉をくもらせ冴えない表情をしている。

「どうかしたんですか」

「うん。ちょっとトラブルがあって」

なんだろう。両面テープくらいの問題ではなさそうだ。吉野がため息をつくのだから。

「君の方は、何か用事?」

「はい。塩原健夫さんへの伝言を頼まれたんです。控え室にはまだいらしてませんか」

ふいに腕を摑まれ、通路の隅っこに引っぱられた。

「トラブルってその、塩原さんのことだ。オフレコだよ。今現在行方不明で、どこにいるかわからない」

「うそ」

「ほんとうだよ」

「塩原さんって……」

「福島の人だ。今日の昼には東京に着いてる予定で、例年通り、大賞受賞者の宿はこのホテルに取ってある。担当の酒井《さかい》さんと二時にロビーで待ち合わせ、軽食を取ってからチェックインするという段取りだったらしい。ところが三時になっても現れない。四時を過ぎても連絡ひとつない」

塩原はまさに今日の主役。彼を祝って会が催される。

「さっきから何度も携帯にかけているけれど、通じないんだよ」

「迷子になった……というわけでもないですよね」

智紀は受賞者のプロフィールを思い起こした。今年三十二歳になる会社員だ。福島在住だが大学は四年間、東京だった。迷子になる年ではない。担当も、三十代半ばの女性編集者で、気配りに長《た》けたベテランだ。

「東京駅からはタクシーに乗るよう、酒井さんも念を押し、本人も了解していたとのことだ。これまでのやりとりはいつもスムーズで、メールや電話にすぐ応じる、生真面目で律儀なタイプだったらしい。年相応の分別もちゃんとあったというんだよ」

「だったら事故とか」

不吉なことを口走ってしまったが、吉野もそれを案じているようだ。真顔でうなずく。

「一応、警察にも問い合わせてみた。けれどどこの近辺で、今日は事故も事件も起きてない」

「実家はどうなんですか。そうだ。ご両親はいっしょじゃなかったんですか」

贈呈式は作家本人にとって、おそらく人生の中でも大きな晴れ舞台であり、新人賞は門出を祝う席だ。通常、家族も招待される。

「塩原さんは福島市内にひとり暮らしでね、ご両親は福島駅から電車で二時間ほど離れた町に住んでいる。どちらかのお加減が悪いとかで、今日は初めから本人のみの出席だったんだ。連絡を入れたところ何もご存じないようで、ひどく心配してらしたそうだ。酒井さんの方があわてて宥《なだ》めていたよ。会社にも電話してみたが、昨夜は仕事を片付け早めに退社し、今日から二日間年休とのことだ。それ以上はわからない」

「交友関係は?」

首を振る吉野を見て、八方ふさがりという言葉が智紀の頭を駆けめぐった。デビュー前の新人作家ならば業界に友人がいなくても不思議ではない。プライベートについては、実家と会社を押さえているのがせいぜいだろう。捜したくても、まったくのお手上げ状態ではないか。

万が一、受賞者がみつからないとして、式はどうなってしまうのだろう。

エレベーターがチンという音を立ててドアが開いた。中から酒井とは別の編集者が飛び出してきた。吉野に気づき、「どう？」と目でたずねる。吉野が首を振ると、口をへの字に曲げて控え室へと吸いこまれていった。緊急事態とのことで招集がかかったのだ。

「ここにこうしていてもなんですし、あちこち走りまわってみましょうか。ぼくでよかったら手伝いますよ。秋沢さんは……このことを？」

「もう知らせがいったと思う。そうだな。井辻くんを貸してもらおう」

「ひょっとして緊張のあまり、ホテルのまわりをうろうろしてるのかも。急に怖気づいたとか」

そうであってほしい。そうでなければみつけ出すなどほとんど不可能に近い。東京にたどりついているとしても、人ひとり捜すにはあまりにも巨大な街だ。来ていなければ絶望的に間に合わない。

「緊張はするだろうけどね、さっき、酒井さんがそういえばと言い出したんだよ。昨日の電話の様子がおかしかったって」

「おかしい？」

「これまではデビュー作の出版をとても楽しみにしてたらしい。ゲラチェックでも何でも厭《いと》わずにしっかりこなしていた。まあ、それがふつうなんだけどね。いよいよ見本も出来上がり、本人の手元にも数日前に送付された。それも喜んでいたらしい。ところが昨日になって、出版をやめることはできないかと言ってきたそうだ」

智紀はついさっきの吉野と同じように眉間に皺を寄せた。

「なんですか、それ」

「わからない。もちろんやめるなんて今さら無理だよ。週明けと共に取次に搬入され、順次店頭に並べられていく。今日の贈呈式では、それより一足先に出席者全員に配られる。準備万端、すべて調っているんだ」

よく知っている。袋詰め作業なら自分も朝からやっていた。新人賞の贈呈式ではたいてい受賞作の本が用意され、出席者が会場を引き揚げるさい、お土産よろしく手渡される。選考会と贈呈式の間に数ヶ月のひらきがあるのは改稿やゲラチェック、印刷、製本などに時間がかかるためだ。

新しい書き手の誕生は、新しい本の誕生をも意味する。今日のこの日に間に合うよう、担当編集者は細心の注意を払ってきたはずだ。

「いよいよデビューとあって、気後れしたのでしょうか」

マリッジブルーに似た「出版ブルー」というものがあると、智紀も聞いたことがある。自分の原稿が果たしてほんとうに本になるのかどうか。現物を見るまでは不安で、ゲラの責了、カバーの決定と、進むたびにほっとして気持ちが落ちついてくる。けれどいざ見本が出来上がり、店頭に並ぶ段になると、別の不安が頭をもたげる。

どう読まれるのだろう。どんな評価を下されるのだろう。売れるだろうか。内容はあれでよかったのだろうか。などなど。

反応がないのもつらいが、酷評もつらい。売れ行きが悪ければ次の本に影響が出かねない。すでに印刷されたものについては、一字一句直すこともかなわず、ああすればよかったこうすればよかったは後の祭りだ。

「今さらびびってもらっては困るよ。プロの作家になるってことは、自分の作品を世に問うということだ。それは最初からわかりきってることじゃないか。みんながみんな好意的に読んでくれるなんてありえない。出すまでは作家も出版社も努力するけれど、そこから先は読者にゆだねるしかないんだ」

吉野のまっすぐな眼差しを受け、智紀は表情を引き締めうなずいた。おそらく、読者と作者の間には真剣勝負があり、編集者はその両方をじっと見すえているのだ。

「ともかく、このあたりを走りまわってみましょうか」

「そうだな。手分けして捜そう」

ふたりしてエレベーターに歩きかけたそのとき、智紀の携帯が胸ポケットで振動した。手に取って名前を見ると他社の営業マン、真柴《ましば》だ。なんだろう。

「もしもし」

「ああ、ひつじくん？」

出てすぐ、のんきそうな声が聞こえた。

「井辻ですよ、い・つ・じ」

「あのさ、ぼくはついに、仕事のしすぎで幻覚が見えるようになったらしいんだ。目の前に君んとこの大賞受賞者、塩原さんだっけ、彼がいるんだよね」

「え？」

前のめりに固まる。

「……真柴さん、あの、今、どこですか」

「神田の『三省堂《さんせいどう》』だよ。ありえないでしょ。今日は宝力賞の贈呈式だもんね。主役は今ごろ控え室でぬるいお茶でも飲んでる時間だ」

智紀がただちに吉野に伝えると、同じく絶句したのち、手首ごと携帯を引っぱられた。

「真柴、ほんとうか。ほんとうに塩原さんがそこにいるのか」

「はあ？　もしかして吉野？　なんでおまえが出てくるんだよ」

「いいから状況を説明してくれ」

明らかに不満げな声が応じる。

「ひつじくんにかけてるっていうのに。もう。とにかく今目の前に、自分は宝力宝賞を取ったばかりの新人作家、塩原健夫だと主張している男がいるんだよ。人捜しをしてるらしい。書店員さんもどう対応していいのか困っているよ。ご丁寧に、その、本になった受賞作を持っている。『夜明けのメビウス』だっけ。あれってまだ発売前だよな。見本だとすると、ひょっとして関係者だったりして。本にはほら、著者近影が載ってるじゃないか。そこを開き、自分の顔と照らし合わせてる。この人物なので怪しい者ではありませんと。そんなこと言う時点でじゅうぶん怪しいんだけど、これがまた本人にそっくりで」

「真柴」

吉野の喉《のど》がごくんと上下する。

「今すぐ行く。摑まえといてくれ。ぜったいに逃がすな。頼む。それはおそらく本物だ」

今度は受話器の向こうで言葉が途切れた。

「おい、真柴？　もしもし、もしもし」

「うそだろ」

「なあ、今うちがどうなっているか、想像できるよな」

「したくない、ぜったいに。おそろしすぎ」

だからと、吉野が大きな声をあげた。ただならぬ雰囲気に、控え室からばらばらと人が出てきた。

「頼む。摑まえといてくれ。恩に着る」

「ったくもう。しょうがないな。やってもいいけど、相手がもしも暴れでもしたら……」

「担当者が倒れたと言ってくれ。まじで、倒れそうなんだよ。それでも逃げるようなら、そんな作家はいらない！」

わかったという短い返事と共に通話は切れた。

智紀は集まった編集部の面々に、今のやりとりを手短に話した。みつかったとのことでみんな大きな息をつくが、誰ひとり厳しい表情を崩さなかった。会場に連れてきてリハーサルに立ち会わせ、本番をつつがなくこなして初めて、安堵の笑みが漏れるというものだ。

さっそく迎えに行こうと、それこそ担当編集者である酒井が踵《きびす》を返したところでよろめいた。心労のあまり貧血に襲われたらしい。担当者が倒れるというのはまさに現実だ。

「ぼくと井辻で行ってきます。大丈夫ですよ。神田ならタクシーを飛ばしてすぐです。必ず連れて戻ってきます。酒井さんはここで待っていてください」

編集長が素早く反応した。

「そうだな。本人のためにもなるべく事を荒立てない方がいいだろう。せっかくの記念日なんだ。ここは吉野に任せ、われわれは自分の仕事に戻ろう」

編集長の言葉を受けて、智紀と吉野はエレベーターに飛び乗った。あわただしくロビーを横切り自動ドアから表に出ようとしたところで、再び真柴から電話が入った。ホテルの前にはタクシーが停まっている。智紀は歩をゆるめながら電話に出た。

「どうしました?」

「大先生、どうしても会いたい人がいるそうだ。捜しに行くと言ってきかない。今は首根っこを摑まえているけれどな。担当さんのことは一応、心配してるらしい」

後ろから、すみません、すみませんと声が聞こえた。塩原のものだろう。

「誰を捜しているんですか」

「それが、口を割らないんだよ。さっき書店員にしつこく食い下がっていた言葉からすると、銀髪の老紳士らしい」

するりと手から携帯が落ちそうになり、智紀はあわてて両手で包みこんだ。

「もしかして、粋《いき》なスーツを着込んだアスコットタイのおじいさんじゃないですか。だったらぼく、会ってますよ。ホテルの入り口の立て看の前で。そうだ、塩原さん宛の伝言も預かっています」

自動ドアから外に出るとタクシーは目の前だった。けれど立ちつくす智紀のただならぬ気配に、吉野も耳をくっつけてくる。

「伝言って、どんなの？」

真柴がたずねる。

「それが……意味がわからないんですよ。そっくりそのまま言いますね。『君もずいぶん大胆な手を使うようになったじゃないか』、ですって」

「はあ？」

訝《いぶか》しそうな声を出しつつも真柴が伝え、そのとたん、塩原は往来にうずくまってしまったらしい。「しっかりしろ」「立てよ」と、しきりに聞こえてくる。そして、あんたの捜してる人は会場にいる、明林の営業が直《じか》に会っている、と語気も激しく告げている。

いやちがう。老紳士はもういない。立ち去ってしまったのだ。

再び真柴の声が受話器に戻ってきたのであわててそれを言うと、おそらく唖然としたのだろう。数秒間が空いたのち、じゃあ頼むと言われた。

「ひつじくんには老紳士の方を任せた。吉野は一刻も早くここに来い」

含みのある言い方に、吉野と智紀は目を合わせ、互いの考えを読み合った。

おそらく塩原には紳士がいないことを伏せ、無理やり連れてこようというのだろう。時計の針は四時五十分を指していた。

「わかりました。これからぼくが捜します。捜す手がかりを聞き出せたら、教えてください」

「オッケー」

通話が切れ、同時に吉野がタクシーに滑りこむ。

「むずかしいのはよくわかる。あてなんか、ないだろう？　塩原さんの方はなんとか宥めておくよ。でも無理は承知で、できれば六時までにその人をみつけて連れてきてほしい。式は選評から始まり、表彰式のあと受賞の言葉へと続く。出席者が何百人も見てる目の前で、あらぬことを口走ったらすべてアウトだ。そうならないためにも、本人を落ちつかせたい」

「はい」

頼むよという言葉を受け取り、智紀は走り去る車を見送ったあと、踵を返して歩き始めた。望みを託すような吉野の目と、せっぱ詰まった真柴の声に、足が自然と速くなる。

手がかりがないならないで、途方に暮れている時間さえもったいない。老紳士が去った方角には駅があるのだ。改札口を抜けて電車に乗ってしまったら、おそらくゲームセット。けれどまだどこかでお茶でも飲んでいるかもしれない。駅にたどりつき、あたりを見まわしてから、今度は路地を変えて引き返す。ホテルの裏手へとまわった。ケーキショップの前で足を止めると、先ほど店を訊かれた書店員さんたちが座っているのが見えた。

立ち止まった智紀に気づき、向こうはのんきにガラス越しに手招きする。中に入ると、呼び寄せられた理由は贔屓《ひいき》の作家さんの誕生日が近いので、お菓子をあげてもいいだろうかという、女子高生のような相談だった。いいと思いますよとうなずいた。

「井辻さん、なんだか疲れてません？」

「人捜しをしてるんですよ。さっきホテルの入り口で、ぼくの後ろに老紳士がいたのに気づきませんでしたか。あの人を捜してて」

「うわ、ごめんなさいね。私たちじゃましちゃったかしら。あれは津波沢陵《つなみざわりよう》先生でしょ」

「は……？」

「すごく久しぶりにお姿を拝見したわ。今日のパーティに出席されるの？」

どこかで聞いた名前だ。ほんの数秒後、耳から入った名前が漢字になって浮かび、追いかけるように何点かの著作がよぎった。往年のミステリ作家じゃないか。活躍していたのはたしか十年以上も前のことで、智紀が本を読み始めた頃にはすでに過去の人になりつつあった。宝力宝のような高名な作家ではなく、中堅どころの流行作家だったと思う。

「あの人が津波沢先生……」

「知らなかった？　まちがいないと思うわよ。何度かうちの店にいらしたことがあるの。もうずいぶん前よ。私が市川店にいたときだから、かれこれ七、八年前になるかしら。とってもおしゃれなジェントルマンで、楽しい方だったの。さっきちらりとお見かけしたら、以前と同じように柄物のスーツを着こなしていらっしゃるでしょ。嬉しくなっちゃった」

智紀は甘ったるい洋菓子の匂いの中で、懸命に頭を働かせた。塩原の捜しているのが作家というのはじゅうぶんありえる線——という気がする。受賞作の出版を気にしていたというのにも、何かしらつながりそうだ。

先生を見かけたのは年配の書店員さんで、住まいや連絡先までは知らないとのこと。思いがけない手がかりをもらい、智紀は礼を言ってケーキショップをあとにした。

駅までの道を大股で歩きつつ、塩原の担当編集者、酒井に電話を入れた。いくらか元気を取り戻したようで声にも張りがあったが、津波沢の名前を出すとひとしきり唸る。

「へんねえ。これまでも何度か、好きな作家や影響を受けた作品について、本人から話を聞いてきたのよ。大賞受賞者だからインタビューの申し込みもあるでしょ。そういうときの、よくある質問だもの。でも津波沢先生のお名前は出てこなかった。私自身、井辻くんに言われて久しぶりに思い出したくらい」

「先生の立ち寄りそうな場所、心当たりはありませんか。懇意にしてる人とか」

「さあ。もう十数年も本を出されていないのよ。評論やエッセイでも、ほとんど見かけてない。昔はうちのパーティにもいらしていたけれど……。そのあたり、秋沢さんの方が詳しいかも」

例の、両面テープの上司だ。智紀は電話を切ってさっそくかけ直した。またしても津波沢の名前で驚かれてしまったが、塩原の状況は知っているので無駄な脇道に話がそれない。

「先生とは数年前から連絡が取れないの。宝力賞の案内状も宛先不明で戻ってきてしまい、それきり。田舎にこもってらっしゃるとか、海外に移住されたとか、いろいろ聞いたけれど。最近では噂も耳にしなくなったわね」

「じゃあ、今の連絡先は……」

「他の出版社に当たってみたとしても、期待できないと思うな」

すでに問い合わせに割く時間さえ、厳しいというのに。せっかく手がかりがみつかったところで、ぷつんと途切れてしまうのか。

そもそも塩原はなぜ、長いこと出版界から遠ざかっている老作家に会いたがるのだろう。

「秋沢さん、塩原さんは今年、三十二歳でしたよね。先生が一番活躍されてたのは十七、八年前。ということは十五歳前後で中学生くらい」

「読んでいて、おかしいことはないわね。ファンだったのかしら」

いや、酒井の話からすると、それには首を傾げたくなる。中学の頃に夢中になった本は、その人の趣味嗜好を一番よく表しているという。書き手になった人ならなおのこと、影響も受けているだろう。読書歴をたずねられて外すとは考えにくい。

「学校の先輩後輩というのはどうです？」

「津波沢先生はたしか九州のお生まれだったはずよ。うちで出した本の帯に、推薦文をお願いしたことがあるの。著者である作家さんは大分の方で、『同郷のよしみで』とおっしゃって快《こころよ》く引き受けてくださった」

塩原は東北出身だ。

「ねえ井辻くん、塩原さんは大学の四年間だけ東京にいたのよね。今三十二歳だとすると……十年前か」

「何か？」

「うん。関係ないかもしれないけど、先生、いっとき都内のカルチャーセンターで講座を持ってらしたのよ。創作から離れ始めた頃だから、ひょっとすると塩原さんが東京にいた時期と重なるかも」

小説の書き方といったような講座だったらしい。塩原が受講生だったかどうかはわからないが、教室の関係者ならば津波沢の連絡先を知っているかもしれない。

すでに駅に到着していた。秋沢のうろ覚えの記憶からすると、教室の場所はわずかふた駅ほど先にある。智紀は改札口を抜け階段を駆け上がり、ホームに止まっていた電車に飛び乗った。

ふたつ目の駅で降り、駅員を捉まえめざすビルに一番近い出入り口を訊き、さらにひた走った。十二階のカルチャーフロアにはエレベーターで運ばれる。たどりついてすぐ講座用の受付カウンターに突進した。

制服姿の若い女性は智紀の話に面くらうばかりだったが、頭のはげ上がった初老の男性が「どうしました」と声をかけてきた。そちらにも名刺を渡し、津波沢のことをたずねる。男性は探るような目で智紀を眺め、名刺の肩書きをしげしげとのぞきこんだ。

「私はここのマネージャーをしておりまして。そうですか、あなたは明林書房の方ですか」

「はい。いきなりで申し訳ありません。こちらで十年ほど前、津波沢先生が講座を持たれていたとうかがいました。ひょっとして、今現在の連絡先をご存じではないかと」

「ええ。先生には大変お世話になりました。講座は二、三年、続いたと記憶しております。そのあと先生は海外に出てしまわれて、アメリカ、タイ、トルコ……」

「ついさっき、お目にかかりました。実は今日、弊社の主催する宝力宝賞の贈呈式がありまして、先生を会場ホテルの入り口でお見かけしました。そのときお引き留めすればよかったのですが、うっかりしました」

マネージャーが「ほう」と、笑顔らしきものをのぞかせた。

「今日ですか。受賞されたのは――」

「塩原さんとおっしゃる方です。もしかして先生の講座を受講されていたのでは？」

マネージャーは鼻の下を伸ばし口をすぼめ、物言いたげな眼差しをよこした。

「はっきりしたことは申し上げられませんが、受賞作はぜひ買わせていただきますよ。私はこう見えてもなかなかの活字中毒でして、先生が教室を持たれているときに作られた文集も、楽しく読みふけったものです。受講者さんの作品が載っていましてね、素人目にもわかるくらい上手な方がいらっしゃいました。特に、当時まだ大学に在学中だったふたりの学生さんは、飛び抜けていましたね」

智紀の背後を、にわかに女性の一群が通り過ぎていった。大きな荷物を手にしているがなんの習い事なのかはわからない。開け放たれた教室のドアが見え、年配の婦人を数人の女性が取り囲んでいた。先生と生徒たちなのだろう。

受付カウンター越しの立ち話だったので、智紀はマネージャーから離れないよう注意しながら、体の位置を少しだけ変えた。

「才能のありそうな大学生がいたのですか」

「ええ。どちらも男性で、ひとりは教室のひらかれてる間に、公の賞でいいところまで行きました。お宅の、短編賞ですよ」

「え？　うちの？」

マネージャーは小声で「佳作でした」とささやいた。

「なかなか厳しい世界のようですね。デビューはもうすぐとばかり思ったのに、私の知る限り、彼の本は出ていないようです。毎年の新人賞の話題にも、なんとなく敏感になってしまいました。投稿の常連というのがいるようですね。目が慣れてくると同じ名前をあちこちの賞で見かけます。彼のペンネームも二、三度、見かけました。残念ながら、最終選考の手前ばかりですが」

智紀は神妙な顔つきになり、相槌を打つように頭を少しだけ動かした。

厳しい世界というのは同感だ。宝力賞には部門がふたつあり、長編賞の佳作ならば一冊分の原稿がすでにあるので書籍化されやすい。けれど短編賞は佳作より上の賞を取っても、雑誌掲載がかなうだけ。他の作品を加えた上での、単行本デビューをめざさなくてはならない。規定枚数が少ないので応募者も多く、佳作の人には翌年の新人賞を取るよう励《はげ》ますのがせいぜいだと思う。

「ところが今年になって、教室におられたもう一方のお名前を雑誌等で見かけました。驚くやら、嬉しいやら」

「ああ、塩原さんですね」

ペンネームではなく本名なので、久しぶりであっても目に留まったのだろう。

「今度こそ、大賞ですものね。誰かに言いたくてうずうずしていたところ、つい三日ほど前、とてもお珍しい方が立ち寄ってくださいました。喜び勇んでお話ししましたよ」

「もしかしてその人は――」

禿頭を蛍光灯の光に煌々《こうこう》と輝かせ、マネージャーはこっくりうなずく。

「はい。先生です」

「ここに、いらしたんですか」

「先月末に、南海の楽園のような小島から戻ってらしたそうです。受賞の話も初耳だったようで、まるで浦島太郎だと笑ってらっしゃいました」

「連絡先を教えていただけませんか。塩原さんが会いたがってます。もうすぐ贈呈式が始まります。ぜひその前に――」

智紀は腕時計を見て、興奮しかかっていた体が一気に冷えるのを感じた。

五時二十分だ。あと四十分しかない。

「教えて差し上げたいのはやまやまなのですが、私も知らないんですよ。また来るよと、いつもの調子で引き揚げてしまわれたので」

「わからない……ですか」

塩原はおそらく、かつての恩師に自分のデビューを自分の口から伝えたいのだろう。礼を欠くことを気に病んでいるのかもしれない。真面目で律儀な性格と酒井も評していたのだ。

いい話じゃないか。たぶん、いい話だ。嚙みしめるように智紀は思った。あともう少しで、感動の師弟再会がかなったかもしれない。十年ぶりの涙の対面か。マネージャーさんも諸手《もろて》を挙げて、教室からの大賞受賞に喜んでいる。

でも、胸の中にわだかまる、この重苦しい固まりはなんだろう。

ちっともさわやかな気分になれない。感動なんて蹴飛ばしたくなる。そうだ、自分は今、血相変えて町中を走りまわっている最中なのだ。酒井は心労のあまり倒れそうになった。

どのていど世話になったのか知らないが、音信不通になった師に受賞を伝えられないくらいで、約束をすっぽかすなよ。往来にしゃがみこむな。今さら出版について、とやかく言うとはどういう了見だ。ひとりで三百冊、袋詰めをやってみろ。

「塩原さんの受賞について、津波沢先生は何かおっしゃってましたか？」

「そうですねえ、ふつうに喜んでらっしゃいましたよ。あいつも一皮むけたかな、などとおっしゃるのは、いかにも先生らしい冗談ですし。あとは……トリックがどうのこうのと」

「トリック？」

訊き返すと、ふいにマネージャーの顔がくもった。今までの滑らかさがうそのように口ごもる。

「いえその、ちょっとしたことなんですよ。先生が詳しい話を知りたがったので、そのあたりのパソコンを使いネットの紹介記事をお見せしました。受賞作のあらすじのようなものも載っていまして、それをご覧になったところで、ふいに、このトリックはぼくのものなのに、と」

「え——？」

「先生は笑いながら、さらりとおっしゃいました。ですから私も今まで忘れていたくらいで」

智紀の中で、重苦しいわだかまりが熱を帯びる。喉がかすれた。

「でも、このトリックはぼくのもの、そうおっしゃったんですか」

「ええ。他にも、勝手に使ってもらっちゃ困る、こんなことならさっさと発表しておけばよかった、そんなふうに」

マネージャーは額の汗を拭い、そわそわと不安そうに智紀を見た。

「私、まずいことを言ってるでしょうか。ほんとうに軽口を叩くような雰囲気だったんですよ。まずいようなら、すみません、聞かなかったことにしてください。先生や受賞者さんに、ご迷惑をかけるようなことになっては——」

年長者が浮き足立つのを見て、智紀は自分の混乱を抑え、大丈夫ですよと笑ってみせた。たぶん引きつった顔になっているだろうが。

「津波沢先生の立ち寄りそうな場所に、心当たりはないでしょうか」

「はあ、今は夕刻ですから、もしかしたら『とわいらいと』という名前の喫茶店にいらっしゃるかもしれません。この近くにある、先生お気に入りの店です」

智紀は簡単な地図をもらい、礼を言ってカルチャー教室を辞した。エレベーターに乗り、駅に向かう連絡通路の階で降りる。走っているわけでもないのに、胸の動悸が収まらず呼吸が速くなる。喉はからからに干からび、手足は自分のものではないようにうまく動かせない。

このトリックはぼくのもの——つまり、塩原の受賞作には師の考案したトリックが使われているのだろうか。

問題の受賞作にはいくつかの不可解な謎が織り込まれている。ネットに載ったあらすじには密室殺人の設定が紹介されていた。奇想天外な落ちが用意されていて、本編を読んだ智紀は思わずそんな馬鹿なと叫びそうになったものだ。

あれが……パクリ？

地図を片手に歩き出し、向かうべき通路をみつけたところでポケットの中の携帯が振動した。真柴からの電話だ。

「もしもし」

「ああよかった。さっきもかけたけど、通じなかったんだよ。今どこ？」

「どこって……」

顔を上げ、どこの駅だっけときょろきょろして、自分と同じように携帯片手に突っ立っている男に気づいた。引き寄せられるように近づき、思わず目を疑った。

「真柴さん！」

のことだ。

「わあ、びっくりした。いきなり本物だ」

「なにしてるんですか。塩原さんは？」

聞けば、神田の書店で吉野と落ち合ってから塩原を任せ、自分はこっちにすっ飛んできたとのことだ。

「ひつじくんこそ、なんでここにいるの？」

「井辻ですけど。塩原さんが会いたがってる人って、津波沢陵先生じゃないですか。その先生が、十年前、そこのビルで文芸講座を持っていたと聞いたんです」

真柴は眉をくっと持ち上げ、見開いた目をまさにきらきらと輝かせた。天井の照明がたっぷり当たったのだ。

「すごいな。短時間でよくそこまでたどりついたね」

「真柴さんこそ。今ここにいるということは、塩原さんから聞き出したんですよね。受講生だったこと以外に何を摑みました？」

時間がもったいないので、智紀は真柴をうながし、地図を片手に歩き出した。

「たとえば……そうだね、受賞作のトリックのこととか」

その、せかせか動かしていた足がぴたりと止まる。動揺をそっくり表すように、止まってしまう。智紀の顔色の変化を真柴はすばやく読み取った。

「お互い知り得た情報は速やかに、すり合わせした方がいいと思うよ。こっちも不十分だ。何しろ新人作家さんは言い渋《しぶ》る。無理ないかもしれないね。ものすごくやばそうなネタだから」

「真柴さん……」

唇を嚙み肩で息をしてしまう。情けない顔になるのをこらえたいのに、気持ちを切り替えるだけの余裕がなかった。

これが吉野だったら、大変ですね、困りましたね、どうしましょうと、いたずらに騒いでいたかもしれない。対応策が示されるのを、おろおろしながら待てばよかった気がする。名案など誰にも出せないだろうが、下っ端であるのをいいことに、厄介ごとはそっくり先輩に預けることもできた。それは甘えだろうか。逃げだろうか。

でも今、目の前にいるのは吉野じゃない。ライバル社の営業マンだ。

「どうしたの？　ひつじくん」

相手は余裕しゃくしゃくでほほえむ。それがまた憎らしい。抜き差しならないトラブルに見舞われているのは明林書房だけ。塩原はまだどことも仕事をしていない。

「塩原さんはなんと言っていたのですか。教えてください」

「貸しひとつ」

大きく息が漏れた。貸しですませてくれるの？

だったらとても助かる。

「はい。お願いします」

「受賞作の中に出てくるトリックが曰く因縁のあるものらしい。一週間ほど前、知り合いから電話があったそうだ。塩原さんの受賞を知り、おめでとうと言ってきてくれたそうだがそのとき、津波沢先生の話が出た。電話の相手はこう言ったそうだ。『なあおまえ、知っているか。先生が久しぶりに本を出すらしい。それも、あのときのあのトリックを使った長編だって。どんな話だろうな。近々、書店に並ぶはずだ。おまえは、まさかあのネタを使ってやしないだろうな』」

今度こそ、頭を抱えてしゃがみこみたくなった。ほとんどそんなかっこうを取ってしまったのかもしれない。手の中の紙切れを取り上げ、真柴が腕を摑んで引っぱった。

「こんなところでへたばってる場合じゃないだろ。ここか？　先生のいそうな場所は。ほら、急ぐぞ。行って、たしかめるっきゃないだろ」

もつれそうな足で駅の階段を下りきり、路地へと入っていく。

津波沢が〝ぼくのもの〟としたトリックが、〝あのトリック〟。

だとしたらすべてに納得がいく。塩原が突然、出版をやめたいようなことを口にしたのも。大事な贈呈式前に行方不明になったのも。みつけなきゃいけないと取り乱すのも。

「真柴さん、もしも同じトリックを使った本が、同じ時期に出てしまったら――」

前代未聞の不祥事だと、言いかけて、智紀はふいに立ち止まる。

「おい、ひつじくん」

「井辻ですってば。待ってください」

マネージャーの話がふと蘇った。津波沢はここしばらく海外に滞在していたらしい。アメリカ、タイ、トルコ……。

「先生は先月末まで、南海の小島にいらしたそうです。こちらの出版事情も知らなかったような口ぶりで。それでどうして新刊が出せるんですか。妙じゃないですか。原稿のやりとりくらいはできるかもしれないけど、本になるって、もっといろんな作業がいりますよね」

「まあ、そうだね。初校、再校、カバー決め、帯の作製。近々書店に並ぶとなれば、少なくとも印刷所にまわっている段階だろう。営業畑の人間から言わせてもらえば、噂くらい耳に届いてておかしくない。あの、津波沢先生の復活だとしたら」

けれどなにひとつ、誰も摑んでいないのだ。

「カルチャースクールのマネージャーさんにしても、本の話はぜんぜんしてませんでした。津波沢先生はネットで受賞作のあらすじを見て、このトリックは自分のものだと言ったそうですが。でも、それほど大騒ぎをしたようでもないんですよ。ほんとうに自分の本とネタがかぶっていたら、もっとリアクションが大きくなると思うんですね。いろんな意味で」

「へえ……トリックは自分のものだと言ったのか」

自分の右足が薄氷をぱりんと踏み抜いた気がして、智紀は真柴から目をそらした。唇を舌の先で湿らせ、落ちつけと自分に言い聞かせる。

あらすじにちらりと触れてあったのは、密室トリックだった。明らかに他殺なのに、現場はすべての窓やドアに内側から鍵が掛かり、壁にも天井にも床にも脱出できるような仕掛けがなかった。犯人はどうやって中の人を殺したのか。ネタを明かせば「なーんだ」と言いたくなるような落ちだ。犯人は犯行現場から立ち去っていない。部屋に置いてあったベッドのマットレスの中に隠れ続ける。

見破った探偵役の、意味深な言葉があらすじに載っていた。

「その、塩原さんの知り合いという人は、受賞作の紹介記事を読んでないのかな。塩原さん相手に、『あのネタを使ってやしないだろうな』と、言ったわけですよね。記事を読めば使ってあることはすぐわかるはずなのに。先生だってそうだったんだから」

「ああ。たしかにそこは引っかかった。深い意味じゃなく、言い回しとしてこう……いやらしいというか。人の不安をあおるような言い方だよね」

「その知り合いが、塩原さんに今日、新たな電話を入れたんですか。津波沢先生を神田の書店で見かけたと」

うなずく真柴を見て、智紀は再び歩き始める。

なんて絶妙なタイミングだろう。行かずにいられないような時間と場所。でも、行ってうろうろしていれば大事な式に遅れてしまう。あきらめて駆けつけたとしても、心に大きな爆弾を抱えることになる。せっかくの晴れ舞台なのに。

少しでも明るい門出になるよう、出版社の人間はみんな裏方に徹してきた。通常業務に加えての作業なのでここしばらく残業が続いている。大切な日だと思うからこそ目配りはどんどん細かくなり、智紀は両面テープを買いに走った。

「おっ、〈とわいらいと〉って看板がある。あそこじゃないか」

交差する路地の向こうを真柴が指した。小走りで駆け寄ると、間口の狭い飲み屋や雑居ビルの合間に、蔦《つた》の絡まるレトロな喫茶店がひっそりたたずんでいた。

乱暴にならないよう気をつけながら、ドアを押し開けて中をのぞく。ガラスのランプがそこかしこに並べられていた。カウンターとマガジンラックと、観葉植物、ステンドグラスのはめこまれた窓辺、ボックス席。うすぼんやりとした明かりの中に、まるで一幅の絵のようにアスコットタイの老紳士がすっぽり納まっていた。

「先生」

呼びかけるとゆっくり顔が上がる。まどろんでいたのだろうか。眼鏡に手をやり、突然入ってきた二人連れをじっと眺める。智紀は細い通路をかき分けるようにして進んだ。

「先ほど、グランドスターホテルの前でお会いした明林書房の者です。塩原さんへの伝言を預かりました」

「ああ、君か。どうしたんだい、こんなところに現れて」

「先生をお捜ししました。塩原さんが先生に会いたがっています」

着席している先生に向かって智紀は腰をかがめ、後ろでは真柴がカウンター内の女性に、しきりに愛想を振りまいていた。

この場を取り繕《つくろ》ってくれているのだろうが、相手がエプロン姿の美人なので、意識がそちらにだけ集中している。どんな状況であっても自分自身を見失わない男だ。

「私に？　受賞の報告でもしてくれるんだろうか」

老紳士はあくまでもおっとりとした物腰で、智紀は失礼を承知で本題をぶつけた。

「つかぬことをうかがいますが、先生、近々ご上梓《じょうし》のご予定はおありでしょうか」

相手は何を言われているのかわからないような、きょとんとした顔になった。それを見て、智紀は「ああ」と声にならない声をあげた。全身の力が抜けて膝から崩れそうになり、あわてて踏ん張った。よろめいている場合ではない。どこの誰だか知らないが、塩原にガセネタを吹き込んだやつがいるのだ。

「原稿はね、ぼちぼち書いてるのがあるけれど、ご上梓はまだご冗談だね」

「マットレスに隠れるというトリックは……」

「おお、あれあれ。面白いと思ったんだが、塩原くんは自分で考えといて、くだらないと言うんだよ。絶賛した私の立場はどうしてくれる。どうもあの若造は頭が固くてつまらない。だから真面目くさった優等生の作品ばかり、ちまちま書くんだよ。そんなんじゃ大成しないね。まったくもうと思ったから、言ってやったんだ。このトリック、いらないなら私がもらうよと。やつはハイハイどうぞと言ったんだ。でもなんだろ、このたびの受賞作ではあれを使ったそうじゃないか」

三つ揃いのスーツを粋に着こなした老紳士が、カラカラと愉快そうに笑った。

「ざまーみろだ。私のセンスの方が上等だったね。こりゃひとつ、イジワルでも言ってやろうかと思ってさ。君に伝言を頼んだ」

ウインクしそうな目元に、智紀はまたしても体がぐらつき両足に力を入れた。

言われてみればたしかに、「君もずいぶん大胆な手を使うようになったじゃないか」とは、生真面目な生徒をからかう言葉として意味が通じる。けれど今の塩原には、恩師特有のジョークを笑って受け取るだけの余裕がなかった。

「先生——もうひとつ、教えてください」

「ん？」

「グランドスターホテルにいらっしゃる前、今日の午前中からお昼にかけて、神田の町を散策なさいましたか」

「いやあ。今日はすっかり新しくなった丸ビル界隈をうろうろしていたが。それがどうかしたのかい？」

考えるより先に手が動いた。テーブルの上のレシートを摑み、自分の財布から千円札を抜いて後ろの真柴に手渡す。真柴はエプロン姿の美人ににっこり差し出した。領収書の宛名は明林書房でと。

「大変ご足労ですが、どうか、贈呈式の会場までいっしょに来てください」

「さっきから、君はいったい何を言ってるんだい」

「陰謀です、陰謀。先生のかつてのお弟子さんに、卑劣な妨害工作が働いています」

その言葉に「おやおや」と、老紳士は杖を摑んだ。

「そいつは聞き捨てならないな。面白そうじゃないか」

足取りはややおぼつかないが、頭の切り替えは速いようで、入り口付近で領収書を受け取っている真柴に指示を飛ばした。

「そこの若いの、表に出てタクシーを捉まえときなさい」

「はい、ただちに、センセ。ひつじくん、貸し、ふたつ目ね」

「了解です。よろしくお願いします」

津波沢をエスコートしながら喫茶店を出て、路地の入り口へと急ぐ。途中で吉野に短い連絡を入れた。先生をみつけた、今すぐ行くと。

通りではタクシーのドアを開けた真柴が待ちかまえていた。乗りこむなり、これまでのいきさつを津波沢に打ち明けた。さすがに顔をしかめ、津波沢は渋く唸る。

そしてその説明の途中で智紀はあることに気づき、前の席に座った真柴に声をかけた。

「その鞄の中にノートパソコンが入ってませんか。あったら貸してください」

「いいけど」

「貸し、三つ目で」

受け取って電源を入れ、ネットにつなぐ。今年の宝力賞の選考結果を検索して画面に表示する。

「先生、この中にご存じの名前がありませんか」

津波沢は手にしていた杖をよけ、ポケットからルーペを取り出した。ずらりと並んだ名前を順にたどっていく。「これは」と眉をひそめたのは、長編賞の一次予選名簿だった。

「十年前に見聞きされたペンネームがありましたか？」

「君は、こいつが怪しいというのか」

「トリックの出来をめぐり、先生と塩原さんはかつて押し問答をなさったのですよね。そのいきさつを知るのはごく限られた人間ではないですか。カルチャースクールのマネージャーさんも知りません。教室で作られた文集を熱心に読んでいたそうですが、受賞作のあらすじを見てもピンときていないようでした。『ぼくのもの』という先生のつぶやきにも、首を傾げていました。ということは、先生にトリックをあげてしまったというエピソードを含め、当時よっぽど塩原さんと親しかった人でなければ、今回の横やりを思いつかなかったのでは？」

皺だらけの口元からため息が漏れる。

「しかもその人は宝力賞に詳しい。今日だって、いつごろ担当編集者と待ち合わせ控え室に入り、リハーサルが行われるのか、ちゃんと手順をわきまえているような気がします」

塩原の足を神田へと向けさせた電話は、絶好のタイミングを狙ってのものだろう。

「その人は以前、贈呈式に出たことがあるのではないですか」

これまでのデータと照合すれば、今すぐにも突きとめられるかもしれない。

津波沢の目が閉じられるのを見て、智紀はそれ以上の言葉を控えた。信号待ちで止まっていたタクシーが走り出したそのとき、携帯が振動した。吉野からだ。

「はい、もうすぐです。あと五分くらい。式の開始を少し遅らせてください」

横から、その電話を津波沢にひったくられた。

「その必要はないよ。予定通り始めたまえ」

智紀はあわてて携帯に自分の耳をへばりつけた。吉野は当然ながらぎょっとしているようだ。

「吉野さん、津波沢先生です」

「ああ、挨拶が遅れたね。初めまして、こんにちは。君も出版社の人間なんだろう。だったら覚えておきなさい。これくらいのすったもんだはよくあることさ。金屏風《きんびょうぶ》の前に立つ男と、それを裏切ろうとするかつての仲間。こりゃずいぶんな見物だねえ」

「先生！」

智紀と吉野、真柴までが叫んだ。

「いいかい、昔少しばかり世話になった人間に、気遣《きづか》いを見せるのは麗《うるわ》しいことだろう。でも身にやましいことがないのなら、堂々としておればいい。顔色だか、ご機嫌だかを気にして縮こまるようなやつに、この世界はつとまらんよ。大賞を勝ち取った者に、嫉妬して裏工作するような輩《やから》にもつとまらん。そうは思わないかい？」

受話器の向こうからは、会場のあわただしい雰囲気が伝わってきた。時刻は六時五分前。すでにぎりぎりだ。津波沢が到着し、塩原と対面し、何かしら話をしていたのでは二十分は遅れる。

誰かが吉野の名を呼んだ。どうするのか問いかけられているのだろう。

選択を迫られ苦慮する横顔が見える気がした。ややあって、「始めましょう」という声が聞こえ、司会者にそれが伝えられる。おそらく、受賞者入場。拍手がこちらにまで届いた。

「先生」

吉野の声が携帯に戻ってきた。

「会場でお待ちしています。おそらく六時半ごろ、受賞者のスピーチが披露されるかと。ぜひそれをお聞きください」

「ああ、喜んで。間に合いそうだね」

優雅に受け答えして津波沢は携帯を智紀に返した。通話はもう切れていた。主役の塩原は今ごろ、数百人にふくれ上がった招待客の前を進んでいるだろう。ゴブラン織の椅子へと着席する。

「たしかにデビューは切望していたねえ」

タクシーが最後の角を曲がる。財布をまさぐる智紀の横で津波沢がつぶやいた。

「切望も熱望もいいが、執着は厄介だ。書店に就職が決まったと聞き、顔を見に行ったこともあった。そのときは元気にしていたが。塩原の本を売るのは業腹《ごうはら》だったか」

足を引っぱろうとした者の話だ。

「書店に勤めていたのですか」

ならば今日の会場にいるのかもしれない。その者は津波沢の顔をよく知っている。けれど帰国している情報まではおそらく摑んでいない。だから大胆な嘘をついたのだ。つくことができた。

出くわしたら、さぞかし驚くだろう。

そこまで思いめぐらせ智紀はハッとした。津波沢の伝言をホテル前で受け取ったさい、たまたま通りかかった書店員と言葉を交わした。あのとき彼女たちは言っていなかったか。ふいに同僚がいなくなってしまったと。

その人は、書店員になる前に宝力賞の会場に来ていた。年配の書店員が働く店に、津波沢が何度か顔を出していた、とも。

「先生が立ち寄られていたのは、『文化《ぶんか》堂《どう》書店』の市川店ではなかったですか」

「君は……なぜそれを？」

「さっきおっしゃいましたね、金屏風の前に立つ者と、裏切る仲間という構図。それをほんとうにご覧になることになるのかもしれません」

うつむいた智紀に対し、津波沢は変わらぬ飄々《ひょうひょう》とした物言いで顎をしゃくった。

「実にスペシャルな出迎えだ。帰国した甲斐があったというもんだね」

タクシーが止まる。後部座席の扉が開いた。再び智紀はエスコートして津波沢の傍らに立った。

白い立て看板を横目に自動ドアをくぐってエントランスに入る。真柴が追いかけてきて、「貸し四つ目」と言った。タクシー代をうっかりしていた。かわりに払ってくれたらしい。

ふたりを従えて、津波沢はしっかりした足取りでエレベーターに乗りこみ、会場フロアで降りる。そこにはダークグレーのパンツスーツに、光沢のあるクリーム色のシャツを合わせた秋沢が待ちかまえていた。

「先生、お久しぶりでございます」

「おお、あなたか。きれいな方はもちろん覚えていますよ。明林の敏腕営業マンだ」

真柴顔負けの調子いいことを言いながら、大先生は会場へと入っていく。すでに選評が大御所の先生により始まっていた。吉野が気づき、駆け寄ってくる。智紀に向かってうなずき、手招きするようにして人混みをかき分ける。前へ前へと。

見知った顔がいくつも目に入る。昨年の受賞者、一昨年の受賞者、今年初めて明林から本を出した人気作家、個性的な眼鏡がトレードマークの装丁家、評論家、他社の編集者。大賞受賞者の席では、塩原らしき若い男がかしこまって座っていた。こちらには気づかない。

ころあいを見計らい、智紀は津波沢を吉野に託し、自分は後方へと下がった。あらためてひしめいている招待客をかき分け横に移動する。せっかく準備したのだ。営業も編集も総務も。この舞台を陰で支えている人間のいることなど、いやがらせをしている者は想像もしていないのだろう。ビールの本数、ジュースの種類まで、昨年の残量と照らし合わせ検討を重ねた。短編賞受賞者の家族も出席し、中に二歳の女の子がいると聞いて布製の絵本を心ばかりのプレゼントとして用意した。

半ばまで移動したところで文化堂書店の女性ふたりをみつけた。

「どうしたの、井辻くん」

「大宮店で働いてる同僚の人って、みつかりましたか」

「山本くん？　そうなのよ、あのときはトイレに行ってたんですって」

「聞き出したところによると、山本さんって昔、宝力賞の佳作を取ったんですって。ほんとかなあ」

ほんとだろう。

「今、どこにいます？」

「うーんと、あそこ。ほら、紺色のスーツで、携帯電話を手にしている人よ」

「携帯――」

智紀はふたりに会釈して、さらに奥に進んだ。作家、作家、編集者、ライター、作家、イラストレーター、新聞記者。どんどんかき分け、小太りの子狸めいた男にすべての神経を集中した。丸顔で、ぽっちゃりした男だ。ちっこい目。くねくねとした、おそらく天然パーマの髪の毛。

「誰に、何を送るのですか」

となりに立ち、思わず腕を摑んだ。

「十年前、宝力短編賞の、佳作を取られた方ですよね。津波沢先生の講座で、塩原さんとごいっしょだったはず」

男はぎょっとした顔になり、智紀に目を向けた。唇の片側をねじり上げ、おそらく自分より年下と見くびったのだろう。

「なんの話だ」

「先生の本が出るのは嘘だと、送るんですか。それとも――」

「さあね。スピーチで謝罪しろ、でないと先生に殺される、その方が面白いと思わない？」

開き直った。自分のしでかしたことが見破られても、この男は悪びれることなく鼻先で嗤《わら》うらしい。十年間、佳作を取ってから今まで何をしてきたのだろう。津波沢が自分の職場に訪ねてきたことを、無邪気に喜んでいた時期もあっただろうに。

智紀は男の腕を放し、うなずきながら息をついた。好きにすればいい、そう目で言ったつもりだ。そして視線を左右に少しだけ動かした。

「ここに何人の作家がいると思ってるんですか。あなたのライバルはその全員ですよ」

ふたりのやりとりのすぐそばで、名刺交換が行われていた。自分を売り込もうとする書き手が編集者に挨拶しているのか。目をつけていた書き手を口説こうと、編集者が早くも近づいているのか。

舞台では引き続き、審査委員より選評が述べられている。それを見守る会場に、祝賀の気持ちのみで訪れている人はわずかだろう。他の目当てを持つ人がいる。自分の仕事のために、はるばる足を運ぶ書き手がひしめいている。ここを遊び場としていない人が、きっと大勢いるのだ。

智紀は先ほど津波沢が口にした言葉の意味に、おぼろげながらも気づいた。

やっと本が一冊出る新人作家にむきになってどうする。プロになったらなったで、明るく楽しい日々が待ち受けているわけじゃない。一昨年の大賞受賞者は三作目になるはずの長編がボツになり、そうとうめげているらしい。出欠の葉書も最近になってようやく戻ってきた。同じ年に他の賞から出た、いわば同期の存在もとても気になっている様子で、悪酔いしないよう編集者たちの間でさりげない目配りを心がけるらしい。

自分が苦しいとき、人はもっともっと苦しい。そんなふうに少しでも思うことができたなら、きっと世界はちがって見える。この、子狸男にしても。

言っても伝わらない気がして、踵を返した。目を伏せて引き返しているうちに拍手が起きた。選評が終わったらしい。壇上では賞状の授受と花束贈呈が行われる。かっちりとしたスーツをまとった塩原が、神妙な顔でひとつひとつ丁寧に受け取る。メールが飛んだだろうか。それを読んだだろうか。

司会者が受賞者のスピーチを告げた。塩原は緊張の面持ちでマイクの前に立ち、手にした紙切れにちらりと視線を向けた。息を吸いこんで目を上げる。左から右へとゆっくり視線を動かす。お集まりの皆さま、今日はありがとうございます、そんな言葉から始めるつもりだったのだろう。

そこで、遠目に見てもはっきりとわかるほど塩原の顔つきが変わった。視線の先には、杖を突いた老人が立っている。縦縞のスーツを粋に着こなす銀髪の紳士だ。皺だらけのほっぺたを動かし、笑みのようなものを浮かべる。ひょいと片手を上げた。

塩原はそれを見て、目を瞬《しばた》いた。かすかに頭を下げる。そしてもう一度深呼吸してから、挨拶を述べた。今日はこのような晴れ舞台をありがとうございます、立派な賞に選んでくださいましてありがとうございます、この賞の名に恥じないよう精進して参ります、そういったそつのない優等生のスピーチ。初々しさより手堅さを感じる。

これがおそらく塩原そのものなのだろう。地元の進学校を出て、某有名私大をきっちり四年で卒業し、郷里に戻って優良企業に就職した。真面目で勤勉で努力家なのだ。

そんなふうに思ったとき、マイクに向かった男がふっと笑いを漏らした。

「自分は、たったこれだけのスピーチでも気づかれてしまうくらい、四角四面のつまらない男です。面白いことが言えません。女性にももてません。好いてくれるのは、頭のはげ上がった経理のおっさんくらいです。みんながみんな、君くらいきっちりした伝票を書いてくれればねえ、としょっちゅう言われます。でも自分は、伝票で褒められなくていいです。作品を喜んでもらいたいです。そう日夜思い続けている自分は、ちゃんとした立派な小説バカだと思います。経理のおっさんが目を剝くような伝票——もとい、作品をこれから書き続けます。どうか、おまえもバカだよなあと褒めてください。がんばります」

大きな拍手がわき上がった。つまらない、小さく固まるなと、苦言を呈した恩師への、これはメッセージでもあるだろう。それでいて津波沢の名前は出さなかったことに、智紀はプロ根性を感じた。すぐそばに自分を選出してくれた審査委員——大御所の先生方が控えているのだ。頭を下げるべき相手はたくさんいる。

山本の吹き込んだ誤情報を鵜呑みにもしていなかったようだ。津波沢の顔を見て、少なくとも動揺はしなかったのだから。たしかめたかっただけかもしれない。だから、トリックをめぐっての詳しいいきさつは言い渋った。

短編賞の贈呈式もつつがなく進行し、もうひとりのスピーチも拍手と共に終わった。ようやく場の雰囲気がゆるみ、乾杯へと進行していく。智紀は津波沢のもとに歩み寄りグラスを手渡した。真柴がすかさずビールを注ぐ。

「君たちは？」

「私たちは営業ですから」

「なに言ってるんだよ。付き合いたまえ」

すすめられてもじもじしながらグラスを持つと、近くの人としゃべっていた吉野が戻ってきてビールを注いでくれた。

乾杯の音頭は五年前の大賞受賞者だ。先だってとある著名な文学賞に輝いた。ウィットに富んだスピーチで座を盛り上げる。そして、グラスとグラスがあちこちで音を立てた。

「ご挨拶が遅れました。明林書房の吉野と申します」

津波沢が楽しげに喉を潤すのを見はからい、吉野がすかさず名刺を差し出した。

「おお、ありがとう。君が帰国後、初めて挨拶してくれた編集者だ。どうだい、南海の孤島を舞台にしたロマンチック宝探しミステリ、持ちこみさせてくれないか。ほぼ出来上がっているんだ」

「先生のお原稿ならもちろん喜んで。ぜひ拝読させてください」

「うん。ぼくの原稿はいいよ。なんたって、遺作になるかもしれない」

吹き出した真柴をあわてて小突いた。あたりの人も耳にしたらしく、自然と先生のまわりに輪ができた。

「そういえば、ぼくは明林の営業なので飲み食いしてる場合じゃないですが、真柴さんはいいんですよ」

「あ、うっかりしてた。その通りだよ。招待客として参加させてもらっていいんだよね」

嬉しそうな顔に智紀はうなずいた。目を輝かせる気持ちはよくわかる。いつも営業は裏方ばかりだから。

真柴の手にしていた鞄を、クロークに預けましょうと受け取る。会場から出てクロークで番号札と引き替えにし、それを渡すべく戻ると、真柴は皿一杯にご馳走を並べ舌鼓を打っていた。

「美味しいよ。ホテルのパーティメニューって、やっぱりいい食材を使ってるよな」

「たくさん食べてってください」

そこに、吉野がやってきた。彼ももちろん飲み食いなどしていない。大きなエビに相好《そうごう》を崩す真柴を見ながら、「今日はありがとう」と言う。

「すっかり世話になったな。さっそくだけど、恩返しというか……借りを返すよ」

え？ と、智紀も真柴も訊き返した。

「こちら、岡田《おかだ》書店の仁科《にしな》さんだ。ぼくが以前にまわっていた書店の方で、昨年までは秋田でしたっけ。今は山形のレインボープラザ店にいらっしゃる。明林の本もだけど、佐伯書店の本をとても力を入れて並べてらっしゃるんだよ」

ふわりと明るい風が吹いた気がした。いい匂いの風だ。そこに立っていたのは白いブラウスにパールのネックレスを合わせた、野バラを思わせるような女性だった。くっきりとした二重まぶたの瞳は大きく、鼻梁はすっきり整い、淡いピンクの唇にやわらかな微笑を浮かべている。

それがまた無邪気でさわやかな笑みなのだ。

真柴はあやうく大きなエビを落としそうになった。目がハートの形になっている。

これからどんな会話が繰り広げられるのか。わかりすぎるほどわかるので、智紀はクロークの引き替え札を真柴のスーツのポケットに入れて、しずしずと離れた。

おそらくとても楽しい夜になるのだろう。

「借りっていえば、ぼく、どさくさにまぎれて四つも作っちゃいました」

「そりゃ大変だ。早めに返しといた方がいいよ」

吉野の言葉に耳を疑った。智紀にしては珍しく気色ばむ。

「他人事みたいに言わないでくださいよ」

「まあまあ井辻くん、ほら、呼ばれてるよ」

会場の外では遅れてきた人の受付が続いていた。帰りに配られる受賞作の袋も積み上がっている。秋沢が手招きする。ショールの落としものがあったそうだ。かと思えば大御所の先生が、持参した茶封筒が見あたらないとおろおろ駆け寄ってきた。

智紀は本来の仕事に戻るべく、華やかな会場に背を向けた。

新人営業マン・井辻智紀の一日３

○月×日、午後から書店まわり。

会議が終わったのは十二時少し前で、ぼくは席に戻るなり資料を片付け、パソコンの新着メールに目を通し、緊急の用件がないのを確認してから電源を落とした。

身支度を整え、行き先ボードに「外回り」と記入する。会議がないときは早い時間に出て遠くまで足を延ばすけれど、今日は電車で一時間ほどの神奈川中部に向かう予定だ。昼食はその日によってまちまち。まず、今日予定していた一軒目に顔を出してみる。書店の担当さんが休憩時間に入っている場合は、待ち時間を利用して自分も軽く何か食べるつもりだ。

タイミングよく担当者がいたら、その店での仕事をすませ次の店に移動する。昼食もおあずけとなり、これが続くとしんどいけれど、書店まわりに待ち時間はつきものなので、食事よりも担当者を捉まえる方を優先してしまう。自分の立てた訪問スケジュールを、できるだけさくさくとこなしたくて。

ぼくの勤めている明林書房にはノルマというものがない。受け持ちエリアをちゃんと担当していれば、仕事のペースに口を挟まれることはまずない。このあたりはすごくありがたいと思う。

中には一日十店舗、一日の受注金額ン万円と、目標が定められている出版社もあるらしい。達成するまで仕事も切り上げにくく、時間が気になって書店員さんとの会話はそそくさとすませてしまう。ごり押しに近い形で注文を取りがちだと、他の営業さんにこぼしているのを耳にしたことがある。

ふつうのセールスとちがい、本は返すことができる。無理やり注文だけ取っても、そのまま利益には結びつかない。返本されればおしまいだ。なので、何をどうすすめるのか、考えるためにも書店員さんとのやりとりは不可欠なんだと思う。

注文品が店に届いたあとも、なるべくいい場所に並べてもらうよう頼み、たとえ動きがにぶくても一日でも長く置いてくれるようお願いする。自分が直接売り場にいてお客さんの相手をするわけではないので、店員さんに任せる部分がとても多い。

本を紹介し、注文を取って帰る。やっていることはこれだけでも、店にいる人の協力が得られるかどうかで大きな差が生じるのだ。

君のすすめる本なら置いてみよう、もう少し粘ってみよう、そう言ってもらえるのが〝できる営業〟だとわかっているんだから、ぼくもなんとかがんばらないとな。

でもそうやって、コツコツ信頼関係を築いていても、担当してくれていた店員さんが突然替わってしまうのもよくあることのようで。

姿が見えないのでたずねると、「異動になりました」あるいは「辞めました」の一言で、もう会えない。新しい人を紹介されれば、にこやかに名刺を差し出すだけだ。

仕事に割り切りはつきものなんだろうけど、ぼくにはまだそういう経験はない。長いこと売り場作りで意見を闘わせてきた人が、ある日ぷっつりいなくなってしまったら、やっぱり寂しいんじゃないだろうか。

感傷に浸っている間もなく、やっとありついた昼飯をたいらげ、電車に乗って次の書店に移動していく。今日一日でまわる予定は八軒。途中で多摩川を渡った。

山手線外側の店を攻略していると、携帯メールが入った。秋沢さんからだ。ぼくの出したフェアの企画が通りそうだって。よかったよかった。某作品が某賞にノミネートされたそうで、これもめでたい。まだオフレコ情報で、帯を作り直しての出庫になるかもしれない。注文を取るときは入荷の時期に幅を持たせろ、との指令がくっついていた。

了解の言葉だけじゃなく、ぼくにしては珍しく気がまわり、他の候補作もたずねてみた。すると、全部ではないけれどという注釈をつけて、いくつかのタイトルを教えてくれた。

他社から出ている本であっても、その作家さんが明林でも書いていれば、のちのち影響が出てくるかもしれない。忘れずにおこう。

でもって明林からの候補作が受賞したら、どうなるのだろう。バイト時代を含め、他社主催の賞関係においては華やかなシーンに出くわしたことがまだない。

あの作家さんの担当編集者は誰だっけ。

そんなことを考えながら、JR駅から延びた地下道、その途中にある小さな店に立ち寄った。レジに立つ店長さんに挨拶をして、いつものように文庫の棚の在庫をチェック。棚全体の動きがにぶくなっていたので、思い切っていくつかのシリーズを入れ替えることにした。店長さんに提案すると、ふたつは首を傾げられたけど、三つ目のラインナップでOKをもらえた。

そののち地上に上がり、今日一番の大物、都内有数の大型店へと向かう。

街の雑踏の中で、ぼくはその外壁に掛かる大きな垂れ幕を見上げた。今現在の大ベストセラー、二百万部を超えた本のタイトルが、勢いよく風にはためいていた。

いつか、明林書房の文字も、ああいうところに見てみたい。

そして胸を張り、堂々とあそこの入り口をくぐるのだ。

絵本の神さま

手書きの地図をたよりにバス停から十分。住宅に囲まれた商店街のはじっこで、智紀《ともき》はつぶやいた。

「うそだろう……」

鞄を持つ手に力が入る。眉と眉を寄せ息を詰めながら、ぴたりと閉じられたシャッターの前にゆっくり歩み寄る。

目の高さより少し低い位置に、白い紙が貼りつけてあった。〈定休日〉という札ではない。ある種の覚悟をもってのぞきこんだが、「長らくのご愛顧、まことにありがとうございました」という一文が目に入ったとたん、全身から力が抜けた。

遠足バスに乗り遅れた小学生のように、肩を落としてうつむき、靴の先っちょをみつめた。恐れていた光景だった。先輩からさんざん聞かされ、智紀自身今までの人生で何度となくこの手の貼り紙なら目にしてきた。でも書店のこれは思っていた以上にダメージが大きい。

すぐ後ろを、チリリンというベルを鳴らして自転車が通り抜けた。まばらに車が行き交い横断歩道から間の抜けた音楽が聞こえ、首を伸ばせば街路樹の向こうに学校らしいコンクリート製の建物が見え隠れしている。穏やかな晴天に恵まれた、のどかな小春日和だ。

けれど智紀の心には木枯らしが吹き抜け、足元をかさこそと枯れ葉が転がっていく。誰かが捨てた空き缶もからからと乾いた音を立てている。なんてもの悲しい。

気を取り直し、口元を引きしめ顔を上げた。三歩後ずさって店構え全体を見まわす。

看板にはまだ「ユキムラ書店」という文字が並んでいた。間口五メートルほどの小さな書店で、おそらく店頭に雑誌を並べる書架を置いていたのだろう。今はからっぽの絵本塔が二台、放置されている。その足元に置かれているのは手帳などを入れて陳列するラックだ。

立ちつくしていると、となりの店から白い上っ張りを着た男が出てきた。鉢植えに水をやっている。掲げてある看板からして蕎麦《そば》屋らしい。

「あの――」

智紀は控えめに声をかけた。

「こちらの書店さん、店じまいされたようですね」

男はかがめていた腰を伸ばし、シャッターに目を向けた。

「ああ。ずいぶんがんばっていたけどね、ひと月前についに閉めちまったんだよ。寂しいもんだねえ。あんた、借金取りじゃないよね」

「ちがいます。出版社の者です。こちらにも弊社の本を置いていただいていたので、今日は新刊のご紹介などをしようと思って……」

智紀の手にする鞄の中には、ユキムラ書店向きに用意した新刊案内のチラシや補充注文書が入っていた。小さいながらも経営者が本好きという書店で、田畑を耕すようにせっせと書棚をいじっていると聞いた。会えるのを楽しみにやってきたのに、待ち受けていたのは一枚の貼り紙だ。

「遠くから来たなら気の毒だったね。店じまいの知らせは行かなかったのかな。律儀な親爺《おやじ》さんだったんだけど」

「いいえ、出版社はたくさんありますからひとつひとつに挨拶状というのは、ないのが当たり前です。私の方こそ、もっと早くにうかがえばよかったんですけれど。前任者からこちらの地区を受け継いでしばらく来られなかったものですから」

「ふーん。もしかして今日が初めて？　だったら雪村《ゆきむら》さんには会えずじまいか」

智紀は手帳に記したこの店のデータを思い起こした。ユキムラ書店の経営者は雪村孝治《こうじ》。一代でこの店を築き、奥さんとふたりで切り盛りしていたそうだ。年は六十代後半。まだまだ現役で働ける年だ。油断していた。

「ひと月前というのは、前々から決まっていたことなんですか」

「さあ。こっちにとっては急な話だったけどね。前から考えていたんじゃないかな。跡継ぎもいなかったようだし、経営だってけっしてらくでないでしょ。雪村さんはあまりこぼさない人だったけれど、それはよくわかるよ。この商店街のどこでも似たようなものだから。借金をたくさん抱えこまないうちに、自分で幕を下ろさなきゃいけないんだろうね。おれもここの蕎麦屋のしがない主《あるじ》でさ。息子はいるけど、他の仕事してるからな。無理に継げとも言えないよ」

智紀は控えめに頭を動かした。とてもデリケートな問題だ。神妙な面持ちで目を伏せると自分の鞄に目が留まり、さらに心残りが広がった。

先輩にあたる前任者は一年間の契約社員として営業職につき、今年の春、明林書房《めいりんしょぼう》を辞めて海外留学に旅立った。エリアを引き継ぐにあたり、まずは先行して首都圏を受け持った。いっしょに挨拶回りをしたのはごくかぎられた店のみで、それ以外は飛び込み営業さながら、こつこつひとりでまわってきた。

そしてすべてを引き継ぎようやく半年が経ち、近場はほとんど顔を出したが、年に数回しか足を運べない遠方はまだまだだ。今回の東北エリアも初めて。どこにどんな書店があるのか、智紀はごく最近になって前任者の資料を開いた。

すると、ファイルの間に四角い封筒が挟まっていた。封こそしていなかったが宛先としてユキムラ書店の住所、宛名には店主とおぼしき人の名前が書かれてあった。中身は店内で写したと思えるスナップ写真が数点。

どうやら前任者が訪れたさい、明林書房の本がきれいに並べてあるのを見て、撮らせてもらったらしい。ついでとばかりオーナー夫婦も写真に納まっていた。自慢の――ユキムラ書店が力を入れているのは主に児童書とのこと――絵本コーナーの前で、新刊本を手ににっこり笑っていた。

大きな額を白髪が縁取る初老の男性。やや太めながらも、いたって元気そうな女性。持っているのは黄色い表紙の絵本で、同じものが後ろにも陳列されているらしく、菜の花畑を彷彿《ほうふつ》させる明るさだった。数ヶ月後の閉店など微塵《みじん》も感じさせない。

「雪村さんと連絡を取ることはできないでしょうか。前任者が店内のスナップ写真を撮っていまして、きっとプリントアウトして送る約束をしていたんだと思います。それが今頃みつかりました。実は今日、お渡しするつもりで持ってきたのですけど……」

智紀は鞄から封筒を出し、蕎麦屋の主人に見せた。

「へえ。そうかい。雪村さんの住まいはこの近くなんだけど、店を畳《たた》んだら引っ越すようなことも言ってたっけな。電話番号はわかるからあとで訊いてあげようか。写真は預かるより、やっぱり直《じか》に送ってよ。おれが忘れるとしゃれにならないから。あんたの連絡先は？」

智紀は名刺を用意し、携帯の番号とメールアドレスを書き添えて手渡した。

「ああほんとだ。明林書房の営業さんか。なるほどねえ。そういう人もいるんだ」

「何か？」

「いやね。昨夜もシャッターの前で、あんたみたいにぼんやり突っ立ってる男がいたんだよ。忙しかったから声をかけそびれたけれど。そうか。常連客とも限らないんだ。どうもね、その人も東京の人らしい」

「そんなの、わかるんですか？」

「うん。週刊誌を持っていたんだと。馴染みのお客さんが言ってたんだよ。都会の若い人向きの雑誌で――なんだっけ。そうそう『週刊ライト』。あれ、特集記事が東京のなんちゃらで、発売日に急いで買うようなのは東京のサラリーマンに決まってるってさ」

蕎麦屋の主人は肩をすくめ、店内を気にしながら、「それじゃあ」と智紀の名刺を軽く持ち上げた。

「お近くに書店がなくなるといろいろご不便でしょうが、またよろしくお願いします」

「ああ。ほんとだよ。車で行けるところに大きなショッピングモールができて、そこには有名なチェーン店が入ったそうだ。雪村さんの店にも打撃があったんだろうね。個人経営の店じゃ、とてもとても太刀打《たち》ちできないよ」

智紀は店に入る主人に頭を下げてから、あらためて〈ユキムラ書店〉の看板を見上げた。会えずじまいだったオーナーにも会釈するような気持ちで一礼し、踵《きびす》を返す。

歩きながら再び、舞い落ちる枯れ葉の音を聞いたような気がした。自分は昨日、このあたり一帯に精力的に展開している某大型チェーン店と、仕事をしてきたばかりなのだ。

仕入れ担当者はどんどん攻めまくりますよと快活に笑い、じっさい予想以上の注文をくれた。年の若い智紀が熱心に話を聞き、驚いたり感心したりするのが面白かったのか、急遽《きゆうきよ》車を用意して新規店まで連れていってくれた。

清潔感漂う明るいフロアに、揃いの制服を着た店員たちがきびきびと働いていた。平日のせいもあってかお客さんはさほど多いと思わなかったが、ショッピングモールそのものの集客はオープン時より伸びているらしく、今後さらなる数字が見込めるとのことだ。

強気の発言に頼もしさを感じ、智紀も自社の棚の前でつい、らしくもなくはしゃいでみせた。いいフェアを組んでくださいと言われ、がんばりますと、喜び勇んで握手までした。

そのひとつひとつの記憶が、今の自分をうつむかせる。昨日のそれは仙台近郊での出来事だったが、蕎麦屋の主人が口にしたこの近くのショッピングモールにも、系列店が鳴り物入りで出店を果たした。

大きなフロアに本が集まり、客が集まり、華やかな商売が繰り広げられるとなれば、皺《しわ》寄せは必ずどこかに行く。そんなのは当たり前のことで、知らなかったわけじゃない。慢性的な経営難だったなら、大型店進出がなくとも潰れていたのだろう。ユキムラ書店もそれだけのこと。

割り切る方便はいくらでもあるのに、智紀は胸の中にくすぶる気持ちをうまく片付けられなかった。

どんなに熱心でも、小さいところは生き残れないのだろうか。

物思いに浸っているともうバス停に着いていた。これから福島駅に戻ってまた営業だ。時刻表をのぞきこむと次のバスまで時間があった。智紀はまわりを見渡し近くのコンビニへと入った。飲み物でも買おうかと通路を歩き、習性のように雑誌ラックに目をやった。

するとさっき話題にあがった「週刊ライト」が一冊だけささっていた。サブカルチャー色の強い若者向け週刊誌だ。時事問題、経済情勢、芸能ゴシップネタ等も盛り込まれているけれど、中心になっているのは、いわゆる企画物のトレンディ情報。

今週の特集は「新トーキョー・デートスポット」で、たしかにこれは地方在住者にとって興味の持てない内容かもしれない。

飲み物にプラスすればいい時間つぶしになりそうで、智紀はそれを手にレジに向かった。

こういった雑誌を自腹で買うのは珍しい。出版社では書評欄をチェックするために、ひととおりの雑誌と新聞を定期購読している。自社本の記事をみつけてスクラップするのも営業の仕事だ。

好意的な評を書いてくれた人には、のちのち帯の推薦文をお願いすることもあるし、記事そのものが営業するさいのかっこうのアピール材料になる。部数が多く、影響力のある誌面の場合はコピーして書店員に配るのもよくやる手だ。

買い求めた「週刊ライト」の書評記事はまだチェックしていない。期待できそうな本を二、三、思い浮かべながら小銭を払い、ビニール袋は断った。薄い雑誌なら難なく鞄に入る。そう思ってふと首を傾げた。

ユキムラ書店の前に立っていた男は、なぜ手に持っていたのだろう。持っていたから蕎麦屋のお客さんが知ることとなったのだ。

でもふつうは鞄や袋の中にしまうだろう。営業マンならまずありえない。本屋に本をむき出しで持ちこむなど考えられないし、訪問するさいはコート類を脱ぐのが常識なので、よけいな手荷物を避けるのが習性になっている。

いくらその中に見せたい記事があったとしても、挨拶したのちに取り出せばいい。持ったまま立ちつくすというのは、シチュエーションとして不自然だ。

「なんだ」

どこかで気が抜けた。要するにその人は、営業マンではないのだ。

単純な答えに行き当たり、智紀はバス停のベンチに腰掛けた。

書店営業はどうしても首都圏偏重《へんちょう》になりがちだ。大型店が狭い中に乱立しているので、営業マン同士でエリアを分け合い、それぞれ需要に応じて週に何度も顔を出す店、一週間ごとの店、ひと月ごとの店、ふた月ごとの店と選り分けて訪問プランを立てていく。智紀の場合は受け持ち店舗が百を超えるので、いかに効率よくまわるかが最優先課題だ。

慎重に組み合わせ、時間のロスを減らし、さらにそこに地方まわりも入ってくる。

宿泊を伴う数日間の出張になるので、不在が重ならないよう他の営業マンとも調整が必要で、やっとのことでそれぞれの年間スケジュールが決まっても、担当エリアでのサイン会やらトークショーなどのイベントが入り、ずらさなくてはならなくなることも珍しくない。

営業マンになってまだ日も浅い智紀は上司と相談しながらスケジュールを組み、このたびやっと気になっていた東北エリアを訪れることができた。水、木、金の三日間。もう一泊、自分で付け足して帰るのは土曜日。まわる書店はさして多くない。移動に時間がかかるので、予定では十店舗。

前任者がまわったのが八ヶ月前のことなので、久しぶりな上に「初めまして」の最敬礼から始めなくてはならず、さいしょからハードルの高い訪問ではあった。

前の人は辞めちゃったの？　そうか。でも顔はよく覚えてないや。めったに来なかったもんね。お宅に限らず、出版社の人はなかなか地方まで来てくれないから。どうよ、この頃の景気は。中央では何が売れてるの？　せっかく来たなら一番の売れ筋を気前よく入れてってね。

そこかしこで交わされた会話だ。仕事そのものはいつもと同じ。明林書房の棚をチェックし、補充の数を入れて、新刊の紹介と今後の予定などを話す。多少の嫌味を言われることはあったけれど、昨日のように意気盛んな新興勢力に出会い、いっしょになってはしゃぐこともある。

営業仲間の先輩たちからは、出張といえばご当地名物だと吹き込まれてきた。ざっと挙げられただけでも、喜多方《きたかた》ラーメン、ふかひれラーメン、盛岡冷麺《もりおかれいめん》、牡蠣飯《かきめし》、ウニ飯、はらこ飯、前沢《まえざわ》牛、米沢《よねざわ》牛、はたはた、ほたて、玉こんにゃく、きりたんぽ。

何を食べたかあとからチェックされそうで、ひとりで食べる昼食にも力が入った。

鍋やラーメンの湯気を思うと頬がゆるむが、「地方はもう限界かもしれないよ」、そんな言葉はどこに行っても切り離せない。人口が減ってるんだからどうしようもない、というのも。

「いけない」

智紀は知らず知らずうつむいていた顔を上げ、ターミナル駅に付設されている駅ビルの中へと大股で入っていった。ユキムラ書店がキャンセルとなり時間に余裕ができた。おかげで嬉しいこともある。このビルの催し物会場では今週末から、鉄道模型の展示が行われているのだ。耽溺《たんでき》した本の名場面をジオラマとして再現することに無上の喜びを見出している智紀にとっては、鉄道模型も十分興味を引く題材だ。肝心の車両本体はほどほどに鑑賞するとして、駅舎やホーム、野山、田舎町の造形はけっして外せない。出張先にこんなイベントが待ちかまえているなんて、日頃の行いのよさと言わずしてなんと言おう。

同業者である佐伯書店《さえきしょてん》の真柴《ましば》は、現在仕事でとなりの県に来ているらしい。今回の出張を聞きつけ、週末は落ち合って温泉に行こうと誘われたけれど、もちろん速攻、断った。休みの日まで顔を合わせるなんてとんでもないし、男同士で温泉は寒いし、とにかく自分には愛してやまないイベントがある。まったくの偶然なのに、知られたら何を言われるかわかったものではない。

極秘だ。ぜったいのナイショだ。忙しいです無理ですとぶっきらぼうに答えたので、今晩帰京すると真柴は思いこんでいるだろう。一本取ってやったようで気持ちいい。

六階のイベントスペースには大がかりな模型が二台も設置され、パーツの即売ブースも充実していた。ひととおり規模やレベルをざっと見ようと思ったのだが、吸い寄せられるようにケースにへばりつき、立木の一本一本を眺めているうちにも時間が経ってしまった。

明日ゆっくり見よう。自分に言い聞かせながら引き揚げ、ひとまずトイレに寄った。すっきりしたところで階段を使い、ひとつ上の階へと上がる。書店のあるフロアだ。

途中、階段を上がったり下がったりしている女の子とすれちがった。歌うような軽やかなリズムで何か言っている。いちごの髪飾りが動きに合わせてぴょんぴょん跳ねる。

のんたん、ばばーる、じょーじ、はりー。

思わず口まねしたくなるような節がつき、耳に残った。

なんだろう。最近の遊び？

「のんたん」はもしかして、絵本のあれかな。

「でもって、ハリーはこれか」

駅ビルに出店しているのは「小松堂書店《こまつどうしょてん》」といい、南東北に拠点を置く中規模書店だ。老舗《しにせ》なので一等地に店を構える利点を持ち、大型書店の進出が相次ぐ中、今なお地元において「本といえばコマツ」と支持を得ている。

智紀は居合わせた副店長に挨拶し、明林書房の棚がある単行本と文庫の担当者に紹介してもらい、いつも通り在庫チェックしてから、これまたいつも通り担当者の手が空くのを待った。スタッフの数はどこもぎりぎりなので、レジが混んだり問い合わせが重なると対応に追われる。営業マンはおとなしく待つのみだ。店内のレイアウトや客層をさりげなく見渡していると、児童書コーナーが目に入った。さっき聞いたばかりの「のんたん」に、手招きされるような気持ちで歩み寄り、智紀の顔は自然とほころんだ。

力を入れているのが一目でわかるような、生き生きとした売り場だったのだ。

絵本、図鑑、読み物、児童向け文庫、キャラクター商品、パズル類。

エリア分けをしたのちに、各コーナーで工夫を凝《こ》らしたディスプレイが展開されている。花形ともいえる絵本はとりわけ意欲的な陳列で、ポップな仕掛け絵本から、ふわふわの布絵本、精緻《せいち》に描き上げた翻訳絵本に至るまで、品揃えは豊富で演出に思いがこもっている。

智紀は表紙を見せて並べてある棚の絵本に、思わず手を伸ばした。

『どろんこハリー』

福音館書店《ふくいんかんしょてん》の絵本で、となりには同じシリーズの『うみべのハリー』が並んでいた。

初版が数十年も前というスタンダードアイテムで、福音館はこういった時代を超越した絵本を数多くかかえている。

『スーホの白い馬』『おしゃべりなたまごやき』『三びきのやぎのがらがらどん』『てぶくろ』『だるまちゃんとてんぐちゃん』『そらいろのたね』『ぐりとぐら』

なつかしさがこみ上げた。智紀自身も愛読している。たぶん幼稚園の頃に。

「お待たせしました」

声をかけられ振り向くと、文庫担当と紹介された女性——谷《たに》さんが立っていた。

智紀よりいくつか年上、おそらく二十代後半だろう。グレーのタイトスカートに、同系色のチェックのベスト。胸のポケットにはボールペンが何本もささり、名札がぶら下がっていた。快活そうな顔立ちで、意志の強そうな目をしている。

「絵本、お好きですか？　私、文庫と児童書と兼任してるんです。楽しそうに見ていただけて嬉しいです」

手にしている硬い表紙に視線を落とし、智紀は「ああ」とうなずいた。

「すごく充実していますね。実は、ここに来る途中ちょっと気になることがありまして。ノンタン、ババール、ジョージ、ハリー。最後のハリーはこれかな、なんて……」

ノンタンは猫、ババールは象、ジョージは猿、そしてハリーは犬。どれも有名な絵本の主人公だ。シリーズとして何作も出ている。出版社はばらばらだけど。

かわいい絵本の話題とあって智紀は親しみをこめて笑いかけたのに、谷さんは明らかに表情をくもらせた。

「残念でしたね」

「え？」

「まさかこんなにばたばたと決まってしまうなんて。びっくりしました。私、地元なんですよ」

いきなり言われても、なんの話なのかわからない。

「子どもの頃からあそこにはよく行ってました。入り浸っていたといってもいいくらい。でもご主人も奥さんも、いやな顔ひとつせず、立ち読みも許してくれたんです。ああ、見本品を丁寧にそっと読むくらいですよ。出版社から届いたというパンフレットをよくくれて、児童書の出版社のチラシは、まさに私の宝物でした。絵本、大好きでしたよ」

話が見えない。でも何かしらの熱意は伝わってきた。谷さんは皺の寄ってしまった眉間をゆるめ、まるでショートケーキやパフェの話をするようにとろけた笑みを浮かべた。

「おこづかいをためて買うのはもちろん絵本。母親にせがんで買ってもらうのも絵本。そうするとあそこはちゃんと、特別のプレゼントでなくても包装紙で包んでくれるんです。福音館のピーターラビット、理論社《りろんしゃ》の王さまシリーズ、ポプラ社の芭蕉《ばしょう》みどりさん、こぐま社のこぐまちゃん、岩崎書店《いわさきしょてん》の五味太郎《ごみたろう》さん、フレーベル館のアンパンマン。包装紙だっていろいろあるでしょう。しっかりコンプリートしましたよ。子ども心をすごくよくわかっている本屋さんでしたね。友だちとも言ってたんです。あんまり居心地いいから、あそこの児童書コーナーにはちっちゃくてかわいい神さまがいて、子どもを見守ってくれてるんだって。私が今の仕事を選んだのも、もちろんその頃の影響が大きくて。物心つく頃からずっと本屋さんになるのが夢でした。ほんとうはあの店で働きたかったな」

再び彼女が顔を歪《ゆが》めたところで、智紀は控えめにたずねた。

「それって……どちらの書店さんのことですか」

今度は、彼女が驚いたように顔を向けた。

「すみません。あの、よくわからなくって」

「でも今、ノンタン、ババール、ジョージ、ハリーって」

「はい。ここに来る前に階段ですれちがった女の子が、そう口ずさんでいたんです」

智紀はおもむろに手を伸ばし、おさるのジョージシリーズの中から、一冊を引き出した。

「ババールは象の出てくる絵本で、ノンタンはあれですよね。ここに来て、その子の言ってたのがみんな絵本だと気づきました」

「やだわ、ごめんなさい。私ったらそそっかしくて。早とちりね。でもそれ、ユキムラ書店さんのことだと思いますよ。まちがいなし」

彼女はそう言って、自分も棚から一冊引き出した。『ババールとサンタクロース』。ノンタンは平台のはじから『ノンタンぶらんこのせて』を持ってきた。

「ユキムラ書店さんの看板、ご覧になったことがありませんか。この四つのキャラクターが描いてあるんですよ。けっして絵本専門店ではなく、雑誌も単行本も置いてあるふつうの町中の本屋さんなんですけど、昔からあそこのシンボルみたいに言われてて。ああ、昔といっても、そんなに大昔のことではないですね。私が……たしか中学校の頃に新しくかかった看板だから。だめですよ、それは大昔だ、なんて言っては」

彼女の軽口に笑い返しながら、智紀はうなずいた。

「そうか。あそこの絵は絵本のキャラクター」

ついさっき見てきたばかりだ。けれどなんといっても初めて訪れた書店。動物の絵がかわいく描かれているくらいにしか意識していなかった。

「猫と、象と、猿と、犬でしたっけ」

女の子が言っていたのは順番まで合っている。

「ユキムラ書店さん、急に閉められてしまったようですね」

「そうなんです。私、残念で残念で」

「今どき珍しくないんでしょうが、ぼくもショックでした。お目にかかれるのを楽しみにしていたので。今日こちらにうかがう前に寄ってきたばかりなんです」

谷さんは平台に四冊の絵本を並べ、名残惜しそうに表紙を見比べた。どれも初版は数十年前という昔の本のはずだが、少しも色褪せることなく優れたデザイン性を発揮している。明るくポップ。そしてシュール。モダン。

「あのお店と競い合うのではなく、いっしょにやっていきたいと思っていました。私だけじゃないですよ。うちのトップはそう考えていました。少ないお客さんを奪い合ってどちらかが潰れるのではなく、お客さんをなんとかして増やして、両方とも生き残っていこうって。きれいごとや理想論じゃないです。小さいところが潰れて大きいところだけ残っても、その大きいところはもっと大きなところ相手にのまれて、いずれ立ちゆかなくなります。そして残るのは大きな街の大きなチェーン店のみ。本屋は、そこに足を運ぶ人たちだけのものになる。それはあんまりじゃないですか」

できるだけ身近に、歩いたり自転車に乗ったりすれば行けるような日常生活のそばになければ、人は本も本屋も忘れてしまう。本屋を知らずに育つ子どもが増えて、ますます本離れが進む。だから「共存」はリップサービスではない。彼女はそう言った。

自分たちが生き残るために、人にも生き残ってもらわないと困るのだと。

なるほどと思いながらも、智紀は出版社の立場から考えてみた。

同じ百冊売れるのならば、どこが売ってくれてもかまわない。こまごまと振り分ける手間暇を考えれば、一店舗にまとめて百冊送った方がらくともいえる。けれどその一店舗が八十しか売ってくれなくなったとき、他に期待できる店舗がないのは大きな痛手になりえる。

たとえネット書店があっても、本を目にする機会が減れば興味そのものが薄れていくだろう。

智紀がうなずくと、谷さんはほっとしたように表情を和らげた。いくらか親近感を持ってくれたのか、肩をすくめて苦笑いを浮かべた。

「具体的なプランもちゃんと出したのよ。手に入りにくいベストセラーを融通《ゆうずう》するとか、客注《きゃくちゅう》にうちの本で対応するとか。ユキムラ書店のご主人は絵本に力を入れてて、読み聞かせをやりたかったようなの。だからうちがスペースをお貸ししてイベントを組み、そのとき売れた絵本の計上を分け合いましょう、なんてね。でも、ご主人は喜んでくれただけ。そんなふうに言ってもらって嬉しいよと笑っただけ。結局店は畳んでしまったの」

「どうして？」

素朴にたずねると、彼女はため息をついた。

「思い切るだけの、きっかけがあったみたい」

「……？」

「一年前までは前向きなことを言ってくれてたの。それが今年になって、いきなり廃業の言葉が飛び出して、それからはあれよあれよという間。もういいんだよと、晴れ晴れとした顔で言われても、こちらとしては哀しいやら切ないやら。ほんとうに、なんでなのかな」

問いかける語尾だったが、智紀に訊いているのではないだろう。経営難、跡継ぎ問題、地方の小さな書店が店を閉める理由は、そのふたつだけでじゅうぶんな気がするが、彼女はそれに納得していない。

どんな相槌を打ったものか、少なからず智紀が困惑していると、絵本コーナーの平台に小さな女の子が駆け寄ってきた。その子の頭にいちごの髪飾りが揺れているのを見て、あの子だと気がついた。

智紀は「ハリーの子ですよ」と耳打ちした。

すると谷さんは目をやるなり、「ほのかちゃん」と親しげに名前を呼んだ。女の子は顔を上げ、書店の制服を着た彼女に表情を和らげる。遅れて後ろからベビーカーを押した女性が現れた。母親らしい。そして常連客らしい。

「いらっしゃいませ」

「ああ、谷さん」

「今ね、ほのかちゃんの話をしていたんですよ。ねえねえほのかちゃん、ノンタン、ババール、ジョージ、ハリーって絵本のことよね。こっちのお兄さんが階段のところで聞いたんですって」

谷さんは女の子に向かってそう言い、母親にユキムラ書店のことをたずねた。あそこをご存じでしたかと。けれど母親はベビーカーの中でぐずる赤ちゃんをあやしながら首を傾げた。

「どこの本屋さん？　たぶん知らないと思うけど」

「そうですか。今私が言った絵本のキャラクターって、そこの本屋さんの看板に描いてあるのと同じなんです。このあたりではけっこう有名な看板で」

母親は「あらそうなの」ととぼけた声を出し、あきらめたように赤ちゃんを抱き上げた。女の子の背後に歩み寄り、腰をかがめて話しかける。

「ほのちゃん、その紙、お姉さんに見せてあげたら？　きっと驚いてくれるわよ」

女の子は智紀をちらりと見上げ、警戒するように眉をひそめた。こいつはなんだと思ったのかもしれないが、顔なじみのお姉さんが「何かしら」と微笑んだので、小脇に挟んでいた茶色い紙を開いた。

「さっきもらったの。ね、うまいでしょう？」

母親の言葉に誘われるようにしてのぞきこみ、智紀も彼女も目を瞠《みは》った。あわてて顔を近づける。

描かれているのはまさにノンタン、ババール、ジョージ、ハリー。

どれもがちゃんとそれとわかる達者な線で、なんの迷いもなくすっと描かれている。

「今日は下の子がどうしても機嫌悪くって。トイレでおむつを替えたりしていたの。ほのかは廊下のベンチで待っててくれたんだけど、心細かったのね。泣きべそでもかいたみたい。いつの間にか男の人がいっしょのベンチに座って、絵を描いてくれた。見てびっくりしたわ。こんなに上手なんだもの」

かがめていた腰を戻し、智紀と彼女は顔を見合わせ、どちらからともなく首を振った。縦でも横でも、思っていることはだいたい同じだ。いたずら描きのレベルをはるかに超えている。

「舌をまくって、このことですよね」

「うん。私も思った。これを描いた人って、ユキムラさんをよく知っていると思うわ。順番だけじゃなく、看板に描かれていたちょっとした角度、大きさ、バランスまで、うまく捉えているもの」

智紀はなんといっても一度しか見ていないし、看板は相当年季《ねんき》が入っていた。ペンキの褪色《たいしょく》も進み、ところどころ錆《さび》も浮いていたのだ。絵のうまさからいえば、こちらの方が断然上だろう。でも雰囲気はとても似かよっている。それだけは大きくうなずけた。

「これを描いた人って、どんな方だったんですか。お知り合いというわけでは？」

「ううん。ぜんぜんよ。そうね、若い男の人だったわよ。若いといっても学生さんじゃなくて、きっと社会人ね。黒いコートを着て、四角い、書類が入るような鞄を持っていたから。でも、こんな時間に駅ビルで休憩してるんだから、ふつうの会社勤めではないのかもしれないわね」

「休憩?」

「ベンチの横に自動販売機が置いてあって、ちょっとした休憩スペースになっているのよ」

なるほどという思いでうなずき、智紀はありったけの笑顔で女の子に話しかけた。

「ほのかちゃんだっけ。あのさ、ちょっとだけその紙、貸してもらえないかな。もちろんすぐに返すよ」

猜疑心《さいぎしん》たっぷりの、冷たい眼差しで睨《にら》まれた。

「えーっと、こっちの手をずらしてくれるだけでもいいんだ。そこに何か字が書いてあるよね。見せてくれる?」

絵が描かれていたのは大きめの茶封筒の表面だった。文字が見え隠れしているところからすると社名入りの品にちがいない。

おそらくその人は白紙の紙の持ち合わせがなく、無地に一番近い封筒を取り出し、黒いサインペンで女の子の喜びそうな絵を描いたのだろう。

智紀の申し出に女の子は渋《しぶ》ったが、母親が「いいじゃないの」と無造作に腕を動かした。現れた文字を見て、再び智紀と書店員の彼女は目を丸くした。

佐伯書店——とある。真柴の勤めている出版社だ。

「この封筒を持っているってことは、もしかしてその人、佐伯の人？　驚いた。こんな上手な絵を描く人がいたなんて。ちっとも知らなかった。ポップを頼みたいくらい」

彼女はたちまち目を輝かせたが、封筒くらいでそこの社員とは言えないし、かといって誰でも気軽に持てるようなものでもない。佐伯は東京の出版社だ。未使用の封筒となれば当然、送られてきたものとはちがう。

女の子が肩の力をゆるめ紙から手を離したので、智紀は再びお願いしてそれを詳しく見せてもらった。

するとまったくの未使用ではなく、中に何か入っていたような跡があった。封筒そのものは長さ三十センチ、幅二十センチほどの、Ａ４サイズの書類に適した大きさだ。それにぎりぎり入っていたような、皺がまっすぐついていた。中のものを取り出してから、画用紙代わりに使ったのだろう。

「今日、佐伯さんの編集や営業がこの店に来ていますか」

「ううん。まだだと思う。ざっと見たところでも……いないみたいよね」

谷さんはフロアの中程まで歩いていき、しばらくきょろきょろしてから戻ってきた。

智紀は重ねて母親にたずねた。

「何か、言葉を交わしましたか」

「さあ、別に。感じ悪い人じゃなかったけど、おしゃべりでもなかったのね。あとは……どうかしら。礼儀正しくもあったし。そうそう」

赤ちゃんはようやくうとうとし始めたらしく、母親は背中を軽く叩いている。

「私が戻ってきて、ほのかの相手をしてもらったことや絵のお礼を言ってたら、その人、いえいえ、っていう雰囲気で立ち上がったの。照れくさかったんだと思うわ。そのまま立ち去ろうとしたんだけど、ベンチに週刊誌が置きっぱなしになっていたの」

「週刊誌？」

「てっきりその人の忘れものだろうと思って、声をかけたのね。そしたら振り向いて、『それはもういりませんから』って」

ぼんやりした智紀から女の子が封筒を取り返し、大事そうに折りたたむ。母親はさらに続けた。

「いきなりそう言われて、私つい、へんな顔をしちゃったみたい。咎《とが》め立てるつもりはなかったんだけど、その人は『ああそうか』ってつぶやいて引き返し、それを持って休憩コーナーからいなくなったの。大した話じゃないわね」

「いいえ、そんなことは……。気になりますよね。その雑誌って、どんな本だったんですか」

「週刊誌よ。『週刊現代』とか、『週刊朝日』とか。サラリーマンがよく読むようなやつ。そうね、あれだわ。『週刊ライト』。近所の歯医者さんにいつも置いてある雑誌だから、ロゴマークに馴染みがあるの。まちがいないと思うわ」

智紀は自分の提《さ》げているバッグに思わず手を伸ばした。確認したい気もしたが、わざわざ出すといたずらに驚かせてしまう。やめておこう。自分にも何がなんなのかわかっていないのだ。

親子連れに礼を言い、ついでに赤ちゃんをベビーカーに下ろす手伝いをして、智紀は自分の業務に戻った。谷さんが注文書に目を通すのを待ち、取次への発注に必要な番線印《ばんせんいん》をもらってから店をあとにした。

ユキムラ書店の看板と同じ絵を達者に描く人は、佐伯書店の社用封筒を持っていた。

ユキムラ書店の前に昨日立っていた人と、女の子に絵を描いた人は「週刊ライト」を持っていた。

だから——何？

とりあえず、佐伯の封筒を持っていた人と「週刊ライト」にどんなつながりがあるんだろう。

単純な好奇心に押され、智紀は男の人が絵を描いていたという休憩スペースに立ち寄った。自販機で缶コーヒーを買い、ベンチに座って自分もくだんの週刊誌を取り出した。

さっそく書評コーナーをめくってみたものの、佐伯の本は見あたらない。広告記事ならあるが、新刊本や話題の本を効率よくまとめた定番の作りだ。これ以外、何があるのだろう。記事のひとつひとつをチェックするには時間がかかりすぎる。エッセイやコラムなどを拾い読みしていると、携帯が振動した。

知らない番号からだ。出てみると、先ほど言葉を交わしたばかりの蕎麦屋の主人からだった。

「雪村さんに電話してみようかと思ったんだけど、その前にちょっと訊いておきたいことがあってさ」

「はい。なんでしょうか」

「あんたんとこ、雪村さんと揉《も》めたりしてないよね」

「え？」

「だからその……トラブルだよ、トラブル。あんたじゃなくても明林書房の営業さんが来たんだろ。たぶん、今年の春先、二月か三月の頃。そのときその……まずいことになってやしないかと」

智紀はあわてて否定した。いきなりの話に何がどうしてと訊き返したかったが、それよりいっときも早く誤解を取り除きたかった。前任者はむやみに揉め事を起こすタイプではなかった。あの写真があることからしても、むしろよい関係を築いていたはずだ。

主人は智紀の熱弁に、「そうかい」と言いながらも声音は渋い。

「何かあったんですか？」

「うちのがね、言うんだよ。東京の出版社から営業マンみたいなのが来て、そのあと、となりの奥さんが泣いてたって。いやね、うちのがお裾《すそ》分けだか届けもんだか、ちょこっと顔を出したら、お願いします、融通してくださいと、しきりに訴えてるような声が聞こえてきたんだって。なんとなく妙な雰囲気で、出直した方がいいだろうと引き揚げたんだよ。でもってその男が雪村さんから出ていくのを見てから、もう一度様子をのぞきに行った。そしたら……」

奥さんは目を真っ赤にし、白いハンカチで涙のしずくを拭っていたという。

「よく笑う元気な人でね、気風《きっぷ》がよくて面倒見もよくて、どんなときでも前向きなたくましい人だったんだよ。本気で気落ちしているところなんか見たことない。だからうちのも、なんて言葉をかけていいものやら。いずれ落ち着いてと思っているうちに、いきなり閉店の話だろ。よけい訊きそびれて、そのときのことを気にしてるんだよ」

「そうですか。でも……店に来ていたのって、ほんとうに出版社の営業だったんですか」

「それはまちがいないらしい。なんたって奥さん、もらったばかりの真新しい注文用紙を見ながら泣いていたんだ。男が差し出しているのを、うちのが見てる」

黙りこむ智紀に何を思ったのか、蕎麦屋の主人は声を落とし、ささやくように言った。

「その注文書にね、ニコラス・ベックの新刊が載っていたみたいなんだ。ほらあの、オットー警部シリーズだよ」

「あれ、うちじゃないですよ」

「え？　そうだった？」

オットー警部なら佐伯ですよ、と言いかけて智紀は言葉をのんだ。

……佐伯？　あそこの営業で真っ先に浮かぶのは真柴だが、福島県は担当していない。では誰だろう。

「お宅じゃなかったか。そりゃ悪いことしたね」

「いいえ」

「実はおれもね、かみさんとはちがうところで気になることがあって。雪村さん、店を閉める理由をはっきり言わなかった。こっちも遠慮して訊かなかったんだけど、商店街でやったお別れ会の帰りにね、酔った勢いでいろいろ訊いちまったんだよ。そしたらへんなことを口走ってた。『ハリーのとなりをみつけたから』って」

「ハリー？」

「うん。雪村さんも酔っててどうも今ひとつ、わからない。でも店を閉めた理由はそれなんだって」

本屋でハリーといえば、今どきもっとも有名なのは『ハリー・ポッター』だろうが、ユキムラ書店の人がそう言った場合、ちがうような気がする。

智紀は今さっき手に取ったばかりの絵本を思い出した。『どろんこハリー』。表紙に描かれていた犬が、女の子の持っていた封筒の絵に重なっていく。あれは福音館の本だ。

蕎麦屋の主人は言うだけ言うと気がすんだのか、「また連絡するね」と電話を切った。

智紀はからになった缶コーヒーの空き缶をゴミ箱に捨て、手にしていた「週刊ライト」を鞄にしまった。今日はこれから郡山《こおりやま》だ。頭を切り換えなくてはならない。訪問すべき書店は複数ある。手帳を確認し、腕時計を見て時間の配分を考える。

けれど横向きの犬の顔がやっぱりちらつく。

ハリーのとなり。

あの看板には余白がなかった。

蕎麦屋の奥さんが見たというのは、ほんとうに営業とのトラブルだろうか。

そしてそれは佐伯の営業なのか。

智紀は携帯をあらためて持ち直し、真柴に連絡を入れようかどうしようか迷った。

真柴がいるのはとなりの県で、そこに新しくギャラリーがオープンするとのこと。佐伯書店の本を中心に表紙絵の原画展が開催され、日替わりで画家さんたちのサイン会も開かれるそうだ。真柴にとっては受け持ちエリア内のことなので、手伝いに借り出されたと聞いた。

初日の昨日はセレモニーと立食パーティが行われ、今日から一般公開。あわただしくしているにちがいない。

ひょっとしたら、こちらの担当もサポートにまわっているかもしれない。電話したそばにもしも本人がいたら……。話は早いが、立ち入っていい話かどうかわからない。

いったいユキムラ書店の奥さんと、どんなやりとりがあったのだろう。

携帯をポケットに戻し、智紀はエレベーターを探して降りてきた箱に乗った。途中の階で降りる人と場所を交換しているうちに、顔見知りをみつけた。光浦舎《みつうらしゃ》という小さな出版社の営業マンだ。名前はたしか佐久間《さくま》。なりたてほやほやの新人である自分とはちがい、相手はこの道十年というベテランだ。

神奈川のエリアが重なっていることもあり、これまで何度か会釈くらいなら交わしてきた。覚えているだろうか。智紀が黙礼すると、すぐに気づき目尻に皺を寄せてくれた。

ふたりとも駅へと続く二階で降り、なんとなく並んで歩き始める。佐久間は書店のフロアですでに智紀に気づいていたらしい。

「谷さんから、ユキムラ書店さんの話を聞いたよ。君にもいろいろ話したそうだね。谷さん、あそこの本屋に思い入れがあったから」

智紀は歩きながら「はあ」と声を出した。

佐久間は叩き上げの営業マンではなく、他の出版社からの転職組とも聞いた。元は編集者だったらしい。年の頃は六十手前だろうが小柄で猫背で、白髪交じりの頭髪といい、皺の多い丸顔といい、つい初老という言葉を当てはめたくなる。同じ五十代でももっと意気盛んで若々しい人もいるので、これはもはや個性なのだろう。穏和で物静かという印象が強い。

「佐久間さんもユキムラ書店には行かれてたんですね。ぼくは今回の出張で初めてうかがいました。小さいながらも熱心な書店さんと聞いて楽しみにしてたんですが、固くシャッターが閉まってて」

「ほう。そりゃなんとも切ないねえ。出迎えてくれたのが閉店の挨拶文か」

枯れ葉舞い散る商店街のイメージが佐久間にぴったり重なり、ドキュメンタリー番組の一シーンを彷彿させたが、智紀はあわてて前を向いた。空想で遊んでいる場合ではないのだ。

「ぼんやり突っ立っていたら、となりの蕎麦屋のご主人が声をかけてくれたんです。商店街の客足も減り、経営が苦しかったんだろうと。ぼくもそう思いました。残念だけどそれがやっぱり現実なのかなって。でも谷さんは他に理由があると思っているみたいで」

「君、急ぐかい？」

足を止めた佐久間が、ふいにそう言った。

「よかったら少し座っていかないかい？」

駅ビルの出入り口から切符売り場までの間、喫茶店の前だった。手帳で確認したスケジュールが頭をかすめたが、智紀は喜んでお供することにした。缶コーヒーを飲んだばかりだが、店のコーヒーとは別物だ。

営業マンにとって他社の人との茶飲み話も貴重な情報収集の場だ。新たなる出店の噂を聞くこともある。傾いている店の内情を知ることもある。おろそかにしていると、他社に棚をごっそり取られたり、不用意な発言で書店員の心証を悪くしたりと、思わぬところに影響が出てくる。

ほんとうにただの雑談に終始したとしても、佐久間のような年齢も扱っている本もかけ離れた人と話ができるのは珍しい機会だ。

智紀はまだまだ他の営業マンとのパイプは乏しいが、必要最低限の如才《じょさい》なさは身につけているつもりだ。先輩である佐久間に喫煙の有無をたずね、話のしやすそうな席を選び、オーダーを確認してからウェイトレスにコーヒーを頼んだ。

「なかなかこういった話は土地の人にしづらくてね」

佐久間は畳んだコートを空きスペースに置き、そんなふうに口にした。

「雪村さんのことだけど」

「はい」

「ここだけの話だよ。どうもね、持病があったようだ。医者から仕事をセーブするよう、たびたび言われてたらしい」

初耳だ。

「店をやってる以上セーブはむずかしい。だからどこかで思い切らないとと、ずっと考えていたみたいなんだ」

「病気ですか。近所の人にも話してなかったのでしょうか。となりの蕎麦屋さんはたぶん、ご存じないと思います」

「心配をかけたくないというのもあるだろうが、病人扱いはいやだったのかもしれないね。じっさい深刻な病気でもなさそうだった。一度ゆっくり検査入院し、長年のつけを払ったら、また本に携《たずさ》わる仕事がしてみたいと本人も言ってたよ」

運ばれてきたコーヒーに佐久間が手を伸ばした。智紀も口元に寄せて少しだけ含んだ。いい香りだ。硬くなりがちだった体がふっとゆるむ。

「でも惜しいですね。店舗にこだわらなくてもいいのかもしれませんが、ご贔屓《ひいき》のたくさんいる書店だったのではないですか。谷さんもそうでしたね。しきりに残念がってました。店を閉めなくても、誰かかわりにやってくれる人がいれば――」

「雪村さん、お子さんがいなかったんだよ。ご主人の兄弟はお兄さんがひとりいるだけで、そこに息子がひとりいた。雪村さんにとっては甥御《おいご》さんにあたるね」

その甥をとてもかわいがっていたとのことだ。店にもよくやってきて、出版社がくれた見本に目を輝かせ、絵本の間で育ったような子だった。

「親代わりといってもよかったんじゃないかな」

佐久間は声を潜《ひそ》めた。

「お兄さんという人がどうも、稼ぎの割に金遣《かねづか》いが荒かったようで、奥さんにも逃げられ、男手ひとつで子どもを育てていたらしい。そりゃ大変だっただろうが、どうにも仕事が続かず、たびたび無心されたようなんだ。雪村さんは僕より年上だが、まあまあ同じ世代だ。こう言っちゃなんだが、お互い山あり谷ありの人生を送ってきた。だからなのか、あるときいっしょに行った飲み屋で、珍しく昔話を漏《も》らしたんだよ。みんな、誰かに聞いてもらいたいときってあるもんね。案外、営業というのは話しやすい相手なのかもしれない。ほら、僕にとっては君がそうだよ」

智紀は佐久間に笑いかけられ、どんな顔をしていいのかわからなかったが、悪い気はしなかった。恐縮しつつも少しだけ微笑んだ。

ユキムラ書店の主人は、甥のことが不憫《ふびん》でもあったのだろう。兄の無心に何度も都合をつけたそうだが、商店街の小さな本屋がそうそう羽振りよくできるわけもない。年老いた親の面倒を見て入院費用やら葬儀代やら、蓄えが底をつく頃、追い打ちをかけるように不況の波もやってきた。

甥が東京の美大に受かったのはそんな時期だった。

「ない袖は振れないという言葉があるだろう？　あれはしごく名言だね」

佐久間はさらりと言ってのけた。私立の美大。それにかかる百万単位の学費が、どうあっても主人には工面できなかったのだ。東京に出るとなったら生活費だって必要だ。美大に高額の教材はつきもの。兄ははなから弟をあてにして、からっぽの通帳を振りまわすだけだった。

今さら、親なんだから子どもの面倒くらい見ろと言っても遅い。あてにさせたのは自分だ。もっと早くに店が火の車だと告げていれば、最悪の事態を避けられたかもしれない。

合格したのに、経済的な理由で進学できないという最悪。

「ほんとうにそういう理由で行けなかったのですか」

「井辻《いつじ》くんの友だちや知り合いにはいなかったかい？　珍しいことではないと思うよ。合格の一報が入るまで期待させてしまったというのは、まずかったかもしれないが。どこかで事態が好転するのを、雪村さんも期待してしまったのだろう。景気さえ上向きになれば資金繰りがらくになると。もしかしたらご自分の夢でもあったのかもしれないね。絵本や画集が好きだったことからして、本人に絵心があったとしてもおかしくない。東京の美術大学は特別の場所で、そこをめざす甥を後押ししてやりたかったのだろう」

けれど一番残酷なことをしてしまった。金なら心配するなと嘘をつき続け、裏切った。そう、主人は酒をあおりながらくり返したという。

店は今までの信用でもって援助してくれる人が現れ、持ち直したそうだ。その人からは、兄弟だの甥だのにこれ以上関わるなと、きつく釘を刺されたとのこと。前々からその流れを知っていて、快《こころよ》く思っていなかったのだ。

「甥という人は？」

「進学をあきらめ地元で働き始めたそうだが、数年後に父親が亡くなり、それを機にここから離れたらしい。雪村さん夫婦とは入学のごたごたのさいにすっかり疎遠になり、出ていくときも挨拶らしい挨拶はなかったようだ。『今まで借りていた分の金は、いつか必ず返す』、そんなふうに言われただけで。雪村さんにとって、一番きつい言葉だったんじゃないかな。望んでいたのはむろん、返済ではないものね」

智紀は目を伏せ、ぬるくなったコーヒーをすすった。事情があったのはよくわかる。たぶん、巡り合わせの不条理があったのだろう。肝心なところで、思いが空回りした。でもその甥という人にも、まともな挨拶を口にできなかった気持ちがあるだろう。

美大に現役合格というのは容易《たやす》いことではないと思う。地方からとなれば、より厳しかったのではないか。美大や音大はそれなりの予備校に加えて個人指導につき、受験対策に心血注ぐと聞いた。

車窓から眺めた冬枯れの野山がふとよぎる。ここから東京はやはり遠い。遠い夢を追いかけ、その人はみごと自分の手で勝ち取ったのだ。

手にした切符が指の間をすり抜けたとき、どんな思いにかられたのか。

智紀には想像のしようもなかった。自分は東京近郊で生まれ育ち、なんのかの言っても金銭面の苦労など今まで一度も味わわずに生きてきた。

高三といえばもう子どもではない。叔父夫婦の善意にすがるしかない身の上で、そこが無理ならあきらめるしかないと、本人もよくわかっていたはずだ。

(今まで借りていた分は必ず返す——)

叔父夫婦に、そして生まれ育った故郷に背を向けたときの言葉。持っていきどころのないやりきれなさが、にじんでいるような気がした。

「雪村さんはいつまでも甥っ子が帰ってくるのを待っていたかったんだろうね。だからドクターストップがかかっても踏ん切りがつかず、店を閉められなかったんだと思うよ」

「もう、どれくらいになるんですか」

「その子がここを出て、かれこれ十年だと言っていた。今頃どこで何をしているのか」

佐久間はコーヒーを飲み干し、付き合ってくれてありがとねと笑った。親子以上に年の離れた若造にも丁寧に礼の言葉を口にするあたり、やはりキャリアがちがう。

佐久間はこれから仙台に向かうと言い、智紀は逆方向の郡山。それを聞いて先輩らしく、このあたりおすすめのビジネスホテル、温泉宿、食事どころなどを教えてくれた。

話が途切れたところで潮時とばかり、互いにコートに手を伸ばした。そろそろ行きましょうかと言いながら、智紀はふと思い出した。

「そういえばユキムラ書店の雪村さん、看板のことを何か言ってませんでしたか？　閉店を決意したきっかけかもしれないんです。あそこに描かれているノンタンとババールとジョージとハリーは、みんな人気絵本のキャラクターですよね。そのハリーのとなりをみつけたようなことを言ってたそうで。ご存じですか」

「ハリー？」

「犬です」

「さあ。最後の方は僕もちょっと気ぜわしくしてて、ゆっくり話ができなかったんだよ。看板か」

立ち上がった佐久間が伝票を手にしたので、智紀はあわてて財布を捜したが、誘ったんだからここはと言われ、甘えることにした。相手は先輩だ。

おとなしく店の外で待ち、会計をすませて出てきた佐久間に頭を下げた。

「今の話さ」

「はい」

「ハリーのことはよく知らないけど、犬と言ったね、それで思い出した。ご主人、最後に会ったときに、看板を見上げながら妙なことを言ってたよ。たしか、『五番目は子豚だった』って。井辻くん、意味がわかるかい？　僕にはさっぱりだ」

ノンタン、ババール、ジョージ、ハリー。

ハリーが四番目なら、そのとなりは五番目。

五番——。

智紀はにわかに鞄の中をまさぐり、今週号の「週刊ライト」を引っぱり出した。ショルダーストラップも出して、肩から提げる。両手で週刊誌を持ち、あわただしくページをめくった。

書評欄ではない。広告欄だ。

定番の新刊紹介と、売れ行き好調な本と、小さくお知らせも載っていた。今週末に開かれる原画展に関する記事だ。それのバックには、展示会の目玉というニュアンスで新進気鋭のアーティストによる初の絵本が紹介されていた。

作者はアルファベットで「ｓｎｏｗ」。

智紀もよく知る人物だった。面識はないが明林書房の本にも先頃、表紙絵を提供してくれた。

佐伯から出た初のオリジナル絵本のタイトルは——。


『五番目のルーカス』

かわいい子豚の絵が添えられていた。


翌日、ビジネスホテルのベッドの上で目を覚ますと、智紀は時間を確認してもう一度ごろごろ毛布にくるまった。

昨夜は最後に訪れた書店の店長さんやパートさんたちといっしょに居酒屋に繰り出し、地酒で乾杯してから郷土料理を心ゆくまで堪能させてもらった。

福島県の書店業界の今後の行方について、語っているはずが、どこどこの営業マンがどこどこの書店員と付き合っているとかいないとか、話題はそっちに流れ、智紀は好みの女性のタイプやら、今までに体験した最悪の失恋エピソードまで告白させられた。

そしてみんなの関心はかつての担当営業マンの近況に集中し、吉野《よしの》くんはどうしてる、彼女はできたのか、たまには来てほしいと、とてもやかましかった。

優秀である上にじゅうぶん男前でもあるので、今までも吉野への褒め言葉ならさんざん聞かされてきた。でも昨日は酔いがふっと醒めるような内容もあり、智紀は凍豆腐《しみ》の含め煮をじっくり嚙みしめた。

なんでも吉野は訪れると必ず店内を見てまわり、ささいなことでもよく気づき、言葉を惜しまず褒めてくれたという。名産の桃が最盛期を迎える頃に揃えた桃尽くしのお菓子の本や、担当者が趣味で並べた『空色勾玉《そらいろまがたま》』とパワーストーンの蘊蓄《うんちく》本、勾玉の産地として有名な糸魚川《いといがわ》のガイドブック、土地柄とはまったく関係ないマニアックなガンダムコーナー。

「東京の出版社の人が来るとさ、なんとなく気後《きおく》れしちゃうんだよね。都心の大型店をいくつもまわって歩いてるんだろ。華やかなイベントもたくさんこなしている。どう考えたって見劣りするに決まってる。でも吉野くんはちがうんだ。うちに来るのがほんとうに楽しみという顔をしてくれた」

その点ではまさにピカ一の営業マンだったのだ。吉野は書店員の方からたずねてきて初めて、他店の様子や最近の売れ筋、よその地域の動向などを口にした。これから出る本の情報にも強く、福島に関わりのありそうなものは他社の本でも積極的に教えてくれた。

担当者が不在のときに訪れてしまうと、注文書に添えて丁寧なメッセージを託し、今でもそれを大事に取ってあるとパートさんが言い出し、みんなに冷やかされた。

経験の浅い智紀でも、話を聞いていていくつか思い当たることがあった。都心から遠く離れた書店に顔を出すと、しょっちゅう物珍しげな反応をされる。今回の東北出張でも、明林が出している単行本や文庫本を手に、「この会社の？」と小躍《こおど》りする人までいた。

地方には〝切り捨てられ感〟が根強くあり、それは単なる思い過ごしではなく、深刻な現実だ。話題の本は思うように入らず、刷りすぎて余った本だけが過剰に送りつけられ、客注の入荷も滞《とどこお》る。人件費のカットで店の活気は失われ、ベストセラーに沸く都会の大型店はまるで別世界。不平や不満は日々、降り積もる。

けれどもほとんどの人が、ある日突然現れる営業マンを歓待してくれるのだ。全国を渡り歩き、さまざまな書店に顔を出しているように見受けられる営業は、あたかも野を越え山を越えやってくる旅の行商人だろうか。みんな生の情報を渇望《かつぼう》している。このままで終わることなど誰も望んでいない。

「面白い情報をいっぱい持って、また来てね」

「それまでなんとか持ちこたえるから、わたしのいるうちに顔を見せてね」

「いい本を作って、うちの平台を埋め尽くして」

飲み会の最後、口々に言われたのはそんな言葉だった。


智紀はベッドから起き上がり、顔を洗って寝癖の髪を整え、朝食を取りに降りていった。コーヒーやパンがセルフサービスで提供されている、ビジネスマン向けのホテルだ。ほとんどが自分と同じような単独客。

若干、昨夜の酒を引きずっているので、オレンジジュースを片手にデニッシュをかじっていると携帯が振動した。

真柴からだ。絵文字付きの「おはよ〜」に、つい笑ってしまう。短い返信メールを打ち、ホットコーヒーを半分だけ飲んでから部屋に戻り、身支度を整えた。昨夜、寝しなにめくった「週刊ライト」も入れて、ホテルをチェックアウトする。

朝の空気はすっかり真冬のそれだった。葉を落とした街路樹は、身ぐるみはがれた骸骨《がいこつ》のようで寒々しい。店のシャッターがあちこちで開き、中にちらほらお客さんの姿も見受けられる。急ぎ足の女性に追い抜かれた。レザージャケットにロングブーツだ。

郡山からもう一度福島に出て、昨日ちらりとのぞいた鉄道模型展に行ってみたかったが、当初の予定を変更し、智紀は上りの電車に乗った。

一時間ほどで目的地の黒磯《くろいそ》駅に着く。このあたりは美術館が多く周遊バスや徒歩を組み合わせ、テディベアからステンドグラスまでさまざまなアートを楽しむことができるそうだ。新しくできたギャラリーも高原に似つかわしい瀟洒《しょうしゃ》な作りで、メインとなる展示品は本の装丁画。その原画を中心にCGアート、写真、レイアウトデザインなど、幅広く紹介されているらしい。今後は出版社と連携しつつ、本の装丁にこだわった新進気鋭のアートを展開していくらしい。

智紀は駅の観光案内所でパンフレットをもらい、十分間隔でやってくる路線バスをみつけて乗りこんだ。分厚い雲が低くたれ込めるモノトーンの風景の中、森が間近に迫り、立派な門構えの農家が見え隠れし、バスは地元の人たちを乗り降りさせながら坂道を上がっていく。

教えてもらったバス停までは三十分弱。降りると、大きな看板の足元から石畳を敷き詰めたアプローチが延びていた。併設された駐車場から、家族連れやカップル客もやってくる。一般公開されたばかりの週末だ。一目で関係者とわかるスーツ姿の男女もきびきびと出入りしていた。

智紀は知った顔がいるかどうかを気にしながら、オープン祝いの花々で賑わう入り口から中に入った。二階建ての四角い建物の内部は、白い壁のところどころに天然木があしらわれ、リゾート客を意識した若々しくモダンな内装でまとめられていた。イベントギャラリーは一階の中央で広々とした吹き抜けになっている。前面はゆるやかにカーブした大きなガラス窓がはめこまれ、黒々とした唐松林《からまつばやし》に加え遠く山脈が望める。あれはなんという山だろう。

「ひつじくん」

声をかけられ振り向くと、いやになるほど見飽きている真柴の笑顔があった。

「おはようございます。井辻ですけれど」

「詳しい話はあとで、ということだったけど、ほんとうにちゃんと話してくれるの？　貸しが増えるばかりだよ。貸しには利息が発生するのを忘れないでね」

すまして言う。その口元の持ち上がり具合に危機感を抱きながらも、智紀は「もちろんです」と笑顔を返した。先だって行われた明林書房の新人賞贈呈式でも、さんざん世話になったばかりだ。まだその借りは半分も返していない。気持ちいいことではなく、とりあえず今日のランチは奢ることにした。

「ほんと？　じゃあ、二階のカフェにしよう。楽しみだな」

ラテン系のやや濃いめの顔立ちに陽気なノリ、いい加減な言動はいつものことで、女性にめっぽう弱い。真柴は他社ながらも同じエリアで営業をする先輩であり、新米の智紀は何かと仕事のノウハウを教えられてきた。少なくとも向こうはそのつもりだろうが、ろくでもない情報が多く、振り回されてきた印象の方が強い。

できれば関わりたくない要注意人物だと日夜思っているのに、今回もイベントスケジュールと画家さんたちの状況を、この男にたずねずにいられなかった。

温泉だけはぜったい断ろう。

「それであの、ぼくの言ってた人は？」

「うーんと。ああ、あそこ。ガラス窓のそばだ。ほら、展示作品の前に立っている」

智紀は脱いだコートを近くの椅子の上に丸めて置いた。クロークもあると言われたが、コートよりも今は鞄だ。自分の鞄の取っ手をしっかり握りこむ。

真柴から教えられた目当ての人は、はき古したジーンズに、さめたオレンジ色の丸首セーターを着ていた。耳が半分隠れるくらいのやや長い髪、黒縁の眼鏡、うっすらと伸びた顎ひげ。そう思って見るからか、長い指といい、痩せた体軀《たいく》といい、端整な顔立ちといい、なんともアーティストな趣《おもむき》の人で、立ち姿にも雰囲気がある。

意を決し、智紀はまっすぐ歩み寄った。声をかけようとして、その人が見入っている展示作品が目に入り、体全部で反応してしまった。

まぎれもなくそれはユキムラ書店だったのだ。

商店街の通路に立ち、視界の中にすっぽり収まる角度の、店の全景。昨日自分が見たのと異なっている点はシャッターが開いているところ。絵本塔には絵本が詰められ、雑誌が並んだ書架がせり出す。ガラスドアにポスター。そして新刊書の幟《のぼり》。手をつないだ親子連れが笑顔で出てくる。

男が気づき、智紀を見た。なんて言っていいのか。用意していたはずの挨拶がどこかに行ってしまった。

「これ、ユキムラ書店ですよね。ぼくは昨日、この店の前に立ちました」

「あなたは？」

「ああ、すみません。申し遅れました。明林書房の営業です」

男はまじまじと智紀を見て、後ろにへばりついている真柴がうなずきでもしたのか、いくぶん表情を和らげた。

「そうですか。明林の」

「井辻と申します。失礼ですがあなたはアーティスト名がsnowさんで、ご本名は――」

「雪村です。雪村一弥《かずや》」

すぐに答えてくれたが、彼、雪村はすっと視線を絵から外した。

「つかぬことを伺いますが、一昨日、ぼくと同じようにこの店の前に立ちませんでしたか。『週刊ライト』を小脇に抱えて」

「なんでそれを？」

「たまたまそう教えてくれた人がいたんです。もちろん、ぼくにはそれが誰なのかはまったくわかりませんでした」

雪村は小さく息をつくと、視線をさらに窓の外へと向けた。そのまま数歩、歩み寄る。智紀は半歩後ろに並んだ。

「あそこは世話になった叔父夫婦がやってた店でね。おれにとっては一番居心地のいい、巣のような場所だった。絵本や童話や図鑑や地図がめいっぱい詰まった棚に囲まれ、いつだって宝島に行けたし、海賊にもなれた。豆の木にも登れる。カブトムシの種類だってクラスの誰より詳しくなったよ。店番も楽しかったな。レジの打ち方を覚え、頼まれれば配達にも行った。学年誌の付録を組む手伝いもして、あまった付録をもらえるのがすごく嬉しかった」

前庭にふっと鮮やかな色が動いた。来館者の子どもが寒空の下、木製の遊具で遊んでいる。ハーブガーデンや花時計もできるそうだが、今はまだ整備中で枯れ草しか見えない。ガーデンファニチャーのパラソルも固く閉ざされていた。

「もしかしてあの看板を描かれたのは――」

「うん。高校の頃にね。いっちょ前の画家気取りだったよ。叔父も叔母も手放しで喜んでくれたもんだ。でもおれはあの頃、何ひとつわかっちゃいなかった。なあ、井辻くん……だっけ？」

「はい」

「君は知っているだろう？　本屋って、儲からない商売なんだってね。利益率が低く、経費ばかりかかって、薄利多売もいいとこ。個人経営の書店は毎年どんどん潰れていく。おれは東京に出て、出版業界のはじっこに引っかかるまで、そんなことまったく知らなかった。だから学費のやたら高い私立の美大を受けて、受かり、これでおれの芸術家ライフが華麗にスタートすると甘っちょろい夢に浸りきっていた」

雪村は大声ではないが、声を立てておかしそうに笑った。

利益率が低いというのはほんとうだ。通常で二割五分。その中に人件費や場所代、光熱費、さまざまな経費がかかってくる。千円の本を売って、じっさいの儲けはどれくらいだろう。

店頭には常にカラフルな雑誌が並び新刊本がひしめき、さも豊かそうに見えるが、それらがどんどんはけてくれなければバイトの時給さえ払えない。扱っている商品そのものに〝文化〟という付加価値がつくとしても、経営者の生活を文化は保証してくれない。

「学費にしろ東京に出てからの生活費にしろ、おれは叔父たちの懐をあてにし、なんとかしてくれるだろうと高をくくっていた。出してくれないとわかったときのショックは、そりゃもう大変なもので。思わずキャンバスをへし折ったくらいだよ。叔父さんたちを逆恨みもした。でもそのとき、もっとショックなことがあって」

「もっと？」

「ああ。親戚の人に言われたんだ。おれだけでなく、父親もろくでなしだったからね。おまえら親子は、あの本屋をどれだけ食い物にしたら気がすむんだ。あそこが潰れたら、全部おまえらのせいだって」

雪村は肩をすくめ、重苦しい空気を薄めるように「参ったなあ」という雰囲気で、髪をくしゃりと摑んだ。

智紀はすでにベテランの営業マンである佐久間から、経営者夫妻の思いを聞いていた。甥の夢をかなえてやりたかったのに裏切る形となり、深い自責の念を抱えたままでいると。

今の智紀の目の前には、またちがう悔いの中であがく人が立っている。

「雪村さん……」

声をかけると、さばさばとした苦笑いが返ってくる。

「その指摘は正しいよ。ひどくまっとうだ。でも二十歳《はたち》前のおれはしょせん子どもだった。とてもじゃないけど真正面から受け取ることはできず、あれこれごまかして、親父の死をきっかけにこれ幸いと故郷を飛び出した。さっきも言ったとおり、本屋の経営がどれほど大変なのか、思い知ったのはここ数年のことだ」

大金を稼いでいつか叔父夫婦に借りを返したい気持ちもあった。意地というより、相変わらずのごまかしや、いいわけ。でも三十を過ぎてようやくわかってきた。叔父たちが自分にしてくれたこと。そして望んでいるだろうことも。

遠い昔、こんな夢を語り合ったそうだ。

(いつかこの店に、ぼくの描いた絵本を並べてね)

(じゃあ、いっぱい売れる本にしてほしいな)

（そうすれば叔母さんたちもすごく助かるわ）

雪村はそれを思い出し、佐伯書店の担当に話した。夢は実現する。

そして佐伯の営業マンは、ユキムラ書店が絵本に強い店だとよく知っていたので、通常のラインナップの他に新しい絵本も紹介した。おそらく、深い事情は何も知らずに。

でもそれを見た奥さんはすぐに気づいた。〝snow〟というペンネーム。〝五番目〟というタイトル。話の内容。絵のタッチ。どれもこれもがひとりの人を指していた。

智紀も昨夜、訪問した先の書店でその本を買い求めた。

主人公は、五匹兄弟の末っ子に生まれたルーカス。とにかく甘えん坊の意地っ張りで怠け者。数々の失敗を経ていくうちに、ほんのちょっぴり友だち思いの一面ものぞかせるが、まだまだ懲りずにわがまま子豚で終わっている。

「すごく面白い本でした」

「ありがとう。でも間に合わなかったよ。ここ半年、どうしても体が空かなくて。やっと時間が取れた一昨日、東京から近くて遠い生まれ故郷に帰ってきた。週刊誌もね、載ってる広告を見せたくて持ってきた。こんなに売れてるんだよって。いつまでたっても子どもだよな」

けれど覚悟していた高い敷居さえ、出迎えてくれなかったのだ。

「佐伯の封筒を使って、女の子に絵を描きましたよね」

「すごいな、君。なんでそんなことを知ってるの？」

「週刊誌だけじゃない。絵本も持参していたのでしょう？」

雪村は智紀に向かって首を振った。

「でも遅かったよ。おれは叔父さんたちの喜ぶ顔が見たかった。何ひとつぜいたくをせず切り詰めた生活の中でこつこつ本の世話をし続け、どれだけいいことがあったんだろう。いやな思いをたくさんしてきたはずだ。おれのこともさぞかしがっかりしただろう。あんなによくしてくれたのに、一度も感謝の言葉を言わず、最後は後足《あとあし》で砂をかけるようなまねをしてしまった。恩を返すどころか、逆恨みして捨て台詞を吐いてきた。それがどんなに人でなしなことなのか、わかったけれどもう遅い。おれは叔父さんたちにも、一番大好きだったユキムラ書店という場所にも、何も報いることができなかった」

智紀は首を振った。横に。

「そんなことないですよ。ぼくは今日、雪村さんに見てほしいものがあって、ここに来ました」

言いながら、鞄の中から封筒を取り出す。

「宛名を書いたのは、ぼくのひとつ前の担当者なんです。店内のスナップ写真を写し、送ってあげるつもりがうっかりしていたようです。どうぞ見てください。雪村さんの絵本はちゃんと間に合っていますよ」

引き抜いた写真を差し出した。

店の一角、おそらく児童書コーナーの前、後ろにずらりと黄色い表紙の絵本が並んでいた。まん中にご主人と奥さんが立っている。手に持っているのはその絵本。くったくのない笑い声が聞こえてくるような明るい一枚だった。

「おれの……本」

受け取った彼の手が小刻みに震えた。

きっとあの看板を描いたとき、いつか描き直すそのときには、自分の本の主人公を加えると話していたのだろう。それを片時も忘れなかったから、ご主人と奥さんはすぐに気づいたのだ。ハリーのとなりに何が入るのか。甥も覚えていて、タイトルに〝五番目〟と謳《うた》ったのだと。

セーターに包まれた肩が大きく波打った。雪村がしきりに目元を拭う。

まるで「幸せの黄色いハンカチ」だと真柴がつぶやいた。智紀もそうですねとうなずいた。黄色い絵本を一面に飾り、夫婦は甥の活躍を心から喜んだ。待っているよというサインかもしれないし、自分たちの思いが伝わっていると確信しての笑みかもしれない。

かわいがっていた甥っ子はちゃんと本屋に戻ってきたのだ。

写真を届けたのは智紀だ。けれど彼の手に今こうしてあるのは、神さまの計らいかもしれない。智紀はふとそんなふうに思った。

きっといるのだ。絵本を大事にする書店には、粋《いき》な神さまが。

空を覆っていた雲が薄れ、あたりが明るくなっていた。窓辺に立っていた人の間から、「ほう」という声がしたので顔を上げると、初冬を迎えた高原の丘陵《きゅうりょう》に一条の光が差していた。

枯れた草花がふっくらと膨らんで見える。みぞれと雪の季節が過ぎた頃、ここは麓《ふもと》から順に春の色に染まっていく。緑の大地を撫でながら、風は吹き渡り、子どもたちは今よりずっと賑やかな歓声をあげて走りまわることだろう。

ギャラリーの二階にはしゃれたカフェが設けられていた。

真柴が雪村にも声をかけ、智紀も「どうぞどうぞ」と胸を張り、ふたりをランチに誘った。他店で買った『五番目のルーカス』だが、雪村は気さくにサインを入れてくれると言った。初めての東北出張で得たものは多い。いつまでも忘れないように。絵本は、智紀にとっても神さまからの贈り物になりそうだ。

「ひつじくん、昼飯代は経費で落とすの？」

「井辻ですけど。もちろんですよ」

昨夜の居酒屋代は書店さんの方で持ってくれたので、今回の出張、ほとんど経費を使っていない。三人分の昼飯くらい楽々落ちそうだ。

なんでもご馳走しますと笑いかけると、真柴は「クリスタル美味ランチ」という一番高いメニューを選び雪村にもすすめた。智紀も同じものを頼むことにして、ウェイトレスさんを呼び寄せる。

とちぎ和牛のステーキがつくそうだ。おいしそうですねと、わくわくしてるところで、真柴が「あのさ」と話しかけてきた。

「営業の接待費って、主に書店員さん相手に落ちるんだよね。そりゃぼくたちの仕事柄、歓待すべき先は常にそこだ。今日のこの席に書店員さんはいないけど、いいのかな」

「えっと……」

「うちはうるさいんだよ。接待した相手が誰なのか。でも明林は鷹揚《おうよう》で、他社の営業マンでもオッケーなのか。融通が利いて羨《うらや》ましいな」

待てよと智紀は考えこんだ。そもそも自分ひとりで誰かを接待したという経験に乏しい。今まではたしかに書店員さん相手であり、それもほんの数回。経理は通っていた。そして真柴たち他社の営業マンがいて、書店員さんを合同でもてなしたこともある。そのときは各社で割った。あれも出た。

逆に、営業マンだけの飲み会があり、親睦を深めながらそれなりに仕事の話もしたのに、あっさり首を横に振られた。そういうのはだめと。

「まあ、落ちなかったとしてもさ、ぼくとしては君個人の奢りの方が心がこもってる気がして嬉しいな。遠慮なく、美味なるものをご馳走になるよ」

「待ってください。雪村さんは？　ほら、雪村さんがいれば接待になるでしょう？」

「編集ならね。作家さんや画家さんをもてなすのは、編集者の仕事だ」

ウェイトレスさんがテーブルにやってきて、お決まりでしょうかと微笑みかける。真柴が顔と言わず体全体で笑みを作り、得意そうにメニューを指さしかけたので、あわてて引っぱった。

「領収書をもらってもだめなんですか」

「この、クリスタル美味ランチをみ……」

「ちょっと真柴さん、待ってください！」

「おれまでご馳走になって悪いね。でもせっかくだからここはやっぱり、和牛ステーキ付きで」

「雪村さんまで。ふたりとも、昼からがっつり食べなくてもいいじゃないですか。カ、カレーはどうです？　でなけりゃオムライス。ほら、マカロニグラタンとか。ねっ」

必死になって言う智紀に、年長者ふたりが余裕で失笑を漏らした。

新人営業マン・井辻智紀の一日 4

○月×日　夕方はあわただしい。

書店まわりを終えて会社に戻り報告書を書く。何時にどこに行き何をやったのか。フリースペースがあるので、気がついたことなども思い起こしながら書き留めていく。自分の手帳を開き、そこから拾うものもあるし、報告書から手帳に転記するものもある。

その後、本日の成果、各書店さんからの注文書を発注係に手渡した。

机には不在のときに届いたＦＡＸがたまっていた。書店を訪ねたさい、担当者がいないと注文書だけ置いてくる場合がある。それにあとから数字を入れて送ってくれるのだ。中にはちょっとしたコメント入りもあって、「漫画がたくさん入ってきてヒーヒー言ってます」「新しいパソコン、買いましたよ」「昨夜は雨に降られました」、そんな他愛もない一言に和ませてもらう。

もちろん「この前のポップ、評判いいですよ」「新刊、順調です」というのだと、もっと嬉しいけれど。

訪問したときもほとんど無視で、置いてきた注文書にも反応のない書店がある。棚があって、明林の本があっても、営業には興味がないらしい。それでもたまには顔を出した方がいいのか、遠慮した方がいいのか。悩ましいところだ。

気を取り直し、受話器に手を伸ばした。コメントに電話がほしいというのがあって、忘れないうちに連絡を入れた。お客さんからの問い合わせに対する相談だ。答えられるものは答え、あとは調べますと約束して通話を切った。

パソコンを使って検索していると、フロアがやけにざわついてきた。編集部の人が降りてきて、次回予定しているフェアについて、秋沢さんと押し問答を続けているのだ。帯に入れる推薦文を頼んだ作家さんが急に入院してしまい、落とすかもしれないとのこと。

〝かも〟というのが一番困るのよね、と秋沢さん。

他にも、営業部が作ったポップをもらいに来ている編集者がいる。作家さんのインタビューに同行するさい持参したいらしい。

となりの席の先輩は、先日開催したサイン会の写真を選んでいる。これもまた編集者からの頼まれごとだ。

営業部の主な活動時間は、朝の九時から夕方の六時頃までだけど、編集部はだいたい三時間ずれている。中には六時間ずれている人もいる。まったくずれきって、連絡のつかない人もいる。

ぼくは学生時代、ここでバイトをしていたので、いくらかは編集部の雰囲気をわかっているつもりだ。用事を頼まれいろいろ雑用をこなしていた。

でもあらためて就職して営業部の人間になってみると、勤務態勢は編集部よりずっときちんとしていることを知った。予定外の仕事が飛びこむことはあるけれど、編集部よりずっと少ないと思う。

特に雑誌の人など大変そう。急病に見舞われた作家さん、連載を持っていなかったっけ？
ざわざわに巻き込まれないことを祈りつつ、ぼくは引き続き自分の仕事を片付けていく。メールの返事を書き、今朝の会議の要点をまとめ、明後日開かれる編集部との合同会議に向けた提案書の草稿を作る。

ついでに明日のルートも確認。どんな店に行って、どんな本をすすめるか。前回置いてもらった本はどれくらい売れているだろうか。

脳内にさまざまな書店フロアを思い浮かべながら、飲みかけのペットボトルを傾けた。

ときめきのポップスター

「その昔、ポプコンというのがあったんだよ」

智紀《ともき》は訪問先である某大型書店のフロアマネージャーにそう言われ、「はあ」と間の抜けた声を出した。

ヤマハが主催した「ポピュラーソングコンテスト」の略称で、ミュージシャンの登竜門として一世を風靡《ふうび》し、数多くの大物アーティストを輩出したとのこと。谷山浩子、中島みゆき、長渕剛、世良公則&ツイスト、八神純子、チャゲ&飛鳥。他にも挙げ出したらきりがないそうだ。

「どう？　井辻《いつじ》くんでも知ってる人がいるだろ」

「はい。知ってますよ。もちろん、中島みゆきも長渕剛も」

「だよね。そういう立派なイベントだったんだ」

にっこり笑うフロア長は智紀よりも二十は年上だろう。おそらく今年、四十代後半。書店人の中ではベテランの類だ。その人がやけに目を輝かせて嬉しそうに話すので、いっしょになって笑うしかない。

でも、わざわざ呼び止められてミュージシャンの話というのは解せない。智紀の所属する明《めい》林書房《りんしょぼう》には俗に言うタレント本の類はない。

「それでね、うちでもやろうと思うわけだ」

「は?」

「ポプコンだよ、ポプコン。井辻くんにもぜひ協力してほしいな。というか、参加してね」

「あの……ぼくが? いえ、その、ワタクシが? 歌なんかぜんぜん無理ですよ」

思わず後ずさる智紀をがっちり摑むように、店長が詰め寄った。

「何言ってるの。カラオケの話は聞いたよ。うちの女子店員たちと賑やかに繰り出して、コブクロを歌ったそうじゃないか。真柴《ましば》くんとふたりで」

「あ、あれは無理やり——というか、仕事ですよ、仕事。営業の仕事です」

「うんうん。若者同士で盛り上がることについて、口を挟むほどぼくは野暮な人間じゃないよ。円滑なコミュニケーションを築いてくれたまえ。せっかくの君の歌唱力だけど、このさい横に置いておく。うちでやるポプコンは、ポップスソングコンテストじゃない。ポップ販促コンテストだ」

体を器用にひねった店長が片腕をすっと伸ばし、傍らの平台を指し示した。並んだ書籍の間に宣伝文句を書いた厚紙が突き刺さっている。

「君のような書店まわりの営業さん同士でしのぎを削り、明日のポップスターをめざしてほしい。たくさんの人をときめかせ、みごとトップの座を勝ち取ったあかつきには、うちの正面平台をすべて君にあげよう」

自ら考案した企画に酔いしれる、フロアマネージャーの出したイベント案とはこういうものだった。

もとが文庫フロアなので、対象はすべて文庫。

文庫を出している出版社で、その店を担当している営業マンに参加資格がある。エントリーしたのち、自社本の中から一冊、他社本の中から一冊、プッシュする本をそれぞれ選び、各自でポップを作製。平台に並べ、売り上げ数を競うというものだ。

ポイントとなるのは他社本の方で、自社本を並べてくれるのは参加の駄賃代わりらしい。数を競うのは他社本。それも、わざわざイベントを組むからには、〝とっておきの一冊〟〝埋もれてしまった本の発掘〟という付加価値をつけたいようで、現在ランク付けの高い本にはペナルティがつく。売り上げの低迷している本を選んだ方が俄然《がぜん》有利だ。

みんなが忘れているような本を紹介し、優れたポップで販促効果を上げ、書店に活気をもたらし、売り上げに貢献する。その度合いの一番高かった営業マンがチャンピオンとなり、栄誉をたたえて翌月一ヶ月間、その人の所属する出版社の本で平台を埋め尽くす。それがいわば賞品のようなものだ。

どこをどう取っても書店にうまみのある企画だ。がんばるのは営業マンであり、仕入れや陳列、売り上げのチェックなど手間はかかるが、金銭的な持ち出しはほとんどない。そして書店はどこの出版社の本が売れてもありがたい。

お客さんの立場に立ってみれば、営業マンが自社本を絶賛するのは当たり前のこと。他社であるライバルの本を褒め称えることで説得力が増す。興味も引かれるだろう。

さすがフロアマネージャーの発案だけあると、智紀は素直に感心した。コンテストと称して盛り上げ、翌月の一ヶ月も一等賞に輝いた会社の出版物で平台を有意義に使おうというのだから徹底している。

自社本を選ぶのはいいと思う。他社の本もいいだろう。ポップを描くのは自信がないが、必ずしも本人の手作りでなくとも、参加者の名前で出してかまわないものなら協力者がいてもオッケーだそうだ。なんとかなると思う。だからこれもいい。

問題はふたつある。ひとつは、智紀の上司である秋沢《あきさわ》がトップをめざせと言い出しそうなことだ。大手はもちろん、中堅とも言い難い明林書房が、大型店の正面平台を堂々独占できるのは願ってもないチャンスだ。それも経費ゼロで。

フロアマネージャーはウィナーズ・フェアについて、文庫に限らず単行本でもかまわないと太っ腹なことを言ってくれた。ますますありがたい。秋沢が目の色を変えるのは約束されたようなものだ。参加は楽しくとも、プレッシャーをかけられるのはたまらないと思う。

もうひとつは、この店に出入りしている営業のメンツだ。ポップ販促コンテストの実質的なライバル。これがいけない。マネージャーがさっき名前を挙げた真柴、コブクロを無理やり付き合わせた彼がいる上に、例の暑苦しい三人ががん首揃えているエリアなのだ。

太っているくせに細川《ほそかわ》という名前の営業は、女子書店員さんたちを労《ねぎら》ってのカラオケ大会の席上、石川さゆりの「天城越え」を熱唱し無駄に室温を上昇させた。

泣く子も黙るというフレーズが自然と思い浮かぶコワモテ営業マン岩淵《いわぶち》は、なぜか「もののけ姫」の主題歌を歌い、みんなのどん引きを誘った。

スキンヘッドにサングラスという風体《ふうてい》の海道《かいどう》は、ラップがたくさんある曲を歌ったがいったいなんの曲だったのか。わかったのはリズムに合っていないことくらいだ。つまりただの音痴じゃないか。

わけのわからない人たちだがとりあえず営業という仕事柄、彼らは先輩で智紀にとっていやでも頭の上がらない存在となっている。一応、律儀に敬語で接し、ご意見やアドバイスの類にはありがたく耳を傾けている。彼らの愛する「マドンナの笑顔を守る会」にも、勧誘されるままメンバーとして名を連ねている。

けれどこの身の処し方で、ほんとうに正しいのだろうか。

激しく疑問を抱く日々が続いているところにもってきて、このコンテストだ。発案者のマネージャーが中年男性ということで、ひょっとしてみんな気が乗らないのではと思ったが、叩き上げのマネージャーは一枚も二枚も上手だった。フェアを仕切る実質的な担当者に池内《いけうち》さんという、気さくで明るく、非常に感じのよい女性店員をつけてきたのだ。

営業もまた男性とは限らず今どきは女性も多い。池内さんはそういった人たちにも受けがよく、店頭で歓談している場面をよく見かけた。明るい輪の中に招き寄せられては、守る会のメンバー、ひとたまりもない。

次々に陥落され、みるみるうちに鼻息が荒くなった。やるとなったら貪欲なまでにやり通す面々でもある。勝ち負けにも異様にこだわる、大人げない人たちだ。

智紀は早々に自分の推薦本を決めた。ハヤカワ・ミステリ文庫『幻の特装本』だ。シリーズになっていて一作目は『死の蔵書』。莫大な価値を秘めた古書をめぐって殺人事件が起き、その真相を追う元刑事の話だ。古書も古書界もまったく知らなかった智紀にとって、まさに瞠目《どうもく》の一冊となった。思わぬところにお宝があったという面白さでぐいぐい読ませ、大満足の読後感をもたらした。

この一作目を推してもかまわないのだが、続く二作目の『幻の特装本』がまた面白かった。コレクターズアイテムである稀覯本《きこうぼん》を求めて、手に汗握る探索劇が繰り広げられる。ありえないとされているものが、実在するのか、しないのか。するとしたらどこにあるのか。ほんの小さな手がかりが、大勢の人の運命を変える。命さえうばっていく。

追いかけるのはたかが本なのに、古びた一冊のそれが、人々の狂気を駆り立てていくさまは、読んでいて実に真に迫った。あの興奮を他の人にもぜひ味わってほしい。

早くに決めたのはむろん、外野の声に煩わされたくないという気持ちが強かったからだ。参加すると決めてからの守る会メンバーは予想通りにやかましかった。

探りを入れ、偽情報を流し、大口を叩いてみたり、すっかり匙《さじ》を投げてるふうを装ってみたり。他店でも、文庫の前でうんうん唸《うな》っている姿を垣間見た。顔なじみの書店員に相談を持ちかけるだけならまだしも、スパイに仕立てようと画策する人もいた。いつの間にかみんな、各社の文庫目録を手に入れて熱心にのぞきこんでいる。

智紀はたずねられるまま、自分の一冊が『幻の特装本』だと答えた。秋沢は分厚い翻訳物は不利だと柳眉《りゅうび》を逆立てたが、これも右から左に聞き流した。たぶん、いくら考えてもきりがない。お客さんの反応はいつだって予測不能だ。蓋《ふた》を開けてみなくてはわからない。ならばいっそ、愛あるのみ。読んでほしい本を素直に選んだ。

最初に賛同してくれたのは岩淵だった。

「そうだな、おれたち営業マンが売り上げだのなんだの抜きに、自分の一存で推せる本だ。どんな結果でも悔いが残らないためには、どうしてもこれだけは譲れないという魂の熱さ、華やかなイベントに並べてやったぞという誇りが、必要なのかもしれない」

多少、大げさという気もしたが、ぎょろりとした眼光で上目遣《づか》いに見られると、智紀は「はい」と少年のような声を出さずにいられなかった。繁華街で私服警察官に呼び止められた高校生の気分とはこんなものだろうか。

「岩さんなら、さぞかしすばらしい本を選ぶでしょうね」

「当たり前だ。おれは愛にあふれた男だよ、井辻くん」

豪快に背中を叩き、岩淵は意気揚々と書店の棚の間に引き揚げていった。

「天城越え」の汗だく細川は、「あー」とか「うー」とか、いつも以上に身もだえている。大きなバスタオルをしぼる図を想像するのだが、見るたびに膨張しているような気がするのはなぜだろう。どこかでやけ食いでもしているのだろうか。

「やっぱり愛か。でもそれはそれで大問題なんだよ。ぼくは書店員さんの中にも敬愛を注いでいる人がいるけれど、作家さんの中にもマドンナがいる。自社本の場合はもちろん販促にリキが入るよ。深い愛をこれでもか、というくらいめいっぱい盛り込んでいる。けど他社本だと手が出せないからね。ずっと指をくわえて見てるだけだった。ぼくに語らせろと何度思ったことか。こんな帯は手ぬるい、ちがーう、ポップもなってない、愛が足りない、うちによこせ――ってね」

「もしかして、一冊にしぼるのがむずかしいんですね」

「井辻くん、わかっているじゃないか。マドンナ作家さんの出しているたくさんの本の中から一冊……。ああ、あまりにも過酷だ」

体をよじるポーズをしてみせても、膨らみすぎたツイストドーナツのようだ。極力近づくまいと智紀はあらためて心に誓った。

スキンヘッドという個性的な容姿に加えて、マインドはイラストレーターという海道はどれにしていいか他店の書店員さんに相談して、紹介してもらった本を読みふけっていた。となれば、静かになるのがふつうだけれど、そもそも心を揺さぶる本を教えてもらっているのでテンションが高いまま日々を送っている。はた迷惑もいいところだ。

智紀は無理やり本を押しつけられ、その感想が彼の基準値より淡泊だったらしく、大声で人でなし呼ばわりされた。行きつけのハンバーガーショップでお気に入りのランチセットを食べている、すごいタイミングだった。店員さんたちが一斉に強《こわ》ばり、智紀がトレイを片付けに行ったときも不審者を見るような目つきになっていた。貴重な昼飯の場所を失ってしまったかも。

フェアが始まったらどういう騒ぎになるのだろうと暗澹《あんたん》たる思いにかられていると、ふだんはもうひとり、この騒々しさに加わるべき先輩がふつうの人になっていた。

「ひつじくんはジョン・ダニングか。いいね。あれは面白い本だった。健闘を祈るよ」

「井辻ですけれど。真柴さん、どこか具合でも悪いんですか？」

いつものように営業先の書店で鉢合わせし、担当者の手が空くのを待ってる間、どちらからともなく話はポップコンテストの話になっていた。

「いたって健康だよ。風邪も引いてないし、腹も下していない」

「でもその、やけにあっさりしているので」

「ひつじくん、ひとつ言っておこう。あのね、本はロマンだよ。ぼくは本と共に心の旅に出る。申し訳ないけど、追わないでほしいな」

力いっぱい「誰が！」と叫びたかったが、智紀はすんでのところで言葉をのみこんだ。本といっしょにどこかへ行ってくれるなら大助かりだ。ついでにカラオケも本といっしょに歌ってほしい。

触らぬ神に祟りなしと思ったが、とろんとした目で書店フロアを眺める真柴の横顔は、それはそれで怪しい。引っかかりを覚えたずねてみた。

「真柴さんはポプコンに推す本、もう決めたんですか」

「うん。加納朋子さんの『ななつのこ』にするよ」

あっさり言われ、思わずむせそうになった。誰もが手の内を隠したがり教えてくれなかったのだ。

「『ななつのこ』？」

「池内さんの許可は取ったよ。あの本は今でも人気が高いけど、初版からかなり時間が経っているからね。売り上げはだんだん渋くなる。あらためてプッシュしてくれるなら、加納さんの他の本にも結びつけられるだろうから嬉しいってさ」

今回のフェアは埋もれがちな本を取り上げよう、という趣旨があるため、ほっといても売れるものや人気作家の著書にはペナルティがつくと説明されていた。どういう基準なのか、すぐに質問が飛んだが、参加者はもともと顔なじみの営業たちだ。堅苦しい線引きは設けられず、担当の池内さんに一任されることになった。

「あれはいい本ですよね。未読の人がいたらぜったいオススメです」

「だよね」

「でも……真柴さんが推す一冊となるとちょっとびっくりというか。もっと意外性のある、濃くて破天荒な本をぶつけてくると思ってました」

智紀がそう言うと、真柴は遠くを見つめていた目を戻し、眉を寄せて首を傾げた。

「自分でも不思議な気分なんだよね。この企画を聞いたとき、ものすごく肩に力が入って、どの本を選ぼうか興奮のあまり笑いが止まらなかったんだよ」

よかった。その日、近くにいなくて。

「けど二、三日後、ふと『ななつのこ』が頭に浮かんでさ。離れなくなった」

「特別な思い入れでもあるんですか？」

真柴は「ああ……」と言いかけ、ハッとしたように智紀の顔を見た。そしてにわかに咳払いなどして、そわそわと体を動かした。もう一度在庫を確認してくると、わざとらしく言い捨てその場をあとにした。

なんだろう。やっぱり怪しい。気になったけれど、追いかけて問い質すほどの熱意は持てず、智紀は『ななつのこ』と『幻の特装本』が並ぶ平台に思いをはせた。

どう転んでも、目がちかちかするほどバラエティ豊かなイベントになりそうだ。

その読みはとても正しく、文庫を手がけている出版社、合計十社が参加に名乗りを上げ、イベントは華々しく開催に漕ぎ着けた。大型チェーン店のいち支店が独自に立てた企画だが上層部も評価してくれたらしく、サイトにかなり大きく掲載される運びとなった。

その名もずばり「輝け！　ポップスターコンテスト」。予算が下りたのか看板はかなり立派なものに仕上がった。ロゴは見やすくスタイリッシュに黒。まわりをきらきらと金銀の星に縁取られている。黒とピンクの音符もあしらわれ、これはかつての「ポプコン」を懐かしむ店長たっての願いだそうで、特別に取り入れられたお飾りだ。

添えてある謳《うた》い文句は「各社営業マンがライバル社の文庫を推薦」「口惜しいけれど、この本はいい！」「会社を超えたラブコール」など、すっかりお祭り状態になっていた。問題のポップにはご丁寧に出版社名と営業マンのイニシャルが入り、コンセプトを明確に打ち出す。

フェア台は文庫フロアの正面入り口にどんと据えられ、現場担当の池内さんにアシスタントの学生バイトがつき、開始までに揃った推薦本が手際よく並べられていった。

『忘れ雪』新堂冬樹
〈ロマンチックな導入部と、息もつかせぬ後半の展開。ただの純愛物語ではありません。力強く儚《はかな》い。この著者ならではのぜいたくな一冊。ともかく表紙のワンコをお連れください〉

『青葉繁れる』井上ひさし
〈このところ伊坂幸太郎さんの御著書でブレイク中の仙台。でも、ここにもう一冊、すばらしい青春小説があります。仙台出身の私は、これを推さずにいられない！〉

『カレーライフ』竹内真
〈どこを取ってもカレー、カレー、カレー!! 寝不足のときに読むと危険。お腹がすいているときに読むとなお危険〉

『ライオンハート』恩田陸
〈ほんの一瞬だったり、いっしょにいすぎて気づかなかったり。でも……何度も、何度も、時空を超えめぐり合う二人の深い愛情に、思わず共感しホロりときました！〉

『柳生非情剣』隆慶一郎
〈剣に生きる一族・柳生の傑作揃いの短編集。男たちの濃密な時代小説をご堪能あれ〉

『母』三浦綾子
〈この本には、忘れてはいけない日本の母がいます。読んで感動した人すべての、きっと〝母〟です。自分はそう思います。だからときどき呼びかける。がんばっていい営業になるよ。すばらしい本を売るよ。見ててね〉

『旅のラゴス』筒井康隆
〈この企画にあたり、いろんな人からオススメの本を聞いた。読んだ。感動した。ありがとう×2。でもポップに書くのは、最初から決まっていた気がする。そう、これ。ラゴスに行き着くための旅をした〉

『サンタクロースのせいにしよう』若竹七海
〈よその棚にならんでいるのを、未練たっぷりに眺めてきました。若竹さんの他社本はすべて。中でも、これが一番ツライ。このままつれてかえりたい。サンタクロースのせいにして〉

『ななつのこ』加納朋子
〈作者に宛てたファンレター、そこにちょこっと書き添えた身近な不思議。すると、返事が返ってきます。あざやかな解決のヒントと共に。誰もが夢見るとびきりのシチュエーションをこの一冊で！〉

『幻の特装本』ジョン・ダニング
〈あるはずのない特別の装丁本を求め、うずまく熱気、狂乱。そして悲劇。高校生のときに読み、本に関わる仕事をしようと心に決めた〉

智紀が真っ先に唸ったのは岩淵の『母』で、本人が言ったとおり魂を感じさせるポップだった。文字の無骨さに味があり、添えてあるイラストのマフラーや手袋は、もしかしてお母さんの手編みを意味しているのだろうか。イメージは囲炉裏端？　やけにかわいらしく上手なのでたずねると女子社員に描いてもらったという。どんな顔をして頼んだのだろう。
海道は『旅のラゴス』、選択としてこれが一番の本命馬になるのではと、書店員さんの間でも盛り上がったらしい。ポップの言葉も話の雰囲気を達者に表している。さすが夏の文庫戦争で鍛えられている版元の営業だ。
けれど謳い文句は決まっているのに、イラストがおかしい。智紀が「なぜネズミ」と訝《いぶか》しんだところ、表紙絵の馬をあしらったとのこと。ネズミに見える馬とは……。

細川は『サンタクロースのせいにしよう』で、実に彼らしい文面だ。侮《あなど》れないのは海道とは逆の意味でイラスト。サンタクロースがこっそり本を持って逃走するコミカルな絵がついていた。聞けば自分で描いたとのこと。意外な才能を知った。

一番最初に手の内を見せてくれた真柴の『ななつのこ』は順当な出来映えだった。手堅い仕事だ。そして智紀はまたちょっと不思議に思った。よくできているけれど、いつもの彼らしさが感じられなかったのだ。優等生で、ひどく、まとも。

物足りなさを覚えてしまうのは、ふだんの真柴にすっかり毒されているからだろうか。


本はサイズとして小振りの文庫ばかりということで、各二冊ずつ並べられることになった。一番奥の一列目に、五人の選んだ他社本の五タイトル。二冊ずつ並べられて計十冊。後ろに手作りポップが立てられる。

手前の二列目に、同じ人の選んだ自社本が五タイトル、各二冊でやはり横に十冊。ポップはつかない。

三列目、四列目が同じ要領で、三列目に他社本の五タイトル。一番手前の四列目に自社本、五タイトルがきっちり揃った。

参加者は文庫を手がけている十社、十人。選んだ本は他社と自社、それぞれ十作ずつで二十タイトル。それが二冊ずつ。計四十冊が平台にずらりと並べられた。

ひとつの出版社が企画するフェアならば共通の帯が巻かれるので、見た目の統一感がはかれるが、今回はそれがないため雑多な印象を拭えない。同じ本を二冊ずつ並べたのが、せめてもの見やすさにつながっているだろうか。

結果発表を兼ねた打ち上げ会をやることに決まり、開始時に一同が集まることはなかった。智紀も初日に顔を出したが、他に訪問スケジュールがあったので、フロアマネージャーや担当者に会釈だけしてイベント台をざっと眺めるにとどめた。

そして三日目、時間を作って文庫フロアに足を運ぶと、着いてすぐお客さんの固まりが目に飛びこんできた。看板の飾られたイベント台を囲み、若い人からお年寄りまで雑多な人だかりができていた。丹念にポップをのぞきこむため、人の波がなかなか引けないのだ。

智紀はしばらくそばに寄れず、離れたところから様子を見守った。手を差し出して買うそぶりを見せる人がいると、ドキドキしてしまう。ポップを書いたのは初めてではないのに、なんだか勝手がちがう。

自分の書いたものが優れたポップだとは、智紀も思っていなかった。もしも会議に乗せたらぜったい通らない失敗作だろう。本の内容をほとんど表していない上に独りよがりで不親切。わかっていても、あれ以上の書き方ができなかった。

自分を衝き動かした本の魅力を、スマートな言葉で飾りたくなかった。とても個人的な思いで、だから懺悔《ざんげ》のようにもう一行足した。少しだけ計算も入れたのだ。けれどその計算にしても本を読んでほしい一念であって、そうなると小狡《こずる》さも本望だった。

もしかしたらみんな、今回の企画では大なり小なりふだんと要領がちがうのかもしれない。いつもだったらこうは書かないだろうという匂いがする。

人だかりがいくらか引けたところで、智紀は本の減り具合という途中経過を気にして、おっかなびっくり歩み寄った。けれどすぐには自分の本がみつけ出せず、初日の位置とまったくちがう場所に積んであるのに驚いた。注意してまわりを見渡せば、記憶の限り、位置が変わったのは自分だけではなさそうだ。

智紀の本は後列、左から二番目だったが、前列に移動されている。どうしてだろう。まだまだ社会人としても営業としても新人の部類なので、前から後ろへの入れ替えならばそんなものなのかなと、どこかで納得する。けれどその逆だ。『幻の特装本』は唯一の翻訳本で、秋沢が難色を示したようにかなり分厚い。今回のフェアの花形にはほど遠いのに。

いい場所にしてもらって首を傾げるというのも妙だが、智紀は担当の池内さんに挨拶したさい、さりげなく訊いてみた。すると、「ああ、あれね」くらいの反応だった。

「バイトの子――駒沢《こまざわ》さんがフェア台の上を雑巾がけしてくれて、そのとき一度、全部外したから。戻すときに多少ずれたのかもしれないわね。今回、各社の営業さんが個性を発揮して選んだだけあって、ラインナップがみごとにばらばらでしょ。いっそ、おもちゃ箱をひっくり返したようなごちゃまぜ感がいいのかなと思ったの。で、並べるのを手伝ってくれた駒沢さんなら、そのあたりを心得ているから、適当で大丈夫と言ってしまったんだけど。まずかったかしら」

「いいえ、そういうことなら、ぜんぜん。ぼくも、誰かに訊かれたら話しておきますよ」

「助かるわ。よろしくね。評判は上々なのよ。売れ行きのカウントについてはポスデータで追いかけるし。減っているのを見かけたら、まわりの引き出しからどんどん補充をしておいて」

了解とばかりにしっかりうなずいて、本来の仕事をしたのち再びフェア台に戻った。やかましいあの四人は幸いおらず、他の、良識的な営業さんが来ていた。軽く雑談を交わし、手分けして減っている分を補充した。中に一ヶ所、正確にいえば二ヶ所、置き場所をまちがえている本があった。

真柴の選んだ佐伯書店《さえきしょてん》の本『月光バイパス』と、細川の自社本のそれが入れ替わっていたのだ。池内さんに確認するまでもないと思い、智紀は良識的な営業さんと共に手早く正しい位置に戻した。そのとき、『月光バイパス』の間に『ななつのこ』が一冊挟まっていたけれど、それもまたちょっとした手違いくらいにしか考えなかった。

「それってもしかして、一冊は『月光バイパス』ですか?」

「うん。真柴んとこの本で、たしかそういうタイトルだったね。それと横山《よこやま》さんのところの本が入れ替わってた」

「なんか、妙ですね。一昨日も海《うみ》さんから聞いたばかりです。明林の本と佐伯の本が逆になっていたって」

智紀が眉をひそめると、細川はその反応に驚いたように目を瞬《しばたた》いた。

「妙？」

「今のところ明林の本は前列の左から二番目なんです。真柴さんの佐伯は後列の右端。おかしいと思いませんか？　きちんと並んでいる本が二冊だけ入れ替わるなんて。しかも離れていて、タイトルもぜんぜんちがいます。うちは『眠れる湖水』ですよ。自社本も二冊ずつペアで並べているので、ふつうはまちがえないと思います。ぼくが知る限り、今の細川さんの話で三回目ですし。相手はまちまちだけど、どれにも真柴さんの本が絡んでる」

「ふーん」

「最初にぼくが気づいたときは、細川さんのところの本と入れ替わってました」

他人事のように聞いていた細川の顔つきが、いくらか引き締まった。たっぷり蒸気を含んだ肉まんを思わせる容貌なので、少し冷めたくらいの変化だ。

「ぼくのところが最初で、次が井辻くん。そして今日は横山さんとこか。つまり、あいつの本が平台の上をちょこちょこ動きまわってるんだ」

「まあ、そんな感じですね」

言い方がユニークで智紀はつい笑ってしまった。まさにモグラ叩きのモグラのようだ。

営業先の書店で顔を合わせた細川は、ちょうどポップフェアの店から移動してきたところで、話のついでとばかりに平台で見かけたささいな異変を口にした。

誰もがよくある単純な手違いだと思うし、じっさい困るようなことは起きていない。文庫の四十点は整然と用意されたスペースに収まっている。

けれど続けて三回ともなると、やはりふつうでない気がする。

「上の一冊だけなら、お客さんが戻しまちがえることもあるだろうけど。積んである一列ぜんぶそっくりというのは、わざわざ誰かが動かしたということですよね」

「真柴のいたずら?」

「でもないみたいですよ。ここ数日は出張でしたから」

昨夜電話で話をしたところ、なかなかわかってもらえず手間取ってしまった。

「そういえば、『月光』の間には『ななつのこ』が一冊交じってたよ。あれはたまたまなのかな」

「一冊?」

「うん。バイトの子に伝えたらすぐに移動させようとしたから、ぼくも手伝ったんだ。そしたら……」

細川がむっちりした指をかまえ、本を摑む仕草をした。

「ちょうどがばっと摑んだところに『ななつのこ』があったんだ。下から四番目か五番目の位置だね」

「ぼくが移動させようとした『月光』にも挟まってました」

偶然だろうか。いや、そんなもの、偶然としか考えられないけれど。珍しい試みとはいえ、どこでも入手可能な文庫が並ぶだけのイベントなのだ。

細川の話を聞いて二日後、再びくだんの店を訪れるとひとあし先に真柴が来ていた。大手出版社の新刊がどっと入荷してきた日と重なってしまい、来店客も多く、池内さんはいつも以上に忙しく走りまわっていた。

フェア台は気になったが女子高生の一群が取り囲んでいたので、智紀は棚へと移動した。在庫チェックをすませるべく注文伝票を抱えていると、真柴が話しかけてきた。

「さっき聞いたけど、『母』がいい線、行ってるらしいよ」

「そうですか」

「『青葉繁れる』も健闘しているらしい」

「どちらも未読なんです。読むべきですね」

岩淵の魂込めた一冊に反響があるのは、智紀にとってても思いのほか嬉しい報告だった。

「でもってまた、動いてた」

「何が？」

「ぼくのところの本だよ。『月光バイパス』が『忘れ雪』の前に遠征してた」

智紀の脳裏に表紙の犬の絵が蘇った。『忘れ雪』は良識的な営業さんの選んだ本で、どの位置かまでは覚えていなかったが、これで都合四度目になる。真柴も初めて現場を見て、やっと本格的に訝しむ気持ちになったらしい。

「おかしいですよね。真柴さんの本だけが転々と場所を替えるなんて」

「うん。さっきからずっとそれについて考えてた」

「だから少しだけ静かだったんですね。何かわかりました？」

「まあね。いくらかは」

それは頼もしい。いつになく真面目な顔つきをした真柴が、さりげなくまわりを窺ってから智紀に耳打ちした。

「一種のサインだと思うんだ」

「サイン？」

「ぼくに何か伝えたいことがある。ストレートに言わず、遠回しにああいう形で匂わせている」

「そりゃまたやけに遠回しすぎるような」

正直に意見を述べたがあっさり無視された。

「ひつじくん、それで、なんだけどね。ぼくなりに男としての勘を働かせてみたよ。誰にも言っちゃだめだよ」

「はあ……まあ、井辻ですけど」

「この店にはね、ぼくに、気のある人がいるんだな」

なんとなくもたげていたいやな予感が、ずばりジャストミートした。得意そうに言うだけでない。真柴の視線がつっと動き、文庫の棚をひとつ越えふたつ越え、中央通路のはじっこでにこやかにお客さんに応対している池内さんのところで止まり、智紀は耐えきれずに声を荒らげた。

「やめてください。なに言ってるんですか。池内さんには付き合ってる人がいますよ。そんなの真柴さんだって知ってるじゃないですか」

「男女の仲って急に始まったり終わったりするんだよね」

「続いてますよ。ついこの前も、彼の誕生日にカードケースを買ってあげたいそうで、最近人気の男性向きブランドについて訊かれたばかりです」

あの本の移動を、真柴は自分の気を引くために池内さんがやっていると決めつけている。なんという自分勝手な思いこみ。

「それってひつじくん、ぼくへの誕生日プレゼントだよ」

「真柴さんは夏生まれでしょ！　なんで今、誕生日があるんですか」

「何かの誤解だね。かまわない。誕生日くらい、いくらでもずらそう」

ちっともよくない。あきれすぎてうまく頭が回らない。舌も強ばる。話すのも馬鹿らしくなり、智紀は背中を向けて欠本チェックに入った。ある意味、真柴らしい発想ではある。書店員さんとのラブロマンスばかり夢見ているのだから。

でも今回のあれは……。

「そういえば真柴さん、動いていた『月光』の間に、『ななつのこ』が挟まっていませんでしたか？」

「あれ？　なんでそんなの知ってるの？　下から三冊目に紛れ込んでいたけれど」

「やっぱり」

細川の話を聞いたあと、海道にも訊いてみた。すると海道が直した『月光』の列の間にも『ななつのこ』があったという。妙なところで鋭敏な彼は、下から四冊目だったと正確な位置まで教えてくれた。

真柴に何か、というのはさておき、佐伯書店の本だけに移動は集中して起きている。間に挟まっている本というのも、毎回毎回でやけに律儀だ。

なぜだろう。どんな理由があるのだろう。くり返すからには何か意図があるはずだ。

その日の夕方、書店まわりを終えて会社に戻ると、吉野《よしの》にばったり出くわした。これから作家さんと打ち合わせだそうだ。珍しく営業はいいなと言われた。面白い企画をやってるそうじゃないかと。

「秋沢さんには一等賞を取れとはっぱをかけられて、楽しいだけじゃないですよ」

「翌月一ヶ月、平台をまるまる使わせてもらうのがご褒美だってね。編集としてもがんばってほしいな。ああでもこの話、作家さんからも聞いているんだよ。他社の営業マンが選んでくれるってのは、作家さんにとってもすごく嬉しいらしい。ぼくも営業の頃にやってみたかったよ」

作家さんもと言われると、智紀の心は現金なものでちょっと上向いた。もっとも智紀の選んだのは日本人ではないけれど。

鞄の中からチラシを取り出し吉野に見せると、たちまち目を輝かせた。フェアをやっている書店の手作りだ。吉野はこういうものがことのほか好きで、もしも書店員になっていても創意工夫で生き生きと仕事をこなしただろう。

「あれ？　真柴って『ななつのこ』なの？」

「はい。何か？」

「いや。ちょっと意外で」

「ですよね。誰も知らないような、うんと捻《ひね》りのきいた本をぶつけてくるかと思ってました」

吉野は「ふーん」と長く息をつき、「ポップはどんなのだろう」とつぶやいた。智紀が携帯で撮った写真を見せると、顔つきがまた変わる。驚いたらしい。

「また……これ？」

今度は智紀が驚く。

「またって、どういう意味ですか？」

吉野はそれに答えず、ひどく真剣な面持ちで考えこんだあげく、おかしいな、なんでだろう、そんなはずないと、くり返した。

「吉野さん、さっきからひとりでなんですか」

「ああ、ごめん。なんでもない。ちょっとしたひとりごとだ」

食いさがる智紀をかわすように、待ち合わせの時間だからと吉野は表に出てしまった。

わけがわからない。フェアは好スタートを切り、今も大勢の来店客で賑わっている。売れ行きも上々らしく、フロアマネージャーも担当者もご機嫌だ。足を運ぶときは営業の気持ちも明るく弾み、仕事がはかどる。文庫以外のフロアで、ポップを見たよと声をかけられるとちょっと誇らしい。ポップに対する意識も変わりそうだ。

　その一方、なぜどうしてという思いが日増しに膨らんでいく。

吉野の態度を含め、妙なことが多すぎて。

それからしばらく『月光バイパス』の移動は止まっていたが、翌週の後半、再び見当違いのところに出没した。岩淵の会社の本と入れ替わっていたのだ。後列の右端から、前列の左端という大胆な動きだった。

最初にみつけたのは当の岩淵で、驚くというよりやけに興奮していた。池内さんを始め、フロアの書店員さんや良心的営業さんたちは「あら、そう」「どうしたんだろうね」くらいの反応だったが、守る会の主力メンバーは想像力が逞しい。

たちまち各人、怪しい説を打ち立てた。

・『月光バイパス』は謎の女性がキーになった話なので、それをなぞって妙齢の女性からメッセージが送りつけられている。相手は真柴ではなく、最初に入れ替えられた細川に。

・これは脅しだ。『月光バイパス』の単行本が出たさいトラブルが起きていて、その恨みつらみをこれから晴らそうと、予告している。標的は入れ替えられた出版社そのものか、そこの人間。

・〝月光〟というからには夜が問題で、閉店間際の店内で逢引の約束が交わされている。どこで何時頃ならばOKというサイン。

・佐伯書店の本だけ動かし、佐伯書店の営業が話しかけてくるのを待っている。

まず、最初の説は細川で、真柴と似たり寄ったりの願望的妄想だろう。

二番目は自分のところの本が動かされていない海道の説で、真柴に言わせれば『月光バイパス』は単行本の発売時から特に問題はなく、作家本人も方々の出版社から出している売れっ子だ。これだけがトラブルというのは考えにくい。

そもそも恨みだの脅しだの、過激な言葉の割にやっていることは地味でささやか。非常にアンバランス。

三つ目の説は岩淵で、「逢引〜」とみんなが吹き出したので、激昂《げっこう》した彼の鉄拳が順番に飛んできた。けれどどう考えても今どきは、連絡を取りたいなら携帯電話だろう。秘密めいたやりとりならなおのこと、本の配置換えなど人目につく方法をとるのは不自然だ。口々にそう言い、岩淵に「情緒がない」とさらに叱られた。

四つ目の真柴の説も即刻却下され、智紀もやっと大きな声で「ありえない」と叫ぶことができた。もっとも真柴は聞く耳持たずで、他に何があると顎《あご》をしゃくった。

このさい池内さん、並びに他の女子店員の名誉のためにも、真柴の気を引くためなどという厚かましい説を粉砕してやりたい。

智紀は「マドンナの笑顔を守る会」のメンバーと居酒屋に集まり、いつになく熱心にノートを開いた。今までの移動の順番と、間に挟まっていた『ななつのこ』の位置を書きこんでいく。各人の推理というか妄想の中でも、誰ひとりこの、紛れこんでいる本については言及していないが、智紀はずっと気になっていた。

生中《なまちゅう》二杯ですっかりいい気分になった真柴が、智紀のノートをのぞきこんで言った。

「『ななつのこ』といえばさ、昨日、あのポップの裏におかしな落書きがあったよ」

「どんな？」

「丸で囲んだ『な』の文字があって、その横に『ななつのこ』と書いてあった」

「『な、ななつのこ』ですか」

生春巻きを頬ばりながら真柴がうなずく。

「この前は気づかなかったから、最近書かれたものだと思うよ。いったいなんだろうね」

それはもしかして、文庫を動かしている人間からのメッセージではないか。だとしたら敵はわざとやっている。ちゃんと意味があって、ある種の計画性を持って本の入れ替えを行っている。そして読み解かれることを望んでいるにちがいない。

「真柴さん、ぼく、この謎を解きますよ。本移動の謎。相手はそのためのヒントを出してきたんです。受けて立たない手はないじゃないですか」

「ヒント？」

「ポップの裏に書かれてあった文字です。ぼくはそう思います」

せっかく智紀が意気込んでいるのに、真柴はありがたがりもせず、むしろ心配そうに言った。

「あれをやったのが池内さんなら引き続きウェルカムだけど、たとえ池内さんでなくとも、ちがうフロアの人でもかまわない。ぼくは書店員さんに寛大な男だよ。ひつじくん、考えてくれるのはありがたいけど、ぼくに好意を持っている人に、くれぐれも失礼のないようにね」

その発想こそがよっぽど失礼だ。おめでたい頭にパンチをお見舞いしたかったが、めんどうくさいのでやめた。真柴についてはついこの前、吉野が不可解な物言いをしたばかりだ。本人に訊いてみたい気もしたが、これもおっくうになって智紀は自分のビールジョッキを持ち上げた。

それについては思うことがひとつだけあったのだ。喉《のど》に流し込んだビールはよく冷えて、酔うどころか頭がすっきり冴え渡る。「な、ななつのこ」、ノートに書きこんだ自分の文字を見ているうちに、なぜかふわふわと心が浮き立ってきた。

ジオラマの部品探しに、初めての店に足を踏み入れたときのような気分だ。何かありそう。面白いものがみつけられそう。へんなものでも買ってしまいそう。今、手がけている作品を思い浮かべて通路を進み、台の上のケースをのぞきこむ。探しているのはあれとこれとそれ。ぴったりの部品が果たしてみつかるだろうか。

細かいパーツをゆっくりかき分ける。

「ひつじくん、笑うならふつうに笑ってほしいな。不気味だよ」

「酔ってるの？　ねえねえ井辻くんの推理、まだ聞いてない。言ってみて」

「キョーハクで決まりだ、キョーハク」

「もしかして、おれの『母』に対する妨害工作じゃねえか。だったらただじゃおかねえぞ」

みんなの声にまわりのテーブルから冷たい視線が注がれ、智紀はあわてて夢想を打ち消し、メニュー表をまん中に広げた。追加オーダーを聞きながら、書店のフロアにくり広げられているかもしれない、謎への興味だけは忘れずにノートの間に挟み込んだ。

現場百遍というのは、刑事の決まり文句だったっけ。

刑事でもないし事件も起きていないけれど、居酒屋での飲み会の数日後、智紀は時間を作ってまたイベント開催中の書店に立ち寄ってみた。今度はできるだけ閉店間際を狙って。

本の移動といっても上の数冊ではなく、一列ごっそりというのは簡単な作業ではない。度重なれば人目にもつきやすい。けれど今のところ、動かしている最中の目撃情報は智紀の耳に入っていない。

あるとき突然誰かがみつける。誰かといっても、このイベントに参加している営業マンばかりだ。ポップがついている他社推薦本ならば注目度も高いが、自社本の方はどうしてもこの平台において存在感が薄い。様子を見に来た参加者だけが気づくくらいの、ちょっとした異変なのだ。

けれどいざそれをやろうとすると、たぶん容易ではない。フロアの一番目立つところで、人通りも多い。足を止めて眺めている人も相変わらず少なくない。誰の目にも留まらず二列を交換するのは時間だってそこそこかかるはずだ。さして分厚くない『月光バイパス』は常時、十二、三冊は積んである。

動かしている犯人の候補として、考えられるのは誰だろう。たとえばお客さん。書店員。営業。取次。フロアにいるのはこれくらい。でなければ夜、閉店後に巡回する警備員。

いつでも堂々と動かせるとしたら、やっぱり書店員と営業だ。お客さんだとすると開店直後、あるいは閉店間際が一番のチャンスになるのかもしれない。

智紀があれこれ考えをめぐらせていると、制服姿の女の子がちらりとこちらを窺った。バイトの駒沢さんだ。法学部の三年生と聞いた。

営業マンの訪問時間はたいてい夕方までなので、その頃から入ってくる学生のバイトとはすれちがいが多くなる。そう言ったところ池内さんがわざわざ紹介してくれたのが彼女だった。よく気のつく子で頼りにしていると。今回のイベントも看板作りからストッカーの補充まで、何かと忙しい池内さんをサポートしている。

智紀はとっておきの営業スマイルを浮かべて歩み寄った。すでに何度かやりとりしている気安さもある。本の移動について心当たりがないか、あらためて訊いてみたところ、駒沢さんは困惑気味にため息をついた。

「すみません。まだ続いているみたいですね」

「駒沢さんがあやまることはないよ。本の置き換えなんて、たぶん、すごくささいなことだから」

「でも……」

「ぼくのはただの好奇心。きっと何かあるんだ、そう思うと気になって夜も寝られない。って、うそだよ。ちゃんと寝てるよ」

現場の人間として責任を感じているのか、恐縮がちだった駒沢さんの表情がやっと明るくなった。いつもはきはきとして、物怖じしないタイプなのだ。

「もしよかったら、いくつか訊いてみたいことがあるんだ。知ってることだけでも教えてくれないかな。あの平台のまわりで不審な動きをしているお客さん、いなかった？」

「さあ」

「列の入れ替えって、ふつうは人目につきやすいよね。でもたとえば……そうだ、何人かのお客さんが来てまわりを囲み、その中のひとりが動かしたとしたらどうだろう。外からわかりにくくならない？」

駒沢さんは目を丸くして、平台ではなく智紀を見た。

「わざと何人もで来て壁を作ってから、ひとりが素早く入れ替えるんだよ」

「井辻さん、想像力ありますね」

「だから、夜はしっかり寝てるけど考えているんだって。ひとつのフェア台の上で、一種類の本だけがたびたび移動している。一度や二度ならまだしも、もう五回？　いや昨日、ついに海道さんのところの本も入れ替わっていたと聞いたから、それを合わせると六回目だよ。でもって毎回、動いた『月光バイパス』の間に一冊だけ『ななつのこ』が挟まっている。これも〝たまたま〟ではないと思うんだ。誰かが何かしらの理由でもって動かしている。動く位置やタイミング、挟まれた本についてもちゃんと意味があるんじゃないかな」

意気込んで言うと、駒沢さんの方が年上のように穏やかに微笑んだ。

「ほんとうに、考えてるんだ」

「そうだよ。笑ってないで協力して。なぞなぞを出された小学生の気持ちになって」

「そんなんでいいんですか」

「いいよ。ぜんぜん。ぼくもほとんどそれだから」

ふたりの間の空気だけはじゅうぶん和み、智紀は駒沢さんと肩を並べて問題の平台に歩み寄った。閉店時間が近いとあってさすがにのんびりポップを眺めている人はいない。決断したようにぱぱっと二冊の文庫を手に取った人がいたので、駒沢さんはすかさず「ありがとうございます」と頭を下げた。智紀もそれにならう。お客さんは照れ笑いのようなものを浮かべ、買っていくよという仕草をしてレジへと向かった。

「さっきの話ですけど。佐伯書店の本が動いているのに、明林書房の人が一生懸命なんですね」

「真柴さんはよけいなことばかり考えているから、あてにならないんだ。今回、らしくもなく『なつのこ』を選んだことからして、いつも以上に回線がずれてる気がする。ああ、本そのものはいいんだけれど。駒沢さん、読んだことある?」

奥から一列目右はじの文庫に目をやって、にこっとうなずく。

「高校生のとき、それこそ書店員さんにすすめられたんです。とってもいい本でした」

「ぼくも高校のときに読んだ。学校の図書室の本だったけど」

「私、駒沢って名前じゃないですか。この主人公が駒子。だから『こまちゃん』って呼ばれたりして。なつかしいです」

こまちゃんか。かわいいな。と、ここで真柴ならぜったい言うだろうが、智紀はほんのちょっと呼びかける自分を想像しただけで顔が赤くなりかけ、あわてて話を戻した。

「ここにわざと人垣を作るっていう案、それでどうかな」

「やっぱりないと思いますよ。一度や二度ならともかく、もう六回でしょ。そうなったらさすがに目立ちます」

「うん。毎回同じ集団とも限らない。お互いそれで何かの合図を出し合っているとか」

「不審な行動を取るグループは、ちがう意味でみんな注意し合います。誰かが気づくと思うんですよね」

駒沢さんが言ってるのは万引きだ。たしかに智紀の口にした方法は万引きの常套《じょうとう》手段だ。

「他に何かあるかな。お客さんでないとすると、店員さんや警備員さん、営業くらいしか考えられないけど」

「そうですね。私は妙な動きをしている人って、見てませんよ。営業の人はよくわからないけど。あと警備の人も」

「駒沢さんが見ていないなら、店員さんでないのかな」

智紀は腕を組んで唸った。

「ありがとう。それも貴重な情報だよ。つまり、ふつうの人が気づかないようなやり方で、誰かが動かしているわけじゃない。もっと別の何か。なんだろう。どんどんむずかしくなるな。もっとちがう方向から考えるべきだな」

自分に言い聞かせるようにして、今度は『ななつのこ』のポップに手を伸ばした。慎重にホルダーから外し、ひっくり返した。真柴が言ったように、丸で囲んだ平仮名の「な」と、『ななつのこ』の文字が手書きで記されていた。でも筆跡がどうのこうのと野暮なことを言い出すつもりはなかった。

「これ、ヒントだと思うんだ。なぞなぞを解くために出題者から出されたヒント」

駒沢さんものぞきこむ。そして大きく首をひねる。

「たったこれだけで、何かわかります?」

「どうかな。この丸で囲んだ『な』は、『ななつのこ』の頭の一文字だよね。この作者さんは加納朋子さんだから、パターンを踏むと『か』『かのうともこ』となる。でもって『月光パイパス』は『げ』『げっこうばいぱす』。作者は『か』『かげひらきま』。『か』と『か』は同じ。初めて共通点が見えてくる。ただそれなら『か』『かのうともこ』とだけ、書いたような気もするんだ。ヒントは解くために与えられた材料だもんね。これがヒントだとすれば」

「ヒントと考えましょうよ。その方が楽しそう」

これは嬉しい言葉だ。駒沢さんの表情が生き生きしてきた気がしないでもない。

「タイトルの方だけに注目するなら、となりは『た』『たびのらごす』だ。そのとなりは『さ』『さんたくろーすのせいにしよう』、そのまたとなりは『か』『かれーらいふ』、そしてはじっこの『あ』『あおばしげれる』」

「はい。そうなりますね」

智紀は自分のノートを取り出して書きつけた。『ななつのこ』から順番に左へとたどり、ノートには一行ずつずらして縦に並べていく。

「丸で囲んだ字は、な、た、さ、か、あ」

　駒沢さんは確認するように、平台の左から右へと指を動かした。すると頭文字は「あ、か、さ、た、な」

「待って。『なたさかあ』だとぜんぜん意味がわからないけど、『あかさたな』は知ってるよ。あいうえお順だ」

「あ、ほんとう」

「ということは……もしかして」

　あわててひとつ手前の列をたどってみる。こちらは参加者が自社本の中から選んだラインナップだ。でも、みごとにバラバラ。そのまたひとつ手前は他社本の列で、「は」『はは』、「ま」『まぼろしのとくそうぼん』、「や」『やぎゅうひじょうけん』、「ら」『らいおんはーと』、「わ」『わすれゆき』。

「すごい。これは『はまやらわ』で並んでいる」

　智紀は大きく息を吸い込んで、そして吐き出した。

　偶然だ。どう考えても偶然以外の何ものでもない。なんといっても自分の本が組み込まれている。『幻の特装本』は誰かにすすめられたわけじゃない。むしろ会社の人からは何度か変更を迫られた。自分自身、一作目の『死の蔵書』にすべきか、ぎりぎりまで悩んだのだ。たまたまだ。

「井辻さん、どうしよう。なんだか、ぞくぞくしてきますね」

駒沢さんはそう言って自分の腕をさすったが、智紀もノートを持つ手に力を入れた。

「あのさ、この並び順って、初めからこうだった？」

「いいえ。私が一度、動かしてしまったんです。台の上をきれいにしようと思って拭いたときに」

「そうか。そんなことがあったっけ。だったらこれは駒沢さんが？」

「ですね。でも……」

不安そうに彼女は片手を口元にあてがった。

「私がこれを？」

「いや、もしかしたら別の誰かがその機に乗じて、手を入れたのかもしれない。駒沢さんが動かした直後、もう一度並び替えたんだ。池内さんも駒沢さんも、今回のフェアでは順番を気にしていなかった。だとすれば、誰かが故意に替えてしまっても気づかない」

「わあ。井辻さん、すごい」

「この十冊が出てきたのは偶然だとしても、並び順は偶然でないと思う」

ひょっとして頭文字が揃っているのに気づいて、今回の「なぞなぞ」を思いついたのではないか。そう考える方がずっと自然だ。フェア台の上に五十音表を想定した上で、本を移動させている。それによって、何かが読み取れる仕組みにしている。

「あと一歩。もうちょっとで答えが見えてきそうだ。『月光バイパス』の動いた場所と順番はちゃんと押さえてあるんだから」

智紀がそう言って駒沢さんがうなずいたところで、その駒沢さんにお呼びがかかった。書店の営業中なのだから、いつまでも立ち話はしていられない。

何かわかったらきっと知らせると約束して、智紀はレジに走っていく彼女を見送った。

あかさたな、はまやらわ。

もう一度、並んだ本の表紙を眺めて口の中で反芻《はんすう》した。なるほどね、よくできている。でもこれだけではきっとメッセージが作れない。だから『月光バイパス』の間に必ず『ななつのこ』を差し入れた。横と縦、ふたつを組み合わせることにより文字を示しているのでは。

たとえば最初、『月光バイパス』は細川の会社の本と替えられていた。ここで、移動した本よりも、残っている細川の推薦本『サンタクロースのせいにしよう』の方に注目してみる。「あかさたな」に関係しているのは、推薦本の方だから。形としても、『月光バイパス』はすぐ上の『サンタクロースのせいにしよう』にぴたりとくっつく位置に置き換えられた。

つまり矢印の役目を担っているのでは。上を指し示す矢印だ。それも、『サンタクロースのせいにしよう』のサ行。

そう考えれば、次は『幻の特装本』でもって、マ行を指している。三回目の『カレーライフ』はカ行だ。

行がこうして示されたとして、あとはその中の五文字の特定だ。ここでキーになるのが毎回必ず挟まっている『ななつのこ』。

『サンタクロースのせいにしよう』では智紀自身が見ている。『ななつのこ』は下から三番目に挟まっていた。

次の『幻の特装本』は海道がみつけた。『ななつのこ』は下から四番目にあったらしい。

三回目は『カレーライフ』。細川の話からすると、彼の手で摑めるくらいの位置、つまり四冊目か五冊目に『ななつのこ』は挟まっていた。


どれも〝下から〟というのがポイントだと智紀は思う。理由は単純で、〝上〟というのはいつでも流動的だ。お客さんが買えば減り、補充で増える。平台に積んである縦列の場合、一番動きがないのが底辺だ。

それをふまえ、「あいうえお」の「あ」を一番下の文字として、だんだん上へと上がっていく。すると、
サ行の三番目で「す」。

マ行の四番目で「め」。

カ行の……四番目だと「け」、五番目だと「こ」。

まがりなりにも文字が拾えてきた。

この調子で「行」と、『ななつのこ』の「位置」を洗い出していく。

四回目は『忘れ雪』、ワ行。真柴が気づき、『ななつのこ』もばっちり見ている。下から三冊目だったそうだ。

五回目は『母』、ハ行。岩淵がみつけ、もちろん『ななつのこ』の位置もチェックした。下から五冊目。

そして六回目が『旅のラゴス』、タ行。海道の興奮は岩淵に優るとも劣らなかった。『ななつのこ』は下から五番目。


さっきの要領で一文字をはじき出していく。

ワ行の三番目、わ、を、ん、として「ん」。

ハ行の五番目で「ほ」。

タ行の五番目で「と」。


つなげると「すめけんほと」あるいは、「すめこんほと」。これは言葉になっていない。

でももうひとつ、やり方がある。縦列の一番底を「あいうえお」の「お」に固定するのだ。下から五冊目が「あ」になる。

これだと最初のサ行三番目の「す」は変わらず、そのあとがずれてくる。

マ行が「み」。カ行が「か」ないし「き」。ワ行が「わ」。ハ行の「は」。タ行の「た」。

並べてみると、「すみかわはた」「すみきわはた」。

これもまた何が何やらとため息をつきかけて、待てよと、智紀は動かしていたペンを止めた。この中で「すみかわ」だけには心当たりがある。真柴が以前勤めていた書店の名前だ。知ったのはごく最近。わざわざ調べたから。なぜ調べたかといえば、吉野が意味深なことを口にしたからだ。

真柴の用意した『ななつのこ』のポップに「また、これ？」と驚いていた。〝また〟というのは、〝前〟があったということだろう。でも『ななつのこ』は他社の本であり、佐伯書店に勤める真柴が書くわけがない。今回の企画は今までにないものだ。二度目であるはずもなく、考えられるのは佐伯に勤める以前の時期。

そもそも真柴は営業になる前、書店員だったと聞いている。そこからたどって「すみかわ書店」というのにたどりついたのだ。

まちがいない。なぞなぞは真柴の元職場を指している。

そして「はた」は「はた支店」？

智紀がここまでの材料を持って真柴に会えたのは、互いの都合がなかなかつかずに一週間後のことだった。この間にも二回の本移動があった。そして智紀の驚くべき（誰かにそう言ってほしい）名推理を聞き、さすがの真柴も目を瞬いた。

「たしかに真柴さんに向けてのメッセージだと思うんですよ。この『はた』っていうのはもしかして」

「うん。はた支店に勤めていた」

「やっぱり！」

小躍りする智紀と裏腹に、真柴は中途半端に眉を寄せた。

待ち合わせた焼き鳥屋のカウンター席で、とりあえずと頼んだ盛り合わせをばらして摘む。

「あの本の移動が、ひつじくんの言うとおりの言葉を表しているとしてさ。だから、何なんだろう。わからないよ。わかる？」

「ぼくに聞かないでください。あのポップも書店員時代のものですか？」

「うん」

「そもそもなんであれを？」

真柴はなんでかなあと頬杖をついた。

「吉野に何か聞いた？」

「いいえ。ぜんぜん」

少しだけほのめかされたけれど、なかったことにして冷やしトマトをカウンター越しに注文した。

「あれに決めたのはほんとうになんとなくなんだよね。ふと思い出して、頭から離れなくなった。そして、そもそもあれには、ぼくの男としてのよんどころない事情が詰まっている」

「ほう。もしかして、いいなと思った書店員さんの気を引くために作ったとか」

「なんだよ、吉野に聞いてるんじゃないか」

図星か。

「やめてくださいよ。当てずっぽうで言っただけなのに、当たらないでください。今と昔とちっとも変わってないんですね」

少しでもいいから情けないと思ってほしいが、通じるわけもない。

「その言い方、ひつじくんのくせに棘がないか？」

吉野が匂わせた〝真柴の秘密〟とやらもこの調子でいくと、とってもふがいないものにちがいない。ふたりは現在、二十七、八歳。学校を卒業し、片や書店、片や出版社に入り、最初は書店員と営業として付き合いがスタートしたのだ。

「いっとくけど、ちゃんと変わったよ。あの頃は書店員だった。でも今は営業だ」

「まさか『ななつのこ』にまつわる女性店員さんが、営業と付き合っていたとか」

「そうだよ。バイトの頃も羨ましいエピソードを聞かされていて、だめ押しのようなそれ。営業はいいよな。きれいでやさしい書店員さんを、あっという間に横取りしていくんだから」

「ちょっと待ってください。たぶんいろいろちがいますよ。あっという間でもなく、横取りでもないと思います」

真柴はトマトの次にやってきたモツの煮込みに舌鼓を打ち、焼き鳥の追加も注文する。ぶつぶつ言ってる割に元気よく食べる。智紀も負けずに特製つくねを頼んだ。

「それはそうとして、今回のクイズはお手上げだな。前の職場がなんだっていうんだろう。もしかして昔のポップの焼き直しだっていうクレーム？　あれを書いたのはぼく自身だよ。だから盗用ではないし、今さらあそこの人が何か言うとも思えない」

「真柴さんがすみかわ書店で働いていたのは秘密じゃないですよね」

「うん。書店員の頃からの知り合いはけっこういる。ぼくの方もあそこへはふつうに営業として顔を出している。揉《も》めて辞めたわけじゃないからね。今、話に出た元同僚は結婚して遠方に住んでいるんだ。だからなつかしくて、余計にあのポップを書いてみたくなった」

ますますわけがわからない。難解なパズルを組み立て、手間ひまかけて、浮かび上がってきた言葉はむずかしくない。真柴ではないが、「だから何?」なのだ。

「ひつじくん、『はた』のあとにもまだあるんだよね」

「はい。井辻ですけれど、この一週間で二回ありましたよ。カ行の一番下で『こ』、ア行の三番目で『う』」

「すみかわ、はた、こう」

ここからまた言葉が続くのだろうか。「こう」だけでは意味が伝わらない。つまりこれから先が問題?

「すみかわ書店の、はた支店の、こうナントカ、ですか」

智紀がつぶやくと、真柴が焼き鳥の串を振り回しながら言った。

「はた支店なのかな。はたこう、かもよ」

「なんですか、それ」

「はたこうだよ。近くにあった高校の名前。はた女子高校というのがあってね。学校帰りに本屋に寄ってく子が多かった。おかげで女の子向けの雑誌やコミックがよく売れた」

「高校……」

智紀はカウンターの下に押しこんだ鞄からノートを取り出した。大急ぎでページをめくっていく。今までに思いついたことや耳にしたこと見たことを細々と記してきた。もしやと思う。

「ここだ」

「なになに?」

真柴のこれまでを書いた単純な年表が作ってある。学校を出て、書店に勤め、転職して出版社に入ってと、ごく簡単なものだ。でも食い入るようにのぞき込む。もう一度、前のページをめくりいくつかの言葉を拾う。

「こんなの書いたの。いやだな、こそばゆい。で、これがどうしたの?」

どうもこうもない。今回のなぞなぞ、やっと答えまでの道筋が見えた気がした。

「輝け! ポップスターコンテスト」は終盤に入り、マネージャーは途中経過の公表に踏み切った。

とことん煽《あお》ってやろうという意図はみえみえだ。あくまでも売り上げ数を競う仕組みなので、清き一票が店の利益につながる。上位の本がしのぎを削るのもよし、下位の本が巻き返しに出るのもよし。みんながんばってねと上機嫌だった。

もちろん関係者は一喜一憂し、自分のところの推薦本が気になって仕方ない。でももうひとつ、微妙な心理が左右し、ライバルが好成績を収めていてもそれが自社本だと嬉しい。宣伝してくれて「ありがとう」と言いたくなる。たくさん売ってくれて、ほんとうに感謝するよ、と。言われた方はちょっぴり複雑だ。人の仕事をなぜか手伝ってしまったようで、いいんだろうかと首を傾げたくなる。すぐに気を取り直し、トップを取って来月は自社本で埋め尽くそうと誓うのだけど。

その逆で、推薦を受けた自社本が低迷していると歯がゆくなる。選んだからにはもっとがんばれとはっぱをかけたくなる。最下位だったらただじゃおかないぞと、岩淵は凄んでいたが気持ちはわかるというものだ。

智紀の『幻の特装本』は意外なことに若い人から年配層までまんべんなく支持を受け、まん中より少し下。この手応えで、自分としてはじゅうぶんだった。

「駒沢さん」

文芸フロアで頼まれていた著者サイン本を渡してきた帰り、文庫フロアに足を延ばし、智紀は声をかけた。

「あれから、いくつか気づいたことがあるんだ」

ストッカーを開けていた駒沢さんは、しゃがんだ位置から智紀を見上げた。少しだけ目を細める。立ち上がらず、整理を続ける。

「高校の頃の話をしてくれたよね。『ななつのこ』を書店員さんからすすめてもらったと。それはもしかして……。ちがっていたらごめんね。もしかしてすみかわ書店の、はた支店ではなかった？」

本を掴んだ手が止まり、またすぐに動き出す。

「なんですか、いきなり」

「本の移動はお客さんではほとんど不可能だ。となると、関係者以外考えられない。それも、こんなにたびたびでは限られてしまう。この場で本を動かして、誰からも怪しまれない人。それはやっぱりイベントを担当している店員さんだけだ。閉店間際や閉店後なら、なおのこと安心。池内さんは社員なので会議などで不在も多く、遅番のときも店頭整理まではなかなか手がまわらない。頼れるアシスタントがいれば任せきりだ」

智紀はひと呼吸おいて話を続けた。

「この前のやりとり、何度も思い返してみた。駒沢さんは嘘をついてない。平台のまわりでおかしな動きをする店員を、君は見ていないんだ。知っているかとたずねれば、答えはちがったんじゃないかな」

彼女はストッカーのひと箱をきちんと整えたところで立ち上がった。

「ぼくが解いてもよかった？」

ゆっくり息を吸いこみ、吐き出して、彼女は静かに微笑んだ。

「誰かに気づいてもらえたら、きっとそれでいいんです。私……」

「とっても面白かったよ」

顔を見合わせ、どちらからともなく平台に向き直った。

「いたずらの理由もわかるような気がする。真柴さんはへんなところで鈍感だね」

智紀は腕を伸ばし『ななつのこ』を一冊手に取った。主人公から作者に宛てたファンレターから始まる物語。明るく快活な文章のはしばしに、作家に寄せるほのかな憧憬《どうけい》がのぞいていた。読んでいる側の、自分の日常にまでみずみずしい風が吹き込むような作品だった。

真柴が書店に勤めていたのは三、四年前。その頃の高校生は今、二十をいくつか出たくらい。大学三年はぴったりだ。

せっかくすすめたのに、真柴のバカ。忘れるなんて。

それとも少しは覚えていたのだろうか。ひょっとしたら店頭で彼女を見かけ、記憶のどこかが刺激されて、かつての職場にまつわる本を選んだのかもしれない。

「こんなところであのときの店員さんに会えるとは思ってなかった。私のシフトは土日や夜でしょ。しばらく気がつかなかったの。でもあるとき、すごく面白い営業さんがいると聞いて。しかもその人の名前が真柴だったから。驚いた。心の中でもしかしてって思ったんです」

「書店を辞めたあと、出版社に入ったのは知ってたの？」

「店員さんに教えてもらいました。でも会社までは知らなかった。ここで顔を合わせたのは三ヶ月くらい前かな。私はすぐにわかったのに、向こうはぜんぜんでした」

真柴というより彼女のために、智紀はフォローを口にした。

「高校生から女子大生って、女の人が一番変わる時期なんだよ」

「そうですね。かもしれない。私もしょうがないって思いました。まあいいや、そのうち話しかけてみようかなって。でも今度のポプコンで、『ななつのこ』を出してきたでしょ。しかも、あのときとそっくり同じキャッチコピーで。どういうこと？　昔を忘れてるんじゃないの？　すみかわ書店で店員さんをやってた頃のことを、今でも覚えているの？　少しは、なつかしがっているのかな。そう思ってしまったんです」

けれど真柴は、駒沢さんのことを思い出したわけではなかった。彼の心はたちまち見目麗《うるわ》しい元同僚への切ない失恋ストーリーでいっぱいになってしまった。

なんて罪作りな男だろう。いや、お客さんである女子高生さんにちょっかいを出すことからして許せない。心温まるやさしい読み口の本を紹介するなんて、ほとんど犯罪だ。おまけに主人公の名前に女の子の名前をひっかけて「こまちゃん」呼ばわり。

まったくもう、何をやってるんだか。大昔から。

智紀は心の中であれこれ悪態をつきながらも、時計を気にしながらフロアのはじにあるエスカレーターに目をやった。下の文芸コーナーで真柴を見かけたのだ。きっともう少しでここに上がってくる。

「私、期待しちゃったから、よけいにがっかりが大きくて。フェアが始まっても、真柴さんの態度は今までと同じ。それでつい……」

「あのパズルを？」

「ごめんなさい。みんなを惑わせて。おまけに不発だし」

「あやまらなくていいよ。内緒にしててほしいなら、言わないでおくから大丈夫だし。それより、もっとしっかり、徹底的ないじわるを考えてもいいんじゃないかな。ガツンと一発。ぼくならいつでも協力するよ」

駒沢さんは目をくっと見開き、まじまじと智紀の顔を見てからおかしそうに笑った。

「ついこの前も、似たようなことを友だちから言われたばかり」

「友だち？」

「同じ大学の同級生が、イベント初日に見に来てくれたんです。そしてまた一昨日も立ち寄ってくれて、もっと過激にいじめちゃえばって」

智紀は手にしていた文庫を戻し、あらためてフェア台をぐるりと眺めた。横に十冊、縦に四列。合計四十冊が整然と並んでいる。すべてが二冊ずつのペアなので、タイトルとしては二十点。このうちイベントの目玉になっているのが十点だ。

「ひょっとして、その子があれを考えたの？」

「え？　どうして」

「一旦きれいに並べた平台を、ぜんぶ外して雑巾がけするのは不自然だよ。『あかさたな』の件に駒沢さんが気づいていたのなら、最初からそう置くはずだ。なぜイベントがスタートしてから大きく入れ替えたのか。もちろん、あとから気づいたということもあるだろうけど、もうひとつ考えられるのは、別の人が気づいたということ。たとえばふつうに店頭にやってきた知り合いが、十点のラインナップの〝偶然〟をみつけ、今回のパズルまで組み立てた。そういうのもアリかと思った」

メッセージを伝えたいのが第三者で、駒沢さんが誰かに頼まれた、という線も考えられる。けれどそれだと「こまちゃん」が浮いてしまう。

「ちがう？」

「ううん。井辻さん、当たり。ほとんどその通り。今回、真柴さんの選んだ自社本が影平《かげひら》さんの本でしょう？　その子、以前に影平さんからパズルを出されたことがあるんですって。書名の一文字目を使った暗号みたいなパズル。それを思い出しているうちに、推薦本の『あかさたな』に気づいたみたいで」

「影平さんの知り合いなの？」

「うーん。ここは別の店ですけど、本屋でバイトをしてるんです。そこで影平さんのサイン会があったから」

書店員なのか。人騒がせなとため息をつくかわりに、凝《こ》りすぎだよと笑いたくなった。自分はたまたま解けたけれど、こんなのふつうは無理だって。おかしいな、へんだなと、訝しむのがせいぜいだ。手間ばかりかかって、肝心のメッセージまでは行き着かない。現に今も、真柴には何も伝わっていない。

でも、失敗だと冷やかす気持ちにはならなかった。フェア台を使っただけで、誰も傷つけず、損害もなく、こんなおかしな謎かけを思いついたのだ。口にせずにはいられなかったのだろう。

案外、誰にも知られず終わってもいいと思っていたのかもしれない。友だちのうっぷん晴らしになるのならば一興だと。

「その子に井辻さんのこと、話しちゃいました。解けそうな人がいるよって。そしたら驚いてました。面白い人がいるんだねって。ああ、友だちは女の子ですよ、女の子」

褒め言葉として、ありがたく受け取っておこう。ほんとうに、解かれるとは思っていなかったのか。でもヒントはくれたのだ。少しは期待してくれたのかもしれない。

「友だちはどこの書店で働いているの？」

「今度ぜひ、行ってみてくださいね。『成風堂《せいふうどう》』っていうんです」

智紀はうなずき、ふと木陰で本を読む女の子を想像した。でも手にしている本は『ななつのこ』ではないような。だったらなんだろう。

「私、けっこうどきどきして、楽しかったです。解いてくれて、ありがとうございました、井辻さん」

え？　そう？

にっこりの笑顔にどう返せばいいのか。一瞬、言葉が詰まったそのとき、つかつかと歩み寄ってくる足音が聞こえた。

「ま、真柴さん」

「こんなところで何やってるの」

「いや、別に、こんなところじゃないでしょう。書店のフロアですよ」

どこから聞いていたのだろう。焦ったけれど、「ありがとう」くらいかららしい。なんでお礼を言われているんだと嚙みつかれた。

「内緒です。ひみつ」

これを言ったのは駒沢さんで、するりと身を翻すと、平台の向こうにまわった。

「それじゃあ井辻さん、今度また」

再びのにっこりに、智紀はすかさず特上の笑顔で片手を上げた。

「うん。またね」

後頭部に拳が飛んできた。軽かったけれど、続けざまに首まで絞め上げられそうになる。

「どういうこと。君は、神聖なる職場で何をやってるんだ。かわいい女性の店員さんと意味深なやりとりをするなんて、百万年早い！」

「そんなことないです。ぼくは吉野さんの後輩ですよ。それを忘れてもらっちゃ困りますね。明日のポップスターも平台も心やさしい店員さんも、みんなまとめて明林の営業が……」

ぐっと、暑苦しい気配が背後にのしかかった。

真柴を引き離し、ついでにわざとらしくピンと立てていた人差し指に、生温かい風がまとわりつく。首をほんのちょっと動かすと、スキンヘッドや巨体や深々とした眉間の皺《しわ》が目に飛びこみ、智紀は息をのんだ。

「誰がポップスターだって？」

「平台がなんなの？」

「心やさしい店員さんがどうした」

壁の掛け時計の針は午後七時をまわったところ。まだまだ店内は混み合っている。イベント台にもいつの間にか人垣ができていた。

とにかく静かにしなくては。落ちつきましょう。ここは大事な仕事場です。クライアントに迷惑をかけてはいけない。イベントも順調に進んでいます。

そう言おう。にこやかに、穏やかに、紳士的に。

競うなら、本の売り上げで。

だって我々は、書店まわりの出版社営業なんだから。

新人営業マン・井辻智紀の一日 5

○月×日　飲み会も仕事です。

社内での雑務をあらかたやっつけて、ぼくは時計を見ながら席を立った。

「これから何か用事？」

「用事というか、今日は『ノミーズ』なんですよ」

秋沢さんはぼくの言葉に「あーあ」と首を振り、しっかり目配せをよこした。

「だったらあの件、よろしく頼んだわよ」

「はい。あれですよね。たぶん。じゃなくて、忘れずに訊いてきます」

「ノミーズ」というのは、定期的に開かれている飲み会の名称だ。主なメンバーは書店員さんたちで、店舗の枠を超えて集まる。出版社の営業であるぼくも声をかけてもらい、都合のつく限り参加している。

昔はこういった集まりはほとんどなかったそうだ。本というのは同じものを同じ値段で売るのが約束事の商品で、どこで買っても一緒。よそはすべて競合店になってしまう。そのくせ値引きの動向などは気にせず、よそはよそ、うちはうちでやっていける。

親睦など意識することもなく、摑んだ情報は自店の中だけにとどめる。それが当たり前できたらしい。でも少しずつ交流が生まれ、言葉を交わしてみればびっくりするほど話が合う。困っていることも苦労していることも、嬉しいことも楽しみにしていることも。

特に経営上の悩みは互いに深刻で、本そのものの売れ行きが鈍りネット書店の参入も始まった。たとえ大きなチェーン店であっても、うかうかしていられない。

どうすればもっと売り上げが伸びるだろう。

これは、どの店にとっても存続をかけた大問題となり、さまざまな知恵に頼るようになった。業界全体の活性化が必須となり、「ノミーズ」もそんな中から生まれた。

気の合う者同士が集まって気楽に飲む。基本はそれだけ。他愛もない世間話に興じたり、愚痴や悩みをこぼしたり、パッと笑い飛ばしたり、情報交換したり。最近では平台フェアの連動企画なども出し合っている。

ぼくは真柴さんに誘われ仲間入りし、それこそ末席もいいとこだけど、参加費に見合うだけの収穫をいつも得ている。

単純に、本好きの人たちが集まっているので話が面白い。書店員さんたちの本音は勉強になる。店頭で話すだけではわからないものが、実にいろいろあるのだ。

最近売れ始めた作家さん、注目の賞、勢いのある出版社、ユニークな販売法、人気のある販促物、話題をさらった帯の言葉。お客さんの反応、こんな本がほしいという現場の声。などなど。

そして会社の垣根をひょいっと越えてしまうのは、書店員さんだけではない。営業マンもそれをやる。

たとえば初版の刷り部数。どの作家さんがどういう本のときにどれくらい刷ったのか、それこそ〝手の内〟と思えるような情報をあっさり明かしてしまう。いいのだろうかと、ずいぶん戸惑った。でも現実に、教えてもらった数を参考にして、自分のところから出す本の初版部数を検討する。逆にたずねられれば正直に話してかまわない。

今日、秋沢さんが出がけに言っていた〝あの件〟も新人作家さんが出した第二弾の初版部数を、他社の営業マンに訊いてきてくれ、というものだった。

「出版社って、もっとずっとライバル同士が火花を散らす間柄だと思っていました」

あるとき漏《も》らしたぼくのつぶやきに、真柴さんが笑顔でこう答えた。

「争って得するものなど何もないよ。このご時世、売れる本はただそれだけで素晴らしい。互いに協力し合い、ベストセラーを一冊でも多く生み出していかないとね」

大人びた余裕のコメントに、内心かなり感動した。

助け合って一緒にがんばるなんて、ふつうに考えれば前向きで心強いことこの上ない。けれどすがすがしい思いに浸っている間にも、明林書房の棚や平台が佐伯書店の本に侵食され、ぼくは己の甘さをいやというほど思い知らされた。

協力もするけれど、第一目標は、あくまでも自社本の売れ行き向上。

仕事は仕事。

負けられない。負けてちゃだめだ。

見ず知らずの人に、一冊の本を買ってもらうのは、それだけ大変なことなんだから。

出版営業マンに愛を！

杉江　由次

拝啓　天高く馬肥ゆる秋と申しますが、井辻様におかれましてはますますご清栄のこととお慶び申し上げます。
さて、突然のお願いで誠に恐縮ですが、このたび井辻様のご活躍を拝見しまして、ぜひともご一緒にお仕事ができないかと考えております。もし新天地で、大きく飛躍をとお考えがございましたら、一度お目にかかり、詳しくお話しさせていただけませんでしょうか。もちろん案件に関しましては内密にさせていただきます。諸事ご多用のことと存じますが、何卒ご承引くださいますよう、よろしくお願い申し上げます。恐縮ではございますが、折り返しご一報賜りたくお待ち申しております。

敬具

平成23年9月吉日

株式会社　本の雑誌社　営業部部長　杉江由次

井辻智紀様

思わずそんなヘッドハンティングの誘いの手紙を出したくなるほど、本書の主人公・井辻智紀は、立派な出版営業マンだ。毎日、何軒もの書店を訪問し、在庫チェックを欠かさず、新刊や売れ行き良好書の案内をし、フェアの提案もしている。何よりも出版営業マンにとってのお客様である書店員さんの役に立とうとする姿が素晴らしい。

前任のイケメン優秀営業マン・吉野君と比較され、めげることも多いようだが、入社2年、外回りを始めてたった4ヶ月で、これだけのことができるのなら十分だ。これで営業スマイルがほんとうの笑顔になった頃には、明林書房のエース営業マンになること間違いなしだろう。それどころか井辻君を気にかける書店員さんの気持ちから、ベストセラーが生まれるのも時間の問題だと思われる。

というわけで井辻君と同じ仕事をしている私は、早いうちに井辻君をスカウトし、我が社の営業マンとして活躍して欲しいのである。しかし残念ながら私が勤める本の雑誌社は、社員40人の明林書房に比べ10分の1程度の超零細出版社であり、しかも営業部員は私ひとり。新規採用も欠員補充のみという状況で、井辻君が入社するには、私が退職しなければならないのだった。残念だが、本のなかでの井辻君の活躍を励みにしていくしかなさそうだ。

そもそも「大崎梢さんの今度の新作は、出版営業マンが主人公らしいですよ」と最初に教えてくれたのは誰だっただろうか。松戸の良文堂書店の書店員さんだったか、千葉の三省堂書店の書店員さんだったか。

その言葉を聞いて思わず耳を疑ってしまったのは、こんなマイナーな仕事をしている出版営業マンが、小説の主人公になるとは到底思えなかったからである。例えば警察官や医者、商社マンなんかなら、それは毎日、正義を貫いたり、誰かを助けたり、あるいは出し抜かれたりといろんなドラマがあるだろう。ところが出版営業という仕事は、本書に描かれているように、それこそ休日をのぞいた一年間、ひたすら雨の日も風の日も酷暑の日も書店を廻って、自社の出版物を置いてもらうよう交渉するだけの仕事なのだ。

そこにあるのは本が売れたり、売れなかったりという事実でしかなく、ドラマもなければミステリーになるような要素もないのである。

だからこそ「出版営業マン」を主人公にするなんて、無謀なのではないかと思ったのだが、続いて書店員さんから「この間、東京創元社の営業マンと一緒に大崎梢さんがいらっしゃったんですよ。なんだか一日中ついて歩いて営業マンを取材されているそうですよ」と伺い、大崎梢は本気なのだと改めて驚いたのだった。

大崎梢のデビューは衝撃的だった。

無名の新人の、しかも何ら文学賞を取ったわけでもないデビュー作『配達あかずきん』が発売されるやいなや訪問する書店の書店員さんたちが皆、絶賛していたのである。

たいてい自分の仕事が小説やドラマになると、ここが違う、あそこが違うと現実と異なる点が目に付き、世間の評判はともかく、その業界では評価を下げることが多いのに、こと『配達あかずきん』に関しては、その同業者である書店員さんたちからの評価がとても高かった。それは単行本版についていた巻末座談会を読んでいただければわかるだろう。私もそのおすすめに従って、あわてて読み始めたのであるが、書店の内情や仕事のリアルさはもちろん、いかにもありそうな展開から大きく動き出すドラマ、キャラクター造形の巧みさに舌を巻いたのだった。高評価は私たちのような業界人だけに留まらず、私が勤めている本の雑誌社が出版している書評誌「本の雑誌」でも、書評家・目黒考二氏が絶賛し「2006年上半期ベスト」にて2位に選ばれた。

それから約4ヶ月後には第2作『晩夏に捧ぐ』が出版され、〈成風堂書店事件メモ〉はすっかりシリーズ化し、大崎梢は着実に作家としての足場を固めていく。

書店を舞台にした小説はまだわかるのである。2001年に町の本屋さんのPOPから『白い犬とワルツを』（新潮文庫）という大ベストセラーが生まれ、2004年に創設された書店員が選ぶ文学賞・本屋大賞は大ブレイク、そして後に大崎梢の作品をマンガ化していくことになる久世番子の『暴れん坊本屋さん』（新書館）も2005年に出版されたのだった。それまでほとんど表舞台に出ることのなかった書店員という存在が、世の中に一気に認識されていった時期であり、また書店という場所も、多くの人が集まる場であり、そこで何か事件が起き、書店員が解決していくというのは想像できるのだ。

それが今度は出版営業というのである。同じく書店にいることの多い職種であるが、まさに黒子中の黒子、ほとんどの人が知らない仕事であるどころか、出版業界に就職する学生たちだって99％が編集者希望で入社してくるのだ。

そう出版社といえばイメージするのは編集者であり、編集者を主人公にした小説やマンガは山ほどある。しかし出版営業マンとなると、たいていその編集者を主人公にした物語の対立軸として描かれるくらいで、あとはとんねるずの木梨憲武が出版営業マンに扮した『甘い結婚』というドラマがあったが、あれは別に出版に主眼を置いているのではなく、仕事自体は背景に近い存在だった。

大崎梢が書くのであれば、それはとことん出版にこだわった小説になるであろう。ただ、果たして出版営業という仕事から、ドラマや謎を生み出すことができるのだろうかと期待と不安を抱えながら注目していたのだが、いざ出版された『平台はおまちかね』を読んで、驚いたのであった。

まず驚いたのは、そこで描かれる出版営業マンのリアルな姿だ。書店員さんを棚陰で待つ姿、営業トーク、会社に戻っての編集部とのやりとり、他社の営業マンとの付き合いなど、はっきり言って出版業界に入った新人社員のテキストにつかえるほど詳細である。

さらに驚いたのは、そんな仕事のディテール以上に、営業マンの存在意義というか、私たち出版営業マンが何を楽しみに毎日書店を廻っているかという本質に関わる部分であった。

出版営業マンというのは、営業される側の書店員さんから見ると『配達あかずきん』で書かれているように「欠本の補充やら新刊案内やらセット物のごり押しやら、営業さんは文字通りがっちり営業していく（中略）。ぼやぼやしていると営業とのやりとりで一日がつぶれてしまう。適当に聞き流すのも、早々に切り上げるのも仕事のうちだ」と邪魔者でもあるのだが、何かのキッカケでその関係が、友達でもなく、恋人でもなく、かといって単なる仕事の関係でもなくなる瞬間がある。私たちは本を間に挟んで築かれるそんな関係が、本が売れることと同じくらい楽しいのだ。

それは「絵本の神様」で描かれる、ベテラン営業マン・佐久間とユキムラ書店の店長との関係に表れる。

「雪村さんは僕より年上だが、まああ同じ世代だ。（中略）お互い山あり谷ありの人生を送ってきた。だからなのか、あるときいっしょに行った飲み屋で、珍しく昔話を漏らしたんだよ。みんな、誰かに聞いてもらいたいときってあるもんね。案外、営業というのは話しやすい相手なのかもしれない」

この「絵本の神さま」自体、感動必至の物語なのであるが、出版営業マンである私は、溢れる涙が抑えられなかった。

そうやって考えてみると、出版営業にも多くのドラマがつまっており、大崎梢は、小さな謎を使いながらしっかりそこにスポットを当てていったのである。またその挑戦は成功し、後に『背表紙は歌う』が出版され、〈出版社営業・井辻智紀の業務日誌〉もシリーズ化されたのであった。

惜しい人材であるが、井辻君をヘッドハンティングすることは諦めたとして、実は井辻君に解いて欲しい謎があるのだ。

それは私が訪問しているとある町の本屋さんでの出来事なのだが、ある日そのお店に平積みされていたライトノベル文庫にPOPが立っていた。それは出版社が用意する印刷されたPOPではなく、手書きの推薦コメントに、かわいいイラストまで描かれていた。

店長はアルバイトの子が書いてくれたのかと思って、感謝の言葉を伝えたところ、その子は「?」な表情で、自分が書いたのではないと話す。ならば他のスタッフかと全員に訊ねたが、誰も身に覚えがないとのことで、謎は深まるばかり。もしやその本の著者が近所に住んでいて、自分で書いて立てていったのではないかと、出版社に著者が近隣に住んでいるのか確認してみたが、まったく遠い地方在住との返事があったそうだ。

わざわざ手書きのPOPを、しかも小さな町の本屋さんに立てていったのは誰なんだろうか? 事件が起きてから随分と時間が経っているが、未だ解けない謎なのである。

井辻君、あとは頼んだ!

本書は二〇〇八年、小社より刊行された作品の文庫版です。

著者紹介　東京都生まれ。元書店員。2006年、書店で起こる小さな謎を描いた『配達あかずきん』を発表しデビュー。同シリーズの『晩夏に捧ぐ』『サイン会はいかが？』を続けて刊行。著書に『夏のくじら』〈天才探偵Sen〉シリーズなどがある。

検　印
廃　止

平台がおまちかね

2011年9月16日　初版

著　者　大《おお》　崎《さき》　梢《こずえ》

発行所　（株）東京創元社
代表者　長谷川晋一

162-0814／東京都新宿区新小川町1-5
電　話　03・3268・8231-営業部
　　　　03・3268・8204-編集部
URL　http://www.tsogen.co.jp
振　替　00160－9－1565
モリモト印刷・本間製本

乱丁・落丁本は，ご面倒ですが小社までご送付ください。送料小社負担にてお取替えいたします。

ISBN978-4-488-48704-1　C0193

書店の謎は書店員が解かなきゃ!

THE FILES OF BOOKSTORE SEIFUDO 1

配達あかずきん

成風堂書店事件メモ

大崎 梢

創元推理文庫

◆

近所に住む老人から託されたという、
「いいよんさんわん」謎の探求書リスト。
コミック『あさきゆめみし』を購入後
失踪してしまった母親を、捜しに来た女性。
配達したばかりの雑誌に挟まれていた盗撮写真……。
駅ビルの六階にある書店・成風堂を舞台に、
しっかり者の書店員・杏子と、
勘の鋭いアルバイト・多絵が、さまざまな謎に取り組む。
元書店員の描く、本邦初の本格書店ミステリ!

収録作品=パンダは囁く，標野にて　君が袖振る，
配達あかずきん，六冊目のメッセージ，
ディスプレイ・リプレイ